iHuman
新民説

成为更好的人

DAMIEN LEWIS

WAR DOG 飞行战犬

[英] 达米恩·路易斯 著
李平 徐菊清 译

GUANGXI NORMAL UNIVERSITY PRESS
广西师范大学出版社
·桂林·

Feixing Zhanquan

飞行战犬

图书在版编目（CIP）数据

飞行战犬 / （英）达米恩·路易斯著；李平，徐菊清译. —桂林：广西师范大学出版社，2017.12

书名原文：WAR DOG

ISBN 978-7-5598-0357-3

Ⅰ. ①飞… Ⅱ. ①达…②李…③徐… Ⅲ. ①儿童小说—长篇小说—英国—现代 Ⅳ. ①I561.84

中国版本图书馆 CIP 数据核字（2017）第 241222 号

出　版：广西师范大学出版社
　　　　广西桂林市五里店路 9 号　邮政编码：541004
网　址：http://www.bbtpress.com
出版人：张艺兵
发　行：广西师范大学出版社
　　　　电话：（0773）2802178
印　刷：衡阳顺地印务有限公司
　　　　湖南省衡阳市雁峰区园艺村 9 号　邮政编码：421008
开　本：880 mm × 1 240 mm　1/32
印　张：9　　　　字数：252 千字
版　次：2017 年 12 月第 1 版　　2017 年 12 月第 1 次
定　价：43.00 元

献给小罗伯特、皮普和妮娜

感谢你们允许我

讲述你们父亲和他的狗的故事

有一个古老的信念
在庄严的岸边，
超越悲伤，
亲爱的朋友将会再次相见。

——查尔斯·休伯特·哈斯廷斯·帕里（Charles Hubert Hastings Parry）

311（捷克）飞行中队的座右铭：不要小看他们的数量。

目录 CONTENTS

01 前言

01 第一章

11 第二章

21 第三章

33 第四章

45 第五章

57 第六章

69 第七章

81 第八章

95 第九章

105 第十章

115 第十一章

125 第十二章

137 第十三章

第 十 四 章 149

第 十 五 章 161

第 十 六 章 171

第 十 七 章 181

第 十 八 章 189

第 十 九 章 199

第 二 十 章 213

第二十一章 225

第二十二章 235

第二十三章 245

第二十四章 255

第二十五章 265

后　　记 271

参考文献与资料来源 273

— /前言/ —

1940年1月的一个凌晨，寒风刺骨，一架法国波泰-63型轰炸机在德国前线被击落。在这场毁灭性的迫降中，机上的法国飞行员和他的捷克[1]炮兵幸免于难。在接下来漫长的逃亡过程中，一段人与动物之间的伙伴关系由此建立，这段非凡、持久的伙伴关系在二战史上留下了浓墨重彩的一笔。

我是从大卫·布莱克利（David Blakeley）上校的评述中首次得知英国皇家空军飞行战犬安特（Ant）与捷克籍空军罗伯特·博兹杰赫（Robert Bozdech）之间的传奇故事。布莱克利是一位英国军人兼畅销书作家，著有《深入敌后的探路者》（*Pathfinder*）和《特立独行的探路者》（*Maverick One*）。他和我一样，都是爱狗人士。他曾读过

1 此书中出现的“捷克”准确地说应该是捷克斯洛伐克的捷克地区。捷克斯洛伐克是1918年10月28日至1992年12月31日存在的联邦制国家 。1993年1月1日，捷克斯洛伐克正式分裂为捷克共和国和斯洛伐克共和国两个国家。——编者注

我的《侦察犬雷克斯》（*Sergeant Rex*）和《英勇战犬特里奥的故事》（*It's All About Treo*），这两本书都是我与时下搜爆犬训练师合著的，故事描述了训练师与狗狗在战争前线所结下的不解之缘。

布莱克利上校在评述飞行战犬安特与空军罗伯特·博兹杰赫的故事中说道："如果你想读一个战争中人与狗之间真实且惊奇的故事，那就看看发生在安特和罗伯特·博兹杰赫之间的故事吧！它会让你震惊的。"

这激起了我的好奇心。于是，我竭尽所能地广泛阅读他们的故事（见书末参考文献）。但是有一件事着实让我困扰：虽然这个发生在二战期间关于一组人犬搭档在轰炸机司令部的领导下英勇战斗的故事已经广为传颂，但其中貌似包裹了某些神秘的未解之谜。这个故事看上去似乎与1965年出版的一本书《一个男人和他的狗》（*One Man and his Dog*）有着某种联系，但罗伯特·博兹杰赫却不是该书的作者。那本书是已故作家兼记者安东尼·理查森（Anthony Richardson）所著；此外，书中罗伯特·博兹杰赫的名字却莫名其妙地变成了简·博兹杰赫（Jan Bozdech）。总之，这本书似乎回答了我的一些问题，但同时也让我产生了更多疑问。

我探索得越深入，事情就变得越奇怪。20世纪福克斯电影公司曾有意根据这个人犬搭档的英勇事迹制作一部电影，但不知为何，后来不了了之。这个故事完全值得制作成一部扣人心弦的电影。我想弄清其搁浅的原因。有传言称安东尼·理查森所著的那本书的出版引起了罗伯特·博兹杰赫的不满，可是到底是什么让他不满意，至今没人弄明白。这也许能解释为何那本书没有采用他的真实姓名，以及为何电影最终没有制作出来吧。

然而，对我这样的作者而言，最吸引我的是关于罗伯特·博兹杰赫原始手稿的传言。据说，他的手稿记录了他和安特的惊险飞行经历，但该手稿至今尚未公开。我不知道该手稿是否真实存在，假若真的存在，那会是怎样的故事呢？当然，既然手稿是由亲身经历过那些事的人发自肺腑所著，它无疑会告诉我们一个全面的、未经删改的故事，一段罗伯特和安特共同经历的非凡冒险吧！然而即便罗伯特真的写了该手稿，它应该写于20世纪60年代初，但是55年之后，这部手稿是否仍然存在还是个问题。

现在只有一个办法来回答这些问题，就是与博兹杰赫家族的成员取得联系。二战结束后，罗伯特·博兹杰赫回到祖国捷克，短暂居住过一段时间，然后与他的老战狗去英国定居，并加入了英国国籍，组建了博兹杰赫大家庭。我查到，罗伯特的儿子小罗伯特·博兹杰赫（Robert Bozdech Junior），居住在英国西南部一处风景如画的地方。我通过信件与小罗伯特取得联系，我们通过电话交谈，约定好一个合适的时间后，我去德文郡南部拜访他，同时也见到了他的姐姐皮普（Pip）和妹妹妮娜（Nina）。他们似乎已经在这里住了很久，房子看起来布局凌乱，博兹杰赫老太太刚刚过世不久。他们热情地接待了我，我长久以来寻找的答案，也在与他们的交谈过程中，慢慢水落石出。

罗伯特·博兹杰赫曾帮助安东尼·理查森写出《一个男人和他的狗》这本书，但是，他们俩相处得一点也不愉快。实际上，在此过程中，他们好像还大吵了几架。20世纪福克斯电影公司也确实决定根据这本书制作一部电影，可是由于某些原因半途而废。最令人惊讶的是，罗伯特·博兹杰赫担心他之前的家人会不安全，因此，既没有透露自己的真实姓名——瓦茨拉夫·博兹杰赫（Václav Bozdech），也没有在故事中表达自己的真实想法。由于那时捷克已经成为苏联集团成员国，加之受冷战的影响，捷克人只要与“西方国家”有任何军事联系，就会被视为捷克的潜在敌人。这样一来，罗伯特只好缄默不语。

后来，我向罗伯特·博兹杰赫的后代抛出了那个最有价值的问题：他们的父亲到底有没有写下关于他和安特的故事，不管是以未出版的书还是日记的形式？

“哦，你是说父亲的原始手稿吗？”小罗伯特回答道，“当然有啦，我这就去拿。”

他随即走向后面的房间，几分钟后，拿来一本蓝色的老式活页笔记本。他轻轻擦拭了一下本子的表面，灰尘在穿越窗户的阳光中闪闪发亮地飞扬。

他轻轻地一扔，本子从桌子的一头滑到我面前。“这就是手稿，父亲叫它《安蒂斯简历》（*Antis VC*）。”小罗伯特停顿了一下，然后禁不住笑了起来，“它比以前写的任何故事都好看。”

“那是当然……”我翻开手稿，阅读这整齐打印出来的文字，第一行写着：“本书作者于二战期间在英国皇家空军服役，并且表现优异，但他已与大多数老战友失去联系。或许此书可以帮助作者找到他们，让他们重聚……”

我抬起头来，问道：“我可以把它借走，好好读一读吗？”

小罗伯特看了看他的姐姐和妹妹，然后看着我，从他的眼中我看到了友好和信任。“当然可以。我们一直希望父亲的故事可以重见天日，如果能有像您这样的作家帮助我们的话，我们会非常开心。”

“那么，既然你们有这样一本手稿，为什么不出版呢？”我问道。

“嗯，你看，父亲最开始是手写的，”姐姐皮普解释说，“因此，长时间以来我们只有那个手写本。后来有了打字机，我们便把它打印出来了。当然，那时电脑还没出现呢。”她开玩笑地说，“天知道我为什么会这么做，那可花了我很多时间！不管怎样，你手里拿的就是这个版本。父亲用铅笔在手稿的空白处加了一些批注，我把这些批注也打印出来了。”

我惊讶地点了点头：“我唯一能说的是，我非常感激你们这样做，把故事保留下来给子孙后代。”

“冷战时期，父亲这本书稿根本没有机会出版，”妹妹妮娜继续补充道，“他被迫把妻儿和其他亲属留在捷克。但父亲知道，这个故事迟早会公布于世，要么在他死后，要么在政权瓦解后，无论哪个先发生。”她耸了耸肩，说：“你看，他说的这两个条件现在早就发生过了，所以我确信，父亲希望你读到这个故事。”

我对他们三位表示了感谢。离开他们家时，我觉得自己胳膊下仿佛藏着一块珍贵的宝石。我不知道，罗伯特·博兹杰赫写下这份手稿时，是不是希望有朝一日它会被别人再次发现？我也只能这样猜测，他这么做难道还会有别的原因吗？开车回家的途中，我恨不得把车停在路边的紧急停车带上，以开始读他的手稿。最后，在安静的书房中，我终于可以如饥似渴地读他的故事了，那个用罗伯特·博兹杰赫自己的话讲述出来的故事。

书稿讲述了一个关于一名勇敢的捷克籍空军没有被纳粹侵略者吓倒，反而努力地为同胞报仇、誓死抗争的壮举；一个关于少数空军在纳粹闪电战攻击下欧洲防线崩溃时，在法国领空正饱受战火摧残的条件下，同比他们先进很多并占有绝对数量优势的德国战机浴血奋战的故事；一个关于罗伯特·博兹杰赫和他的狗——安特——还有几位捷克空军战友，从沦陷的法国英勇逃出后，安全抵达英国的非凡经历和他们大胆的冒险精神。这个故事让他们成为战争中最突出、最著名的人犬搭档，尤其是安特，它因随英国皇家空军在欧洲上空视死如归地出战无数次而名声大噪。

之后，我与小罗伯特、皮普和妮娜又曾多次会面，他们非常热情慷慨地支持我。为了更好地了解他们父亲和那条狗之间不可思议的故事，他们翻出了装满父亲生前物品的箱子，那个箱子放在皮普位于德文郡农舍的阁楼里，满是灰尘，几乎被遗忘。箱子里有翻烂了的日记和飞行日志、褪色的剪报和照片，这些全都是他们父亲和那条狗在被战争蹂躏的欧洲上空为英国皇家空军效力期间留下的。有些是寄回家的明信片和信件，还有许多文章和小册子，那是罗伯特·博兹杰赫在战争结束后不久用捷克语写的。甚至还有一些老式的四英寸[1]卷盘录音带，上面录着罗伯特的声音，讲述他与安特的故事——战后不久，媒体对他与狗的故事进行了广泛报道，该录音似乎与此有关。

但最重要的不是这些。

这么多资料所凸显出来的最核心的内容，是一个男人与他的狗之间不可撼动、坚不可摧的爱，那种能够让他们无数次与死亡擦肩而过、在某种程度上我们难以理解的爱。安特（后来改名为安蒂斯）是唯一一只能在英国皇家空军轰炸机司令部飞行并作战的狗，它在地面和空中作战时多次被击中、受伤，轰炸机司令部的技术人员甚至专门为它制作了氧气面具。从它多次虎口脱险的经历来看，它真是命大。

简而言之，本书的这个故事结合了罗伯特·博兹杰赫的原始手稿和相关资料，讲述了二战中人与狗之间令人传颂的伙伴关系，它扣人心弦、举世无双。

当然，这是他们的故事，因此故事也尽量用他们自己的话来讲述。

达米恩·路易斯

2013年

于爱尔兰科克市

1 1英寸等于25.4毫米。

第一章

Chapter 01

双引擎战斗机开始向地面俯冲时，罗伯特·博兹杰赫感到胃里极其难受。不过，至少这次，那些恐怖的德国梅塞施密特–109型战斗机的突袭并没有令他不安，因为浓雾笼罩了一切，任何德国战斗机都看不见他们。

这次使他不安的是地面上那些埋伏着的枪炮，恐惧像老虎钳一般紧紧地抓住他。

“这雾太浓了，皮尔！”他朝机上的法国飞行员大声喊道，“这样飞行太冒失了！”

“如果我们没有拍下照片就回去，一定会成为别人的笑柄。”飞行员皮尔接着说，“睁大你的眼睛！注意观察！”

这架法国空军的双引擎波泰–63型轰炸机在黎明起飞时还是晴空万里。皮尔和罗伯特驻扎在法国圣迪济耶机场，他们接到去德国前线侦察的飞行任务，那里，敌人集结了大量装甲部队，威胁着法国自诩坚不可摧的马其诺防线。

此时正值1939—1940年间的冬季，德国和法国正在进行所谓的“假战争”[1]。可是在罗伯特看来，根本不存在什么假战争，因为德国战斗机非常灵活敏捷，时速比他的法国战斗机快100公里，总是在上空跟踪他们。他坐在飞机后方的枪炮手座位上，弯腰端起双机枪，不自觉地去观察雾又变浓了多少。那些雾气凝结成密集的细流，一直倾泻到防风玻璃枪架上。

罗伯特非常特立独行，并且有自己的原则。几个月前，纳粹武力入侵了他的祖国捷克。他拒绝向纳粹投降，于是他逃到法国，加入了法国外籍军团。他在捷克空军服役时学到的技能，不久便令他重操旧业——在猎人轰炸机上担任枪炮手。但是，他没有料到，他与一些法国飞行员之间存在着很大的个性差异——有些法国飞行员很张扬。

捷克飞行员往往冷静、坚毅，但又不失胆量和勇气。相反，作为飞行员兼机长的皮尔·杜瓦尔则有些冲动莽撞，且不按常理出牌，从今天执行任务的表现中就可看出他的特点。仅是为了让罗伯特抓拍到几张侦查照片，他就如此驾驶飞机快速俯冲进入浓雾，直接飞到了德国前线上空。这样的行为虽然勇敢，但无疑是自取灭亡。

飞机刚从浓雾底部冒出来——机身拖出的水汽就像缕缕白烟——空中便被防空火力所封锁。德国枪炮手听到了罗伯特他们飞机的轰鸣声，早已做好了随时射击的准备。尽管罗伯特他们的飞行高度太低，德军的

1 The Phoney War是美国报刊所创造的一个名词。正如许多生动的美国词语一样，“假战争”这一名词很快就为大西洋两岸所采用。从1939年9月波兰崩溃开始，一直到次年春季希特勒向西欧发动进攻——这段时间的战争，被定名为“假战争”。创造这一名词的人，是想说明这场战争是虚假的，因为英法两军与德军之间没有打什么大仗。实际上这一时期是在幕后鬼祟活动。

高射炮一时无法锁定他们，但是周围天空中充斥着杀气腾腾的红色追踪式火力。

仅仅几秒钟后，他们便无法在雾中控制飞机的下降幅度。尽管皮尔极力地变换飞行轨迹，他们还是被德国枪炮手发现了。一阵射击后，单薄的机身和驾驶舱玻璃都出现了裂口，浓烟和火焰不断从左翼引擎中冒出，罗伯特感觉他们在向下坠落。他还注意到，飞机的左翼螺旋桨已完全失灵，敌人正猛攻他们的右翼引擎，此时，他们距白雪皑皑的大地仅有200英尺[1]。

罗伯特做好了坠机甚至更坏的心理准备。坚硬而冰冻的地表正扑面而来，那广阔而刺眼的雪地，在敌人追踪式火力的照耀下，发出红光。在第一次被击中几分钟后，机腹位置的金属便严重断裂。飞机向上攀升了片刻，便再次下坠，伴随着刺耳的声音，它猛地往黑暗的森林直冲而去。

这架战斗机厄运难逃，左侧翼卡在一根粗树干上，而机翼已经出现断裂了。在一阵剧烈地震动之后，它停了下来，半身埋到雪地里，机身前部则插入浓密的枝叶中。此时，罗伯特已经失去了知觉。

等他苏醒过来，他已经不知道自己身在何处，也不知道晕过去多久。有一瞬间，他竟把周围升起的浓烟当作了浓雾，呛鼻的烧焦味刺鼻袭来。飞机随时可能燃烧！这个念头让他回到了可怕的现实中，并立即紧张起来。

刺鼻的烟味几乎令他窒息，他弯下腰，摸索着解开安全带，然后尽可能地伸展身体，吃力地爬到机翼残骸上。在此过程中，他感觉到胸口一阵剧烈的、炙热的疼痛——一定是坠机时突然产生的冲击力，导致安全带紧拉皮肤所致。

1　1英尺等于0.3048米。

罗伯特拖着身子，从破碎的枪炮手座舱里爬出来，他几乎是直接摔到地上的，然后跌跌撞撞地离开飞机残骸。走了几步之后，他精疲力竭地瘫倒在雪地里，飞机被击落的打击和创伤令他难以承受。他在那儿躺了片刻，挣扎着想要恢复呼吸，并忍住一阵阵的恶心感，突然，一个念头像高速蒸汽火车一般撞击而来：皮尔！皮尔在哪里？

罗伯特扫视着飞机残骸以及周围大量扭曲断裂的树枝。浓雾几乎快要笼罩地面，从飞机残骸中冒出的蒸汽和烟与之混合在一起，这看起来就像是一个灵异的、令人毛骨悚然的景象。最糟糕的是，附近没有发现法国飞行员皮尔的任何踪迹。

他冒着危险大喊："皮尔！皮尔！你在哪儿？"

没有任何回应。除了那发热的引擎遇雪后产生的猛烈的"嗞嗞"声之外，什么声音也没有。德军一定看见他们坠机了。根据坠落前皮尔驾驶飞机的方向来看，罗伯特猜想，他们一定是落在了法国与德国边境线无人区的某个地方。

此刻，机身内突然冒出的耀目红光吸引了他的注意。他想起来，他们起飞时，机上携带的一千多升燃料，现在几乎只用掉了三分之一。罗伯特明白接下来会发生什么，也知道他该怎么做。皮尔可能已经遇难。事实上，由于坐在驾驶舱的前座，他生还的可能性非常小。但是，尽管如此，这并不能阻止罗伯特努力要找到他，哪怕这架飞机随时会爆炸。

他迅速爬回机翼，大声呼喊着皮尔的名字，但依旧没有任何回应。他费力地盯着驾驶舱看，感觉到周围已燃起星星点点的火苗。火势很快就会蔓延，然后将置他于死地。这时，他发现一个身影趴在飞机控制台上，头部不自然地扭着，看起来那个莽撞鬼的脖子断了。但是因为距离有些远，罗伯特无法确信。

他向前走去，一把抓住舱门，吃力地拽开它。与此同时，他感到手上一阵刺痛，一定是手指被划破或扭伤了。罗伯特不顾疼痛，也不顾空气中充斥着令人恐惧的飞机燃油味，探身进去搜寻安全带的开关，摸到后用力地按下它，金属挡松开，意味着皮尔被解开了，就在此时，他听到身体下方传来可怕的声音。

火在驾驶舱蔓延，回荡着魔鬼般的爆裂声。罗伯特丝毫不顾脚下的火焰，挟着皮尔的腋窝，用尽全身力气，把他从机舱内拽出来。但是，皮尔的身体出来一半的时候，却被安全带缠住了。尽管如此，罗伯特依然决定不能弃他而去。他们一起飞行，一起作战，尽管性格各异，但仍建立了兄弟般的情谊。

无计可施之下，罗伯特用尽全身最后一丝力气，把皮尔举了起来。这时，皮尔的安全带突然松开，他们一下子向后面跌落下去，皮尔把他重重地压在了冰冷的雪堆里。那机身已经被熊熊烈火所覆盖，差点就来不及了。罗伯特知道，用不了多久，火势便会蔓延到其他几个油箱，到时候整个飞机残骸就会变成愤怒的火球，冒着炙热的白光。

罗伯特双手抓住皮尔的飞行服，在雪中挣扎拖着他往后退，远离飞机残骸。才走了近三十步远，飞机的油箱就引燃了，发生了大爆炸。热浪飞滚、火焰飞溅，爆炸产生的强大冲击力把他向后推。他挖了一个比较深的雪洞，和皮尔一起躲了进去，这使他们不被席卷而来的灼热侵袭，也为了避开接下来发生的事情。

飞机上的弹药在地狱般烈火的炙烤之下开始爆炸。子弹爆炸的嘶吼声、咆哮声打破了宁静，像要把空气锤开、撕裂似的。罗伯特想，如果他能从法国飞行员自杀式的行动和德国人的子弹中存活，却被自己飞机上的子弹炸死，那只能说他时运不济了。

到这个时候，他才完全记起他们的遭遇：逃出了这一劫，并不意味着他们已经脱离危险。坠机地点的南边有个山脊，那里分布着德军齐格非防线坚硬的战壕和地堡，而他们恰好在山脊的视野范围之内。如果敌军之前没有看到他们坠机的确切地点，现在也肯定知道了——地狱般烈火燃烧产生的黑烟，像一个巨大的黑拳头伸向天空。

他正思考着如何在不被德军发现的情况下成功逃跑，忽然听到一声微弱的呻吟，那是躺在他身旁的皮尔发出的。紧接着，皮尔艰难地坐了起来，显然没有注意到周围的枪林弹雨，它们正像一大群愤怒的黄蜂急速地乱飞。

“该死的，快趴下来！”罗伯特对着皮尔吼道，并用力把这个受伤的法国人拉倒，“趴下来！”

皮尔痛苦地呻吟：“我的腿受伤了！”他还没弄清楚发生了什么。

“去你妈的腿！”罗伯特反驳说，“如果不趴下来，连你的脑袋也会爆掉！”

罗伯特极力把皮尔按住，让他保持不动，直到大爆炸逐渐平息。虽然飞机残骸依然在熊熊燃烧，但那些弹药好像已经快烧光了。罗伯特感到精疲力竭，身子十分沉重，几乎站不起来，可是他知道，如果继续待在这个地方，他们必死无疑。德国搜索队迟早会发现他们，到时候下场就不堪设想了。德国人会把皮尔关进战俘营。而他，作为一个为法国效力的捷克人，要付出掉脑袋的代价，最后伫立在弹痕累累的墙前，沦为行刑队瞄准的靶心。

皮尔似乎一点也动弹不得，罗伯特对他说：“你在这儿等着。我要看看你腿的伤势，然后找个地方藏身。”

罗伯特跪坐了起来，他发现，在他们北方大约一百码[1]处，有一个旧农舍似的建筑物。坠机的时候他没看到，等飞机燃烧发出的烟和热气把

1　1码等于0.9144米。

雾驱散了，它才逐渐显现出来。罗伯特开始穿过树林，往那里匍匐，把仍在猛烈燃烧的飞机甩在后面。到现在他才发现，原来他们坠机的地方是一片果园，这座农舍位于果园的前面。

他在离农舍还有好几码的地方停住，仔细观察这栋房子。它夹在德国和法国前线中间，就像三明治的夹心一样，他觉得这农舍里应该没有人，但还是小心为妙。雪堆在地上已经好几个星期了，而农舍门前厚实的雪上没有一丝脚印的痕迹，看来在德军开始炮击法国前线不久，这个农舍就已经荒废了。

罗伯特俯身前进，紧贴着树木掩护自己，以防被人发现。他绕过屋外摇摇欲坠的厕所，来到后门。那是一扇木制门，门上的玻璃一定是在炮火中被震掉了。他从玻璃的破口处伸手过去，发现钥匙还插在锁上，于是轻轻地转动它，把门打开。他一只手握着左轮手枪，另一只手用力一推，进入了黑漆漆的屋里。

一股怪味立即扑鼻而来，这是一种潮湿、久未通风、壁炉长期没用的味道。这一刻他确信，这屋子已经被遗弃很久了。他现在所在的地方显然是一间客厅，一张很长的木制餐桌被推挤在石质壁炉对面的墙壁上。他用没拿枪的那只手摸过桌面，手上立刻沾满厚厚的灰尘。由于受到长期炮轰的影响，天花板上的石膏大块大块地掉落下来。

他瞥了一眼炉栅和那里的灰烬，雨和雪从烟囱里落进来，熄灭的壁炉变成了一个阴冷的黑洞。他穿过房间，拐向左边，那里是厨房。壁炉挺宽大，那里高高地堆着结实的橡木。橡木旁边是一个铁灶，铁灶上面放着一个发黑的罐子，罗伯特猜想，这里面八成装满了变质的食物。可以看出，不管之前谁住在这里，他离开时都极其匆忙。

头顶上，微弱的冬季日光从屋顶上的破洞照了进来。被震碎的石板瓦边缘呈锯齿状，破碎的石片散落了一地。罗伯特静止站立片刻，竖着耳朵听周围的动静。由于他生长在故乡波西米亚，年少的大多时光都用来在森林和大山里追踪猎物，他深知守株待兔的重要性，因为说不定什么东西会从隐蔽处冒出来，打破现有的宁静。谢天谢地，现在除了他的心跳声和从破石板瓦那里吹来的微弱风声，他什么都没听到。

他确定这是一个可以帮皮尔疗伤的安全地方，然后转身离开。他们现在非常需要一个暂时的避风港，暮色来临前，他们不能有任何动作。现在所处的位置与法国前线的安全地带之间没有任何掩护，若他们想在白天穿越这片雪地，那必死无疑。

他再次回到客厅，停留了片刻，集中注意力，听房子上面有什么声音，那里应该是卧室。突然，他怔住了。他听到了一种细微到几乎无法察觉到的声音，这是他最不愿意听到也最担心听到的声音。有那么一瞬间，他告诉自己，一定是耳朵不好使，听错了，可是，当他聚精会神地再次听时，仍然能听到那种声音。

一阵独特的、怪异的呼吸声从他身后传来。在无人区的这栋鬼屋里听到这种奇怪的声音，使他脊梁骨一阵发麻。那声音听起来就像是某个人——或者某种动物——正在后面的厨房打鼾。他悄无声息地转过身，举起枪朝厨房走去，追踪那令人毛骨悚然的声音的来源。

炉灶的瓦砾堆旁有一张倒放的椅子。根据他的判断，那声音是从椅子下方传来的。罗伯特扳起手枪的击锤，把枪口瞄准声源处。他紧扣扳机，朝着椅子迈了一步。当他靠近后，那呼吸声就完全停止了，像是什么人醒来了，并且屏住呼吸，以防暴露自己。

“举起手来！”罗伯特吼道，“快点！否则我就开枪了！出来！不要再躲了！”

但是，对方没有一丝要回答的迹象或做出任何反应。他端着枪彻底搜寻这个厨房的角落时，察觉到了轻微的哈欠声，随后那呼吸声又再次出现。毋庸置疑的是：在椅子下方是一个生命体，一个对他的查问没有反应的东西。

罗伯特感觉恐惧混杂着肾上腺素瞬间涌起，如同刚才飞机坠向扑面而来的雪地时所感受到的一样。他想用德语大吼，可不怎么会说，然而谁会忽略他简单实用的法语警告呢？

“醒醒，浑蛋！”罗伯特厉声地说，“给我站出来，别再躲了！”

仍然没有任何回应，只有间断的轻微呼吸声。他紧扣着扳机，手指扣得都发白了，一步一步向翻倒的椅子慢慢挪过去。那里什么都没有。他绕到椅子背后，仍不见任何人。“这该死的敌人，到底在哪里？”

罗伯特探身向前，视线顺着枪管仔细地观察椅子周围。他瞄准了眼前的嫌犯。就在罗伯特看见它时，这个睡着的家伙好像醒了。一个小小的灰棕毛球蜷在椅子底下，接着它蹒跚地站起来，跌跌撞撞地抬起头，不安地盯着罗伯特，低声咆哮着发出挑战。

看到它的第一眼，罗伯特的杀气和暴戾之气立刻烟消云散。他觉得自己是个傻瓜，花了好几分钟时间来追踪一只小得不能再小的狗，还对它大喊大叫。他无视小狗勇敢无惧地吼叫，伸出没拿枪的那只手去摸它。小狗一度想趁机溜走，可是它又大又笨拙的爪子竟被自己的尾巴绊倒，差点跌入后面的灰土中。

在它逃得更远之前，罗伯特一把揪住了它的后颈，把它拎了起来——就像狗妈妈用嘴叼起它那样。小狗用怀疑的眼神看着他，罗伯特把它抱入怀中，把枪收进枪套里，开始不断地抚摸它的脑袋。他用手指伸入它皮肤的皱褶，直到摸到耳后某一个特别的点。实际上，他这么做是想向这个小东西表示友好。果然，小狗先前激烈的反抗转眼之间瓦解，然后投降，最后完全地心满意足。

“谁把你丢在这里的？让你孤零零的，还没东西吃。”罗伯特搂着小狗，轻声地对它说，“你的朋友呢？……”

小狗用它那棕色的大眼睛注视着罗伯特，开心地不断摇着小尾巴作为回应。

如此温柔的安抚如魔法一般，不到几分钟，小狗便完全被征服。它依偎在罗伯特的胸前，皱着鼻子眯着眼睛，既满意又开心。罗伯特无法得知它妈妈在哪里，更不用说它先前的主人去哪儿了，但是他能感觉到，小狗已经完全放下了戒心——这是好事，因为敌军侦察队随时会出现，他和皮尔需要小狗引起骚动来掩护他们。

好了，现在这栋房屋已经安全了，该回去把皮尔接过来了。但问题是，如何处理这个新朋友呢？不可能再把它放回那张椅子下面，如果它发现人不见了，一定又开始“唉唉”地叫起来。至少目前，让这个毛茸茸的小东西开心，让它安安静静地待着，这很重要。他拉开飞行皮夹克胸前的拉链，把小狗轻轻地放进去，然后把拉链拉上。

罗伯特还不知道，这只是他们一生友谊的开端而已——接下来，他和这只玩命的小狗，将在饱受战争蹂躏的欧洲上空，与敌人展开激烈的战斗。

第二章 Chapter 02

罗伯特再次回到客厅，竟发现负伤的皮尔，在绝望之下，凭一己之力，来到了该农舍，吃力地倚靠在门旁。从他苍白的面容和雪上的斑斑血迹可以看出，他拖着那流血的伤腿，爬过结冰的地表来到这里，不知忍受了多大的痛苦。

他面带责备地望着罗伯特：“你去了那么久，我还以为你遇到什么麻烦了。”

罗伯特把手伸进皮夹克，将小狗从怀里拿出来：“这就是麻烦。我差点儿把它误认作敌人，一枪‘嘣’了它！”

皮尔疑惑地打量着这只小狗：“看起来像是一只德国牧羊犬。”他在“德国”这两个字上加重了语气。“不过，这间屋子已经没人住了，是吗？我们在这里安全吗？”

罗伯特点了点头：“这跟咱刚才孤立无援地困在无人地带和待在燃烧的飞机旁一样不安全。但是，在离开之前，我们得先检查一下你腿上的伤。”

罗伯特将小狗放在地板上，用一只胳膊搂住皮尔，帮他穿过客厅，躲到德国巡逻卫兵看不到的地方。他让这位受伤的法国人坐在地板上，用随身携带的小刀划开皮尔的裤子，害怕会看见很严重的伤。不过幸运的是，伤势并没有他担心的那么严重。子弹直接穿过小腿肌肉，并没有伤到骨头。简而言之，就是比较严重的皮肉伤而已，如果能适时止血的话，皮尔就不会有什么大碍了。罗伯特用浸过融雪的手帕，将伤口清洗完毕，再用绷带将其绑紧止血。

皮尔精疲力竭地靠着墙："我的老天，活着真好。"

罗伯特帮他疗伤的时候，他一声未吭，由此可见这位法国人的勇气和坚毅。

罗伯特勉强挤出一丝笑容："我们最好祈祷一切都能像现在这样顺利。我们尚未脱离险境。实际上，我们还有一大段该死的路要走……"

虽然皮尔是空军队长，但是罗伯特的地面作战经验比他丰富，所以他明白现在该由罗伯特下达指令，并拟订一个计划，好让他们摆脱困境。罗伯特在桌子上摊开一张地图，双眉深锁——要逃出这里绝对不容易，这是肯定的。他正仔细地观察地图上的细节时，忽然感觉有一个温暖潮湿的鼻子触碰着他的手。他想都没想，便俯身一手托起小狗的肚子，把它放在自己的大腿上。

罗伯特正忙着看地图，而皮尔从裤袋中摸出了一条巧克力，这是飞行基地配给的。他的手抖得厉害，自己吃了一大块，然后掰开一小片，准备喂小狗。

"可怜的小家伙。"皮尔低声地说，"尽管它是一只德国牧羊犬，但它住在法国式的房子里，所以也许我们应该团结一致吧……它看起来饿坏了。"

皮尔把这一小块巧克力递向小狗的嘴边，他认为它会满怀感激地舔巧克力，但没想到他的好意换来的却是小狗龇牙咧嘴的怒容和一声威胁性的嘶吼——这只仅四周大的小狗，在面对体形大它好几倍并长相凶残的掠食者时，竟然敢低吼。

皮尔厌恶地把巧克力扔掉："天啊！这根本不是只狗，它简直就是一条披着狗皮的狼！"

罗伯特内心窃笑着，仿佛这小毛球替他出了一口气。就是这个法国人的一时冲动，甚至可以说是因为他的鲁莽才让他们落到现在这种绝望的困境。

罗伯特仔细观察地图上的每个小细节，留意任何潜在的危险，并记在脑海里。尽管罗伯特对未来充满危险的旅程感到举步维艰，但小狗垂下耳朵、不抗拒他抚摸的举动，让他甚为慰藉。

"我的朋友，现在你有什么计划？"皮尔小心翼翼地问道。

法国人的话听起来似乎他已经听天由命了。罗伯特清楚地知道，带上这个负伤的飞行员一起走，他的脱逃计划就会受到种种限制，但无论如何，他已下定决心，两人要一起逃出这里。

"这里离最近的南锡机场有一百多公里，"罗伯特解释道，"但我们必须先离开这该死的山谷。我们刚才飞越莱茵河时，我注意到河的西岸有一片森林，那里驻扎着我们的军队。"

"没错，但是德军的博世机关枪在山脊上俯视着整个山谷。"

罗伯特根本不需要皮尔提醒。他们正处于两英里[1]长的法国马其诺防线和德国齐格菲防线之间。这栋农舍屋顶被炸出的坑坑洞洞，就是两边曾炮火猛轰的铁证。在这整个区域，没有一处是安全的，甚至他们现在所处的临时避难所也一样。

1　1英里约等于1.61千米。

“你的腿怎么样了？”罗伯特问道。

“痛死了。”

“那片森林大概在正西方一英里之外，你觉得你撑得到那里吗？”

皮尔不情愿地抬起头：“那我们何时出发？”

罗伯特开始思考皮尔提出的问题。微风已经将刚才笼罩山谷的那片雾吹散，雪地上仅留下几缕水蒸气。如果他们现在动身的话，一定会被发现，接着被射杀或被俘。现在唯一的办法就是等待夜幕降临，只有在夜色的掩护下，他们才能前进并不被德国机枪手发现。罗伯特告诉皮尔，三小时后，天色暗下来就出发。罗伯特焦虑地看着这个负伤的法国人，他一瘸一拐地走向附近的椅子，坐下来，闭上眼睛。不一会儿，他就像个婴儿一样睡着了。

“他和我真是不一样啊。”罗伯特边想边把小狗抱得近些。他们俩都是26岁，都为了同一个目标而战斗，但相似的地方仅此而已。皮尔矮小结实，皮肤黝黑，是一个肌肉发达、精力旺盛的男人。那些法国空军战友似乎非常喜爱他的狂野性格以及毫无顾忌的幽默感，他的黑眼睛和玩乐主义的人生态度也让很多女人着迷。

罗伯特则四肢修长，身高约1.8米，自从被迫流亡海外的那天起，他身上就存在着一种强烈的肃穆感。他的刚毅性格驱使他逃离纳粹统治，把他变成一台战争机器——唯一的目标就是狠命反击并彻底摧毁那些入侵并掠夺他祖国的敌人。他渴望参与战争，进攻敌人，但前提是他必须毫发无伤地逃离这里并活下来。

某种本能将他的注意力拉回到小狗身上，然后他的情绪便缓和了下来。它正站在他的大腿上——因腿部瘦小，根本站不稳——警惕地观察罗伯特。小狗还快速地瞥了一眼正在睡觉的皮尔，全身明显地颤抖了一下，又转头盯着罗伯特。罗伯特感觉到，这只四周大的小家伙正在思考：这两个闯入它家的陌生人中，谁可能是它的保护者，谁可能会伤害它。

罗伯特一边轻声细语地说着话，一边抚摸着它那黑得发亮的小脑瓜。它的头很小，罗伯特用一只手掌就可以把它的小脑瓜全部包住。小狗那娇小的身躯突然绷紧，愉悦地颤抖着，它用鼻子摩挲着罗伯特表示感谢。如果抚摸它的这只手是皮尔的，恐怕它早就咬下去了；而罗伯特似乎已经完全赢得了它的信任。

德国牧羊犬在罗伯特的祖国捷克非常受欢迎，因而他非常了解这个品种的狗。他手指轻抚过它棕色的背部，扫掉了上面一层灰泥，露出一条窄长的黑色条纹，与小狗的脊椎一样长。罗伯特知道，这条黑色的细纹代表它是一条纯种狗，也是该品种的贵族狗。难怪它第一次看到这两个入侵者时，表现得如此勇敢。

小狗的身体非常瘦弱，但是耳朵和四肢特别大，看起来滑稽可笑。尽管如此，罗伯特还是能察觉到它非凡的高贵身份。它几乎已经没有力气站立，但它还是用狮子般的勇气守卫着它的睡床——一堆破烂碎布和稻草。这只可怜的被遗弃的小家伙，如果能在这场战争中存活下来，将来一定会成为一个活力十足并值得信赖的伙伴。

罗伯特将手指伸入这只小动物厚厚的皮毛中，他的思绪飘回儿时。10岁那年，他和伙伴们对故乡乡村的野外事物甚是着迷。有一天，他们走得比平常远了些，进入了偏僻的深山森林之中。他们突然发现了一个洞穴，里面有三只狼崽蜷缩在一起。

想到母狼有可能随时返回，他们吓得不得了，用最快的速度逃离了那里，生怕随时会遭到母狼的攻击。在经历过这件事后，罗伯特学会了恐惧、热爱和敬畏大自然，也增进了他对各种动物的亲和力。在外观上，那些狼崽和这只幼小的德国牧羊犬非常相似，这大概就是为什么这个小东西勾起了他对童真时代的美好回忆。

罗伯特想起了留在祖国捷克的母亲，不知道是否还能再见到她。他父母非常宠爱他这个独子，从前总是热烈欢迎他的捷克空军朋友。但是，自1938年纳粹入侵他的祖国后，他的家庭就分崩离析了。亲属们因为反抗纳粹“主子”，不是被射杀就是被凌虐。为了摆脱这种境地，罗伯特冒着随时被德国巡逻队枪杀的危险，独自一人越过边境，逃到了波兰。

为了早日调入法国空军部队，他在波兰便应召进入了法国外籍兵团。他跟随法国外籍兵团在北非曾度过一段非常艰苦的日子，后来法国空军才收编他入伍，而他也终于实现了梦寐以求的目标——干掉德国纳粹。但是，现在大难临头了，如果不能从这里逃出去，他将生不如死，他与德国入侵者之间的斗争也会以失败而告终。

感谢上帝给了他一只虽被抛弃但心性却如此坚毅的小狗，罗伯特这么告诉自己。有了它的陪伴，他的心情变得轻松愉快，他的精神变得更加坚强。这时，他听到了小伙伴的一声呜咽。它正用湿润的眼睛盯着罗伯特，似乎在恳求着什么。

“这次又怎么了？”罗伯特轻声说道，“你想要什么？”

他猜它一定是饿了。他摸索自己的口袋，找到了一些巧克力和饼干。他各拿一点点给小狗，它小心地嗅了一下，但什么都没吃。罗伯特顿时明白了，这可怜的小家伙可能还没断奶。他拿了一片巧克力，举到一盏点燃的防风灯上烤——防风灯是他在农舍的废墟中找到的——用食指沾了点融化的巧克力。这次小狗没有拒绝，它谨慎地嗅了嗅，然后尝试性地舔了一口，接着狼吞虎咽地吸吮着罗伯特的食指，直到指上的巧克力无迹可寻。

罗伯特一次又一次地重复着喂食的动作，欣然接受这份甜蜜的负担。在他心中，他觉得他们有很多共同点：他们同样都失去了家庭；他们都为了生存而奋斗；他们都同时身陷囹圄……但都没有放弃挣扎。他觉得这个有趣的想法简直可笑，尤其是处于现在这种困境之下。

“好啦，小家伙，让我们来看看你能不能吃点硬些的东西。”

罗伯特又热了一些巧克力，但这次他仅将巧克力的外层融化了给它。它歪着头，疑惑的眼神显露了它的不解。它不知道该如何处理这奇怪的、有香甜气味的固体，但最后它伸出粉红色的舌头，满是口水地舔了舔半融的巧克力，片刻之后，它那小小的嘴巴就扑到巧克力上，将其完全吃掉了。

现在唯一的问题是，没有液体可以帮它咽下食物。于是，罗伯特穿过房间，朝门口走去，那对小小发亮的眼睛盯着他的每一步，似乎生怕自己又要被抛弃了。过了一会儿，他出现在门口，拿着一个旧平底锅，里面装满了雪。他将平底锅摆在灯上加热，然后用手指头沾着雪水，让小狗舔舐。很快，小狗开心地舔着平底锅里的水，这是它有生以来第一次尝到水。

“天知道我们该怎么处理你。”罗伯特轻声嘀咕着。

他嘴上这么说，心里却一直在思考一件事：在他们离开前，他是否必须做一件最仁慈却又最可憎的事。他已经在思考，自己是否有胆量去做这样的事。

6点钟的时候，他叫醒了皮尔。“准备好了吗？”他低声地说道，“出发时间到了。”

皮尔花了一两秒揉了揉眼睛。他看起来已经休息够了。这是一件好事，罗伯特心想着。皮尔环顾四周，弄清自己的处境后，眼神中露出了决心和坚定。

这法国人指了指自己血迹斑斑、裹着绷带的腿：“我已经准备得非常好了。”他看了小狗一眼。小狗吃完东西之后，就蜷起身体睡着了，现在睡得正香。“我们要怎么处理它呀？我们不能带它一起走，但是如果把它留下来，它就会饿死。”

罗伯特耸耸肩：“我已经教会它怎么吃饭喝水了，除此之外我们也无能为力了。我们就趁着它熟睡的时候离开，把门锁上，那样它就不会跟上来了。再留给它一点口粮和一个平底锅的水。剩下的就看它的运气了。你觉得根据你现在的身体情况，可以走到那片森林吗？”

皮尔做最后准备的时候，罗伯特盯着门外，试图记住一些地标，以便沿着计划路线前进。他祈祷今晚是个阴天，没有一丁点月光或星光照亮他们的路。没有亮光虽然会让这次行动更加艰难，但至少不会让山脊上的敌人发现他们。任何一缕光线都可能是致命的，会让两个人的影子映在雪地上。

出发前，罗伯特把平底锅装满融化的雪水，还在旁边堆了一些碎饼干。他打开门，搀扶着皮尔走出去，然后轻轻地关上门，拴上门闩。最后，他们往黑洞洞的房间看了最后一眼，遗憾地对熟睡的小狗做了无声的告别，便开始了长途跋涉。罗伯特希望，这是通向自由和安全之路。

他们刚刚离开农舍，就看到一连串刺眼的橘色火光自德国防线划过夜空。紧接着，法国防线也使用同样强度的炮火进行反击。双方每晚的例行攻击已经开始了。更糟糕的是，除了猛烈的炮火，还有射向高空的照明弹，它们就像一张张小型降落伞，缓慢地落向地面。为了让对方派出的夜间侦察兵无所遁形，双方都会发射照明弹。一旦发现，狙击手就能将他们一网打尽。

皮尔和罗伯特躲在果园的外围。燃烧弹发出耀眼的亮光，在他们两旁的雪地上投射出黑白分明的图案。通往远处森林避难所的整片区域都处在刺眼亮光的照耀下——这是罗伯特最不愿发生的事情。

皮尔咒骂了一阵。“我的老天，我们根本穿不过这片区域！”

“我们一定会成功的。”罗伯特坚定地回答道，“雪积得非常深，我们可以利用陡峭雪堆的阴影来掩护我们。”

如果没有罗伯特的搀扶，皮尔连站都站不起来。因此，他们只能爬行通过这段危险区域。他们手脚并用，在冰雪中缓慢地、费力地匍匐前进。

正当他们抵达农舍边界的壕沟时，一颗照明弹在他们头顶上方爆炸，炫目的光芒照亮了他们。他们俩全身贴地，沮丧地把脸藏在雪地里，冷汗直流，心中不停地祈祷。德军不断向法国前线发射高射炮，炮火带来的光线更强烈了，大地也随之震动了起来。

后来，照明弹的亮光消失了，就像蜡烛被吹灭了一样，周围暂时陷入了黑暗中，枪炮声也随之停止。罗伯特正要示意皮尔可以继续前进，这时，又有新的声音响彻夜空。那是小狗的一声长嚎，也是罗伯特最害怕听到的声音——小狗刚刚发现自己被再次抛弃，那些刚获得的食物、水、温暖和爱也离它而去，就像狗妈妈当初抛弃它那样。

第二次嚎叫声更为凄惨。小狗仿佛感觉到，随着保护者一步一步走远，自己生存的机会也渐渐消失；它仿佛知道，自己的哭喊会让罗伯特回心转意。它似乎决意不听天由命。

罗伯特看了皮尔一眼。“在这里等着，”他低声说道，“我马上回来。”

皮尔感觉到罗伯特言语间的坚定。“朋友，我很遗憾，”他咕哝道，“但你知道的，我们别无选择。”

罗伯特开始往回爬。他完全明白自己在做什么，他咒骂自己如此优柔寡断。他伸手去摸别在腰带上的匕首。用左轮手枪当然更干净利落，但是现在使用太危险了——通常这时候，德军的夜间巡逻队会离开岗位，躺在雪地里聆听，试图袭击没有提防的法国人。德国人每天晚上都这么干。

当靠近屋子的时候，罗伯特感到有些反胃，一股恶心感从胃里涌出。当然，皮尔的话是对的——他们别无选择——但是，罗伯特不确定他是否有勇气去做他必须做的事，即便这关系到他们的生命。

他听到了小狗因兴奋而狂吠着，它能够感觉到他的接近。他来到了果园和农舍中间的空地上，抬起脚，踉踉跄跄地往前走。他必须想办法让小狗安静，否则，这吠叫声会把德国巡逻兵通通吸引过来。突然，又有一颗照明弹在他头顶上爆炸。他立即向前卧倒，倒在距离门口只有一英尺远的地方，他不知道这阵狂吠有没有被人听到。

现在，绝望的狂吠声被另一种声音所取代——它娇小的躯体撞击木门时发出的沉闷声。虽然又瘦又小，但为了与离去的保护者重逢，它一次又一次地撞着门。它不断向上弹跳，试图跳过其中一块破碎的门板，有一瞬间，罗伯特看到了它尖尖的鼻子，但很快又消失了。这只小狗仿佛在为它的生命而战。在这世上，罗伯特最钦佩的就是坚强的战士。

罗伯特责备自己这种疯狂的多愁善感，他开始东张西望，寻找木块或石头。用自己的刀杀死这只小狗，他感觉这太像野蛮的谋杀了，或许猛击头盖骨可以让它立刻失去知觉，这是最人道的做法。他在厚厚的雪地中摸索了一会儿，却什么都没有摸到。

罗伯特开始感到绝望，受伤的皮尔仍趴在远处果园边的壕沟中，无法自己行动。他必须在小狗再度嚎叫之前，把它处理掉。但他又怎么忍心用自己的刀子去杀这个小家伙呢？更何况他亲自教过它如何进食和饮水。

罗伯特停下来，思考他是否还有什么别的选择。在过去几年里，他也曾面对许多难题，但从未意志消沉。这只小狗已经濒临死亡，但仍继续抗争。他从小狗奋斗不懈的精神中看到了自己。听着门那边绝望、恳求的悲鸣，罗伯特心软了。他知道，在这么短的距离内，小狗可以闻到他的气味，而现在对它来说，罗伯特就是它的救世主。这时，他身后那个顽固地挂在夜空中的照明弹终于落下，火焰的光缓缓消失了。

罗伯特在黑暗中站起身，快步向前，打开门闩，进入屋内。

Chapter 03 第三章

小狗一定是在最后一次对门奋力撞击之后跌倒了。它侧着身子躺在地板上，发出虚弱的呜咽声，爪子举得高高的，仿佛要再一次起身，再做一次撞击似的。小狗见门打开了，就摇摇晃晃地站了起来，像个疲惫的小孩般呜咽着，渴望爸爸将它抱起来。

罗伯特一把抱起小狗，让它靠着自己，小狗两颗闪烁的小眼睛与他的视线交错。小狗睁大了双眼，惊奇地看着他，对于把手指沾满巧克力的那位陌生人成功地召唤回来，它似乎感到难以置信。

罗伯特感觉自己的决心动摇了。“你在找谁吗？”他轻声地说道。

听到这熟悉的声音，小狗试着用鼻子亲吻罗伯特的脖子。

他把它抱紧一些：“好了，小家伙。没事了，你就跟我们一起走吧。”

罗伯特感觉到小狗用粉红色的舌头舔舐着他的脸。这只小狗似乎理解到，他刚才做出了一个重大决定。罗伯特拉开他的飞行夹克拉链，将小狗放进去，让它紧贴着自己的胸膛，然后转身朝外面走去。

一弯苍白的新月正高挂在山脊的上方。皎洁的月光下，到处是奇怪的光与影，妨碍了他们穿过果园的行动。枯萎的树桩像幽灵似的，看起来特别骇人，有些树桩看起来像隐蔽的敌人，伺机而动。

罗伯特悄悄地溜进了壕沟，与皮尔会合。让他惊讶的是，对于从皮夹克里探出头来、发出不友善吼叫的小狗，皮尔什么话也没有说。其实，皮尔之所以不喜欢这只小动物，是因为它会给他们的逃亡行动带来危险。他对罗伯特下不了手表示理解。皮尔一直竖直了耳朵，看看能不能听到小狗因受到致命一击而发出的尖叫声，他一直怀疑，那永远不会发生。

“我很庆幸，刚才去的是你，不是我。”皮尔轻声说道。

炮火声再次由左至右响起时，他们正缓缓地向前匍匐爬行。因受到炮火的轰炸，地面崎岖不平，地面上冻结的岩石和积雪变得锋利，把他们的手肘和膝盖都磨破了皮。小狗感觉到危险之后，立刻静止不动，而厚厚的皮夹克羊毛内衬和罗伯特低声的安慰，将刺耳的冲击隔绝在外，使小狗免受惊吓。

随着时间一分一秒地过去，皮尔的状况变得越来越糟，每爬行一步，他的脸就被雪地上呈锯齿形的冰划上一道伤。就像之前突然枪声大作那样，枪声突然停止了。但这并没有让他们两人觉得安全。现在唯一能听见的声音，就是他们移动时，四肢下的雪“嘎吱嘎吱”作响的声音。在寂静之中，这声音听起来震耳欲聋。他们发出的声音响彻山谷，好像是给德国巡逻兵通风报信：我们在这儿，快来抓我们吧。

零星的机关枪声在山谷里回荡。机关枪是他们俩最害怕面对的武器，因为他们一旦被发现，德国人肯定会用机关枪扫射。他们现在极度疲劳，而且失去了方向感，无法判断机关枪声的位置以及他们距离目标有多远。但是，他们别无选择，只能硬着头皮继续爬行。一码的距离感觉越来越长，他们期望到达的森林似乎遥不可及。

他们屡次将半身埋进雪中，心中做好最坏的打算——皮尔将会被监禁，而罗伯特则会被枪决。有那么一瞬间，罗伯特很肯定地认为，他们已经被发现了。他宁愿被当场打死，也不愿将命运交给那些心怀鬼胎的盖世太保。但是，这些瞬间产生的错觉都平安无事地过去了，他斥责自己的怯懦和缺乏毅力，并催促皮尔继续前行。

他们往上爬了整整一个小时，最危险的时刻似乎降临了。一双照明弹在他们头顶正上方爆炸，并随风飘落至他们身后400码的飞机残骸处。随后传来好几阵机关枪短促、断断续续的射击声。这次机枪扫射的目标非常明确，那架法国战机的冒烟残骸的周围区域正受到无情的火力扫射。

机枪的射击目标由战机旁越推越远。不一会儿，子弹已经射进了与他们近在咫尺的雪中，激起的一块块雪和冰打到他们脸上。他们用冻僵的手指挖着雪，尽量将身体埋得更深；他们非常确定，已经被发现了，并做好被灼热的金属穿过身体的心理准备了。这时，罗伯特感觉到，压在他肋骨下方的小狗在微弱地扭动，不禁心想，这也许是他此生最后一次能感觉到的东西吧。

然而，忽然间，枪声停止了，就像之前突然枪声大作那样。罗伯特几乎连呼吸都不敢，却抬起脑袋一英寸左右，观察四周，看看斜坡下敌军的巡逻队是否正在靠近。接着，照明弹照亮了可怕的场景：飞机残骸旁围着一群幽灵似的影子。一声尖厉的叫喊声响起，接着就是一阵疯狂地扫射。罗伯特可以看见子弹在波泰战机的金属残骸上弹跳，冒出一波波火花。

“天杀的，罗伯特，躺着别动。”皮尔呻吟道。

敌方的巡逻兵一旦没有发现任何尸体，就会立刻搜捕生还者。这时，又来了一颗照明弹，还没烧尽就落在他们位置的不远处。它发出

“噼啪”声和“滋滋”声，在积雪上烧出一个洞。罗伯特非常紧张，因为德国巡逻兵可能朝他们走来了。他知道，如果他们真的被发现的话，他绝不会丢下他的战友离去，哪怕被抓之后他的下场会比皮尔糟得多。他们已经一起逃了这么远，他不可能就这么弃他于不顾。

让罗伯特非常惊讶的是，德国巡逻兵竟然没有往他们这边走来。敌人似乎没有注意到罗伯特和皮尔往前爬。不知道什么原因，敌人朝东边更远的地方搜寻去了。皮尔痛苦的表情和无声的诅咒表明，他已经接近耐力的极限了。随着午夜降临，从农舍出发至此已经过了六个小时，他们精疲力竭。罗伯特抬眼一瞥，发现一大片高耸的黑压压的森林就在他们的正前方。

“快到了。”他低语道，“休息五分钟，然后再出发。”

皮尔没有回应，无声无息地躺在他旁边。皮尔被狙击手射杀了吗？还是失血过多？还是今晚身心所承受的压力超出他身体的负荷了？

“皮尔！皮尔！”他急促地低声呼唤。仍然没有反应。

他伸手晃动皮尔的肩膀。皮尔没有抬起头，但他说话了，虽然声音小到几乎听不见。

“继续前进，”他恳求道，“独自向前。别管我了，我完蛋了。”

“谁也不会丢下任何人，”罗伯特反驳道，“我们要么一起前进，要么一起留下。”

皮尔要在他们离森林避难所这么近的时候放弃，这让他很生气；但他愤怒的是，皮尔竟然以为，罗伯特会把他一个人留在这无人地带，这被大雪冰封的半山腰上。不过，皮尔似乎已经动弹不得了。他由于酷寒而失去知觉，皮肤被冰和石头撕裂，双腿因难以想象的痛苦而抽动着，这个顽强的法国人坚称，他一寸也动不了。

但罗伯特不接受皮尔的观点，他说：“当你感觉到我推挤你的时候，出点力往前移动。这样下去，我们一定会成功的，我们离那儿很近了。”

他把胳膊搭在皮尔的肩膀上，用一只手卡在皮尔的腋下，用力向前拨拉，皮尔痛得呻吟起来，但至少他能动了。皮尔把全身剩余的力气用到那条没受伤的腿上，用力往前推，慢慢向前。罗伯特则待在他的身边，反复推拉着他的身体，让这个受伤的男人能用他的手指和那条没受伤的腿，在冰冻的雪堆中爬行，用力往前推进。

路程一段比一段难熬，他们一起爬上斜坡，朝着黑压压的森林挪动。他们花了整整45分钟才到达第一棵树下。罗伯特摇摇晃晃地站起身来，把他的朋友拖到一棵巨大、结实的冷杉后面，让任何狙击手都打不到他，因为刚刚将皮尔拉上来时可能暴露了行踪。

皮尔躺在地上后，立刻失去了知觉。罗伯特选了旁边的一棵树，背靠着树干，疲惫地坐下。他身上的每一条肌肉都在燃烧，而他的两只手臂，从肩膀到手指，更是酸痛难耐。

他摸索着拉开夹克的拉链，急切地检查小狗的呼吸，看看有没有因为最后疯狂的几步把小狗压到窒息。他把小狗抱到自己面前，发现它那枯瘦如柴的尾巴似乎比他们两个大男人的身体更有活力。它的尾巴兴高采烈地来回摆动着，像是提早庆祝他们的胜利大逃亡。

罗伯特知道，他们还未脱离险境，但是他实在累得受不了。在疲惫地睡去之前，他看见小狗用后腿站起来，舔他的下巴。

不知过了多久，罗伯特被小狗的低鸣声唤醒。他张望四周，寻找小狗的踪影，看见小狗站在不远处，四肢僵硬，颈部毛发竖立，警惕地盯着森林边缘的灌木丛。它觉察到了主人尚未听见的某种声音，直觉告诉它，某种致命的威胁正在靠近。它的吼叫不只是提醒友方，同时也是警告那些正在靠近的人。

罗伯特抓起小狗，捂住它的口鼻，不让它嚎出声。突然间，一根树枝突然断裂，发出很响的“噼啪”声，很有可能是枪击的结果。枪声吵醒了皮尔。他笔直地坐起来，惊慌地环视四周。罗伯特知道，就算皮尔可以自己走，现在要跑也已经来不及了。他伸手去掏枪，准备迎接这最后的战斗。至少他们的小伙伴已经于几秒钟前给了警告。

若隐若现的人影突然出现在他们面前。闪闪发亮的刺刀分别指着罗伯特的咽喉和皮尔的胸膛。更多士兵从灌木丛中溜出来，将他们团团包围。在这种情况下，反抗是没有用的。罗伯特一直不相信，他们追求自由的史诗般的旅程会以被俘而结束，但现在终于彻底绝望了。德国巡逻队一定追踪了他们在雪地上留下的脚印，不然，他们怎么可能这么快就抓住他们呢？

“好吧，”他听见皮尔轻蔑地说，“被你们逮到了！现在你们想怎么样？”

鸦雀无声。

一支火炬对着他们的脸照了照。

距离最近的那个士兵突然发出一声惊叫，打破了杀气腾腾的紧张气氛：“我的老天！他们是法国人！”[1]

罗伯特简直不敢相信自己的耳朵，他在阴暗处端详着一步步向他们靠近的士兵。是法国军服！

“我们的战斗机……坠毁了。就在那边。”他听见自己气喘吁吁地诉说他们的遭遇，并指着皮尔说，“他受伤了。他的腿。快帮他。”

一位穿着法国步兵制服的中尉走近：“你们到底是谁，请亮明身份。”

---

1 原文为法语。

皮尔率先说道："中士皮尔·杜瓦尔，法国第一轰炸机侦察中队。"

罗伯特勉强挤出了几句话，但声音听起来很虚弱，有气无力，似乎到了崩溃的边缘："中士罗伯特·博兹杰赫，观察员兼空中炮手。同一个侦察中队。我们今早被击落，我的飞行员受伤了。"

中尉把手放在罗伯特的肩上："冷静点。我们知道有坠机，但不确定机上人员的情况。你们是怎么到达这里的？"

"爬过来的……每一步都血淋淋的。"皮尔喘道，"这里有医生吗？我的腿快要废了。"

"这里没有医生，再说，距离敌人这么近，我们也做不了什么。我们最好把你带走。"

士兵将刺刀从步枪上卸下来，把枪托与枪管绑成一个简陋的担架，然后在上面铺了一件厚大衣。士兵们小心翼翼地将皮尔放到这个临时担架上，接着队伍便离开，进入了森林。

"你的飞行员伤得很重吗？"中尉问罗伯特。

"报告长官，一颗子弹穿过他的腿，但他会痊愈的。"

"的确。受了那样的伤，还能爬上那斜坡的人，一定会痊愈的。事实上，你们俩都应该庆贺。明天一早，我们就会将他送去医院。但在前线阵地，我们至少能先给他做紧急处理。此外，你们会有饭吃、有床睡，你们在那里很安全。"

这支小部队穿过漆黑的森林，来到马其诺防线上第一个防守据点。他们进入了一片空地，那里的一座碉堡被巧妙地用冷杉林伪装起来。罗伯特可以看见，碉堡周围有许多炮管从隐藏的炮座探出来，随时防御德军的袭击。在建筑物前，罗伯特解开皮夹克，伸手去取小狗，中尉因此迟疑了一下。

"那里有什么东西？"

“报告长官，一只狗，一只小狗。”

“好吧，带它进来，你养了很久了吗？”

罗伯特咧嘴一笑，说：“很久了，和它是朋友了，长官。”

他们准备了面包和罐头牛肉，令人馋涎欲滴的肉和肉汁的香气飘散在空气中。小狗开始躁动，闻了一口后，开始兴奋地低吼。

“至少有人赞赏亨利烹饪的气味。”中尉开玩笑道，“尝了之后或许就不这么想了！”

在安全的军营里，士兵们举起白兰地调配的黑咖啡，庆祝成功地解救了两位飞行员。他们都非常想知道罗伯特和皮尔坠机以及逃亡到森林的细节。但他们最好奇的是，两个飞行员在为了生存而奋斗的同时，为何决定带这只小狗同行。

听完罗伯特把故事说完，厨师亨利说：“可怜的家伙，它看起来快饿死了。我给你一些沾肉汁的面包，它也许会跟你要。”

果然不出所料，罗伯特刚把碗放在地上，小狗立刻从藏身之处跑出来，狼吞虎咽地吃得一点不剩。

它似乎觉得，罗伯特给的所有食物都是安全可食的。圆滚滚、棕色的眼睛恳求着再来一份。罗伯特立刻递给它第二碗。不久之后，它那娇小的胃因为那味道强烈、不熟悉的食物而膨胀了起来，小狗“扑通”一声倒在罗伯特的脚下，剧烈地呕吐。房间里立刻爆发出对亨利厨艺的刺耳的嘲笑声。

罗伯特把精疲力竭的小狗放在他的大腿上，抚摸着它睡觉。很快，他和皮尔也同样进入了梦乡。

黎明时，他们被战地救护车吵醒，这是要把受伤的皮尔送去医院。罗伯特跟他握了握手，目送他上车。

“快点回到中队。我们等着你。”

皮尔似乎更关心他的女朋友，担心在他休养期间，她会移情别恋。“帮我看着点儿我那可爱的玛莉。”他眨了眨眼说道，然后就离开了。

一个小时之后，罗伯特要离开了。他向营救他的士兵一一表示感谢，把小狗放进他的夹克里，爬进雷诺车，向最近的飞机场出发。那里有一架飞机，可以让他飞215英里，回到中队所在的圣迪济耶空军基地。

这架双人座、单引擎的波泰-25教练机恰巧就是让没有经验的飞行者试飞的。罗伯特启动引擎时，小狗在他的怀里吓得发抖，但一阵轻拍和几声轻言细语马上就让它镇静下来了。在接下来的飞行过程中，它表现完美，这让罗伯特的骄傲感油然而生。他们真是合作无间。他们不仅有相同的战斗精神，而且，这只狗像罗伯特一样，天生就是个飞行好手。

当时罗伯特和皮尔在雾中飞越德军前线时，罗伯特中队的六个捷克同胞正在他们上空，与德军的梅塞施密特战斗机搏斗。他们看到了那架飞机中弹后绝望坠落的最后时刻，他们认为，随着飞机坠毁，罗伯特和皮尔必死无疑。因此，他们依照捷克的传统，喝了个烂醉，以帮助朋友早日“升天”。

一开始，他们醉得太厉害，以至于没有看到罗伯特飞回基地的雄姿，就在他们以为他已经死了的24小时之后，罗伯特平安归来。捷克同胞们热烈欢呼，拍打他的背表示恭贺，发誓晚上再来大喝一场，来庆祝他伟大的逃亡之旅。

这些捷克流亡飞行员形成了一种亲人般的亲密关系。他们在本国空军服役时，就如同其他战时年轻人一样，有着深厚的情谊。但是，希特勒的入侵迫使他们背井离乡，他们变得更加团结一心，为了一个共同的目标而奋斗——杀光纳粹。既然他们现在待在法国，他们决定用法国作家大仲马（Alexandre Duma）的《三剑客》（Three Musketeers）中的一句格言作为座右铭："人人为我，我为人人。"而现在，罗伯特的小狗就是加入的第八位剑客。

他们一开始并不知情，他们这些人的生命，将会与这个新来的四条腿的小伙伴的命运紧紧相连。罗伯特的捷克同胞分别是：24岁的贾斯卡（Joska），26岁的约瑟夫（Josef），他们两位都是神枪手；23岁身材修长的花花公子卡雷尔（Karel），35岁有着长者风范的佛拉斯塔（Vlasta）；27岁绰号"火焰"的路德法（Ludva），因为他有着红色的头发和火爆的脾气；还有18岁的古斯塔夫（Gustav），他是这个团队中最年轻的。他们全都是单身，最重要的是，他们现在全都自称爱狗人士。

他们与罗伯特的小狗玩耍，不仅唤起了他们对家庭生活的回忆，也增加了对逼迫他们离开家园的敌人的憎恨。很快，飞行员们都非常喜欢这只小狗。从来没有哪只动物能有如此多忠实的保护者。原本的七剑客确实变成了八剑客。

不过，他们需要给这位新成员取个名字，并为此争执不休。他们认为，这种贵族品种的狗应该有个高贵的名字。洛德（Lord，意为"上帝"）？杜克（Duke，意为" 公爵"）？雷克斯（Rex，意为"国王"）？这些名字，对一只还没驯化的小狗而言，似乎有点太冠冕堂皇了。卡雷尔毫无头绪地建议用"侨民"作为名字，因为这个烂点子，他遭到了如雨点般飞来的靴子和书本的攻击。有着黝黑皮肤和一头卷发的英俊小伙子贾斯卡突然灵机一动。

"我想到了，"他说，"你们还记得我们在老家最常开的那种老式飞机吗？"

"安特！"他们异口同声地说，记起了他们都喜欢驾驶的俄罗斯

PE-2俯冲轰炸机，捷克空军称其为“安特”，是当时服役的最好的一种地面攻击飞机。

“就是它了！”罗伯特喊道，“贾斯卡，你说得对！为了纪念我们的战斗机，我们就叫它‘安特’。干杯！”

就像在和平时期出生的新生儿一样，安特就这样在兴高采烈的气氛下被命名了。唯一不同的是，他们是用啤酒，而不是香槟，来干杯。

时光飞逝。进入1940年的那个冬天比较太平，因为法国与德国进行的是“假战争”，双方几乎没有进行过实质性的军事行动或空战。安特一天天长大，并被培养出坚韧不拔的意志和德国牧羊犬健壮的体格。所有捷克飞行员都赢得了它的信任，但是它的主人依然只有一位。罗伯特用餐时，安特会站在他旁边，耐心地等待它的用餐时间。罗伯特就寝时，安特会蜷在他的床底下，任何入侵者都会倒霉。

1940年1、2月间，天气异常寒冷，所有飞行员的当务之急就是为自己保暖。这七位捷克人占用了机场附近碉堡里的一个房间，并穿着自己的厚大衣睡觉。罗伯特则有着其他人没有的奢侈品：与安特睡在一起，它简直就是一个有着厚厚毛皮内衬的犬形热水袋。因此，罗伯特是唯一一个没有因脚趾冷而冻醒的人。

安特很快就学会了一些新把戏，其中一项特别引人发笑。在捷克飞行员飞行训练或日常巡逻归来时，它举行欢迎会，举起它的右爪，轮流与每个人“握手”，表示慰问。

但是，这种和平的假象没有持续多久。5月10日，晴空万里，罗伯特和他的朋友们天一亮就听到了打响战争的第一炮。德军的坦克朝着法军的阵地突进，猛烈的炮火预示着敌军轰炸机的到来。法国与捷克籍机组人员冲上莫拉纳战斗机，紧急起飞，与敌军展开激烈的空战。6架德国轰炸机被击落，但兴奋是短暂的，因为一波又一波的德国装甲坦克势如破竹地冲破了法国防线。

当时有个计划，就是让罗伯特的中队去炸毁附近的桥梁，以拖延德军的集结行动。波泰-63型轰炸机是法国空军中最先进的，全部14架都已准备就绪，队员们个个跃跃欲试。但是升空的命令迟迟不来，等待的紧张感令人难以忍受。这时，罗伯特看见机库旁有一个足球，就提出做一个快速传接球游戏，来缓解一下紧张的气氛。

罗伯特用力把球踢给卡雷尔，卡雷尔笑了笑，熟练地用右脚停住球，接着更用力地踢回去。现在轮到躲在树荫下的安特去截球。他们俩来来回回地传球，而安特则很有毅力，用无与伦比的速度不屈不挠地追着那只球。一段时间里，足球成了安特最喜欢的游戏，但是突然，安特失去了玩游戏的心情。

罗伯特抬眼一瞥，发现安特僵直地站着，盯着地平线，颈背的毛竖立起来，吼叫着，就像当初还是小狗崽，两个不速之客闯入它的农舍时一样。罗伯特扫视了东南方的天空，什么也没看到，但不一会儿，空袭警报响起。

安特的提前预警证明是正确的：他们即将受到来自空中的猛烈攻击。

第四章

Chapter 04

罗伯特转身就跑，并呼唤着安特，要安特跟着他。罗伯特突然发现，安特并没有服从他的命令，自从与安特相遇以来这种情况从未发生过。它像扎了根似的原地站着，充满挑衅地冲着远处的德国道尼尔Do-17型轰炸机狂吠。道尼尔Do-17型轰炸机又被称作“飞行铅笔”，因为它的机身圆滑瘦长，难以被发觉；而等你发现它，它已经在你的头顶上盘旋了。

等罗伯特和安特回过神来，第一批纳粹德国敌机已经俯冲下来并投下了炸弹。炸弹直接击中了一座机库，发出了可怕的爆炸巨响，被炸碎的板材和铁片在空中不断旋转。接着，一架法国波泰-63型轰炸机的油箱起火燃烧，两阵爆炸声响彻云霄。一团火球击中了机库顶部，炽热的金属碎片像雨点一样撒落到飞行员身上。

罗伯特俯身向前冲过去，把瘦长的狗抱在怀中，拼命地往远处的飞机跑道边缘冲刺。爆炸的回声混合着重型机关枪的骇人枪声，子弹撕裂了罗伯特脚边的地面。现在，整个机场都遭到轰炸机猛烈的低空扫射与轰炸，罗伯特为了营救安特而耽搁了宝贵的几秒钟，结果他陷于危险之中。

子弹在他四周激起了尘土，这时罗伯特看到机场边缘有一排树，树下有一处不深的狭长掩壕。他跌跌撞撞地向那里冲刺，奋力跳进去，结果跌到了躲在那里的卡雷尔身上。安特像三明治一样夹在两人中间，但依旧对上方轰隆隆飞过的道尼尔Do–17型轰炸机吠叫不停。

轰炸机绕了一圈，又折返回来，进行下一波攻击。接踵而来的爆炸迫使罗伯特双手抱头，各种碎片残骸在空中飞舞，有的射进离他们只有几寸远的泥土里。子弹在头顶呼啸而过。忽然，安特停止了吼叫。罗伯特从它的眼神中看到了恐惧。罗伯特抱紧它时，甚至能感觉到，这只还未成年的狗会随着每一声重响和爆炸而颤抖。它那挑战性的吠叫和咆哮已变成了明显的恐惧。

德军将火力目标转移到了附近的机群上，此时这些飞机正毫无遮掩地停放在机场边缘。无情的炸弹和子弹撕裂着那些静置的战斗机，与此同时，罗伯特可以感受到，安特的心像手提电钻那样怦怦狂跳着。卡雷尔也在发抖，罗伯特搂着他的肩膀，让他安心。在两个小时的时间里，德国轰炸机将法国飞行基地炸得粉碎，这两个男人和一只狗一直缩成一团。

他们终于爬出壕沟以后，发现德国道尼尔轰炸机几乎摧毁了一切。机库已被夷为平地，法国空军引以为豪的14架波泰轰炸机也已被炸成碎片。除了闷烧的残骸，什么也没留下，甚至连跑道上都布满了大大小小凹凸不平的弹坑。飞行中队已不复存在，空军基地被摧毁，而敌军的机械化部队正快速向这里逼近。

随着法军节节败退，罗伯特和他的战友还没来得及在拉马尔马逊空军基地稍作喘息并找到替补飞机，就被迫迁徙了三次。战事变化得太快。他在新基地接受了任务，准备起飞时，他甚至都无法确定完成任务之后还能不能降落回同一个地方。这意味着他无法确定，在完成任务后自己还能不能再与安特进行例行的握手礼。

如果在罗伯特在外执行任务时德军坦克出现在基地门口，安特该怎么办？这个想法令他难以承受。每次执行飞行任务，罗伯特都将自己的生死置之度外，早在他的家乡受到德军蹂躏时他就这样了。但是，再也见不到安特，这是他难以承受的风险。于是，罗伯特决定，以后自己每次出勤都要带着安特一起飞行，除此之外再无他法。

严格地说，携带动物一起飞行是违反法国空军规定的，这就是为什么到目前为止，安特从来没有和他一起出击的原因。如果它还是一只小狗，罗伯特可以轻易地把它藏在飞机上一起飞行，但是它现在已经不小了，没有办法把它藏起来。不过，法国人以不墨守成规而著名，在他们的国家正饱受战争摧残的时候，罗伯特觉得他们应该会睁一只眼闭一只眼。

于是，当再次受命起飞出击时，他吹口哨示意安特跟上。安特跟着他朝着机库跑去。在此之前，安特连飞行线都禁止进入，所以安特边走边目不转睛地盯着主人看，好像它马上就会因为违规而被赶回宿舍似的。因为没有收到任何禁令，安特兴奋地摇着尾巴，它的眼睛因充满期待而发光。罗伯特和安特之间的关系已变得非常紧密，就好像罗伯特可以读懂安特的心思一样。他知道自己的狗非常想要和主人一起飞行，而它几乎不敢相信自己竟被允许上机了。

罗伯特爬进了停着的波泰-63型轰炸机，叫了一声狗的名字。对安特来说，跳上机翼并爬进机舱里，待在主人的身边，好像是在这个世界上最自然不过的事情了。它身体转呀转，打量着狭窄的、后方挂载着机枪的驾驶舱。它似乎找到了自己觉得舒适的位置，便心满意足地趴下，窝在罗伯特的脚边。

战机的双引擎启动时，安特连一下都没动。但是，当飞机在跑道上加速滑行，因路面不平而左右摇晃时，安特抬起头，疑惑地看着自己的主人。主人坚定的目光让它消除了疑虑，它便把头埋在它伸出的前脚掌上，再一次满意地合上了眼睛。

让罗伯特惊讶的是，这只小狗——还只有4个月大——似乎对起飞过程没有太大的反应。他伸手下去轻拍它的头，而安特似乎感到很开心，用它的鼻子愉快地磨蹭着他的手。更令人吃惊的是，与敌机交火时，它反应平静。为了闪躲周围德军那褐白相间的防空炮火，波泰-63型轰炸机俯冲、飙升或突然下降，可是安特似乎都没有什么感觉。

它丝毫不被飞行任务的危险影响。听到罗伯特朝着俯冲而来的德国战斗机开火时，它毫不惊慌。机关枪开火时，它的耳朵因突来的敲击声而竖起一点，它的鼻子因弥漫在它身旁的火药味而皱了起来，但除此之外，它俯卧在金属地板上，继续小睡，似乎没有一点要挪动的样子。

这次出击是否成功打击了纳粹的闪电战，对安特的处女航而言，似乎并不重要。令它感到幸福快乐的是能在主人出勤时陪在他身边。

随着强大的德国装甲部队继续推进，战争愈演愈烈。在绝望之际，英国皇家空军攻击航空部队的“飓风”战斗机也加入法国空军，以防止英国远征军的撤退行动被切断。在极度混乱之中，罗伯特与他的捷克飞行员同胞似乎有护身符傍身，因为他们驾驶的飞机还没有被击落过。一些比较迷信的士兵便开始想，是不是他们那只冷静且无畏的犬科吉祥物保佑了他们。

然而，5月21日上午，他们的好运气似乎用完了。在“飓风”战斗机的护航下，罗伯特的中队出发，前去轰炸正在横渡索姆河的德军装甲部队。罗伯特的轰炸机群下冲攻击时，一阵防空炮火突然布满天空。罗伯特感觉像是飞入了可怕的枪林弹雨中，有那么一瞬间，他怀疑带着安特参加这次看似自杀的任务是不是正确的选择。

他们坚毅地完成了这次袭击，成功地将下方的德军炸作鸟兽散，但就在完成任务后要爬升离开时，罗伯特探头清点同胞，他的心跳暂停了一下。他看见在他的斜下方，卡雷尔驾驶的波泰-63型轰炸机正冒着浓浓的黑烟，像石头般急剧下坠。

那天晚上，在空军基地旁边小村庄的酒吧里，剩余的六位捷克飞行员按照传统，举杯为倒下的同志送最后一程。尽管他们已经习惯了执行这种九死一生的危险任务，但是他们还是难以置信，最先牺牲的是他们当中最无忧无虑的卡雷尔。每个人都对卡雷尔拥有的美好回忆，多半是关于他如何说服舞会上最漂亮的女孩，让自己送她回家。

大家都在缅怀卡雷尔时，安特感觉到事情有点儿不对劲，尽管它不知道究竟是什么。它漫步走向在座的每个人，希望能找到一个解释。当它突然发现卡雷尔平常坐的位置是空的时，它轻轻地呜咽了一声，仿佛明白了大家今晚这么悲伤的原因。它朝门口走去，满怀期待地站在那里，似乎在等待缺席的那位朋友归来。最后，带着困惑的眼神，它趴在罗伯特的脚边，头枕在主人的靴子上。死亡的阴霾笼罩着这群战火中的朋友，也扑灭了安特乐观开朗的情绪。

他们回到住宿的小屋，安特似乎感觉得到主人的心情。这只年幼的狗想要用它唯一知道的方法让罗伯特振作起来。它凑到罗伯特面前，将他露在外面的每一寸肌肤都舔了一遍。但这似乎未能奏效，于是它尝试别的办法，用嘴巴轻轻叼着主人的手掌，并一点点用力咬着。当它松开嘴巴时，罗伯特的皮肤上印着一排排酒窝似的齿痕。罗伯特知道这种需要双方的信任和爱才能做出的行为，是安特用自己的方式要他振作起来。

但是，安特仍然无法安定下来。它需要执行睡觉前的最后一项任务：安特版的睡前检查。它常常无视半睡半醒的飞行员的责骂，用它冰冷的鼻子去碰触他们每一个人的脸，仿佛是为了确保它的朋友都在这里，而且没有假冒的。对于安特每天晚上对他们所做的例行检查，战士们早就习惯了。不管在他们快要睡着的时候被湿冷的狗鼻子弄醒有多么惹人厌，他们还是知道他们无法改变安特的这个习惯。最后，安特完成了例行检查，知道少了一个人，它在罗伯特的身边蜷曲着。那天晚上，他们多次被卡雷尔的战机被击中后在天空中燃烧翻滚的噩梦惊醒。

第二天早上，罗伯特正要到中队办公室去听取任务简报，突然听到背后传来一声欢快的呼喊。他以为是幻听，就继续向前走，但又听见了一次。

“嗨，罗伯特！什么事这么急啊？”

这次不可能是幻听吧。他一转身，看见皮尔提着一只大行李箱，飞快地向他跑过来。

“皮尔！真是难以置信！”罗伯特惊呼道，紧紧地握住了皮尔的手。安特感觉到因再次相聚而欢乐的气氛，也绕着他们开心地跳了起来，尽管它对这位法国飞行员只有模糊不清的记忆。

“我一直在到处找你。”跑得气喘吁吁、面红耳赤的皮尔说道，“你就不能在同一个地方待上两天吗？是时候再给你自己找个像样的飞行员了吧。”

“真是太糟糕了，安特。”罗伯特朝着欢喜雀跃的狗咧嘴而笑说，“享受平稳降落的日子过去了。从现在起，你要开始忍受颠簸的飞行了。”

罗伯特早就听说皮尔的身体恢复得非常顺利，但是因为战事而调动频繁，他早已放弃他们两个人会再聚首的想法。皮尔的回归减轻了失去捷克同胞卡雷尔的打击，但只是略微减轻而已。

自从他们的战机坠毁之后，这是罗伯特和安特第一次与皮尔一起执行任务，罗伯特一直试图将卡雷尔坠机的情景从脑海里抹掉。罗伯特从来没想过，他们劲头十足的捷克同胞能够幸存。至于皮尔，他似乎还是没改掉他那急性子的莽夫之勇，不过从某方面来说，罗伯特还是很高兴能够再次与他一起飞行。他就是你最想要并肩作战、勇敢飞向德军这种看似不可战胜的敌人的飞行员。

但是在皮尔康复后，与他首次共同出击并安全地回到基地时，罗伯特目瞪口呆地看见一个熟悉的身影在飞机跑道旁等候着。安特直接朝那个人影跃过去，迫切地伸出一只爪子，与那人握手，仿佛要祝贺他奇迹般地归来。片刻间，罗伯特瞪大了眼睛，难以置信地盯着卡雷尔——大家都以为已经罹难的那个人——他弯下身子，握着安特的手，用惯常的方式问候它。

与安特打完招呼后，卡雷尔双手插入口袋，嘴里叼着一根烟，仿佛在说：有什么值得大惊小怪的？卡雷尔很享受他的同伴们再次见到他时所表现出来的惊讶和难以置信，他自己表现得好像死里逃生不是什么大事一样。他眉开眼笑，仿佛刚从一个多情的夜晚冒险回来，而不是从一场坠机事故中存活，然后又刚好搭上一辆开往德军装甲部队前方的法军军用车回来。

“我现在最想知道的是，”他对罗伯特说，“你们昨天晚上在酒吧是怎么说我的？说吧，别不好意思。就当作读我自己的讣告一样。”

可惜的是，现在没有时间一起庆祝卡雷尔奇迹般的生还。纳粹军队势不可挡地攻入了法国。德军装甲部队无情地驶进巴黎时，罗伯特执行了无数次飞行任务，一次比一次危险，但安特始终陪在他身边。安特可能不知道为谁而战、为何而战，但是，它无穷无尽的能量和对战斗的显著热情，都让罗伯特更有毅力与决心。罗伯特推论，如果我的狗可以无畏地出生入死，那么我也一定办得到。

法国侦察机确认，敌人的装甲部队正势如破竹地向前推进。剩下几架能作战的战斗机仅仅来得及降落加油，就得赶紧飞到另一个远离德军进攻范围的飞机场。剩下的机组人员只能跟着地面护卫队，沿着挤满难民的道路谨慎前行。

法国与英国空军作战骁勇，给德国空军造成了重大损失，但地面部队却以令人费解的速度溃败。多支法国纵队士兵被德军击溃，战俘之多，以至于德军只好先解除他们的武装，然后将他们释放，而这些士兵只能跟着平民一起仓皇逃命。

低空飞行时，罗伯特能看见所有道路都被逃离巴黎的难民挤得水泄不通。在空中，他很容易就能把巴黎的难民同其他人分辨开来，因为他们总是乘坐豪华汽车，穿戴着时髦舒适的衣物。相比之下，大多数乡下人则仰赖不堪重负的马车或牛车，拖着满车的家当。但是，无论是时髦的城里人还是土气的乡巴佬，他们都有一个共同点：恐惧。一张张焦虑的脸孔扫视着天空，寻找空袭的前兆。每当德军的战机突然袭击，不管富人还是穷人，全都慌忙地爬到路旁的水沟里，隐蔽起来。

6月14日，德军突破巴黎的郊区后继续推进，他们发现巴黎市中心实际上已经弃守。罗伯特中队的剩余成员，包括安特，都被召到位于巴黎南部小村庄勒布勒伊附近的空军基地。他们希望这个空军基地能坚持得久一些，以继续对抗节节胜利的德军。

但是10架德国梅塞施密特战斗机的出现，彻底打碎了他们的幻觉。它们毫无预警地出现，有条不紊地用蹿着火舌的重机枪对准空军基地上一字排开的剩余战斗机。等到它们从地平线上消失，中队的每一架战机都变成了一团冒着烟的破铜烂铁。

第二天，即6月17日，新上任的法国总理、第一次世界大战中的英雄贝当元帅（Marshal Petain）做出了一个丧权辱国的决定——宣布法国向德国求和。对本来就已经四分五裂的同盟军来说，这是最后一击。

罗伯特中队的副官将中队的所有幸存成员召集到一个农舍花园，发表了一场讲话。他身上的勋章让人回想起过去的光荣岁月，但现在的他却驼着背、面容憔悴地站在大家面前。各个级别的人集合起来也不到60人，包括七位捷克飞行员和那只忠心的德国牧羊犬。

副官点名时，声音颤抖，泪水不断往下流。大家在一片震惊的沉默中，听他念完法国总理贝当的求和声明。

“伙伴们，”他总结道，“我们已经战败了。德国纳粹已经占领了奥尔良。现在，他们的装甲部队正朝着我们前进，距我们这里大概只有12英里。离这里最近的火车站是25英里远的图尔，你们可以到那里乘坐开往南方的火车离开。我们已经尽力了，大家想尽办法活下去吧！再见，愿上帝保佑你们。”

副官唯一能做的是将士兵一个个叫到跟前，将他们的个人证件交还给他们。罗伯特和其他捷克籍飞行员拿到的是法国外籍军团薪资簿，这是唯一能证明他们身份的文件。结束之后，情绪崩溃的副官回到了屋子里。他的国家被人出卖了，他所知悉的世界彻底毁灭了。

所有人都非常清楚如果大家一起行动，在解决交通和吃饭问题时，要躲过无所不在的德军是不可能的。活命的唯一办法就是分头行动。这七位捷克飞行员和安特当然是一个小团队，现在皮尔与他最要好的法国朋友雅克·舍瓦利耶也加入进来。

德军坦克的声音越来越近，炮火“轰隆”作响，当地村民吓得抓了手边的东西就跑。那九位飞行员则从容应对，协商下一步该怎么走。他们一致反对法国总理贝当放下武器求和的决定，决心奋战到底。因此，他们需要先拟定一个目标，选定一个目的地。如果他们不能在法国战斗，那就必须再找一个地方来帮助他们推翻压迫祖国的敌人。于是，他们决定动身前往一个仍然坚持对抗德国的国家——英国。

做出这个决定并不难，难的是如何到达英国。尽管每人拖着一对沉甸甸的皮箱让他们举步维艰，但是他们从未想过要抛弃自己的飞行装备。作为飞行员，他们自然计划讨要、借或偷一架飞机，好让他们顺利抵达英国海岸，继续进行对抗德国纳粹的伟业。

他们快速地搜索附近地区，发现所有有轮子的东西都已经被临时征用了。他们正要放弃飞行计划，打算拖着行李徒步走到英格兰时，突然，他们在村庄边缘看到了一栋灯火通明的大房子。它与周围被遗弃的黑漆漆的民房相比非常不协调。不仅每个房间都灯火辉煌，而且从敞开的窗户中传出阵阵笑声。似乎还有人在唱歌？！飞行员们仔细观察后，发现屋里的人好像正在举办派对，庆祝德国人即将到来。

卖国贼!

飞行员们不禁怒火中烧。

从停放在屋外大院子里的这些不同型号和款式的车辆来看，这群在里面畅饮香槟的内奸显然来自不同的社会阶层，他们愿意将自己的国家拱手让人，无疑是为了在未来德国占领时期升官发财。一位腰间挂着一只左轮手枪的卫兵正站在那里，看守着这些车。

“继续前进。”队伍中年纪最大、身材高大、有着一头金发的“叔叔”佛拉斯塔低声说道，“别引起别人怀疑。如果我们能搞定这个卫兵，就能解决交通工具问题了。”

他们又向前走了一段距离，这才停下来讨论如何处理掉这个卫兵。身经百战的佛拉斯塔叔叔是这群捷克人中最有经验的，他最终想出了一个计划。果不其然，安特需要在这个计划中扮演一个关键角色。佛拉斯塔强调，在任何情况下，都不能让那个卫兵鸣枪示警。

大家都完全了解了计划的内容之后，罗伯特转身缓缓走向那栋房子，安特则跟在他旁边，快乐地蹦蹦跳跳。当他与安特沿着道路行走的时候，满头红发的路德法——绰号“火焰”——和皮尔的朋友雅克偷偷越过篱笆，溜进了院子里。他们二人几乎都无法抑制对举行派对的卖国贼的愤怒，所以很自然的，他们成为执行这个任务的最佳人选。

罗伯特注意到，安特的舌头不停地左右来回摆动，仿佛在热切地期待着什么。不可思议的是，罗伯特感觉到安特似乎知道他们正要执行一项至关重要、生死攸关的任务。他很确定，他的狗知道它在即将展开的行动中，扮演着极为关键的角色。

“告诉我要做什么，我一定马上执行，”安特坚定的表情似乎在说，**“我绝对不会让你失望的。”**

Chapter 05 第五章

罗伯特和安特持续前进，努力表现出主人与他的狗在傍晚散步时的放松感觉。罗伯特随手丢了一根木条让安特去追。安特扑向木条，把它衔在嘴里，兴奋地尾巴竖立，直挺挺地左右摇摆。他们玩着这个游戏，直到那间灯火通明的房子再次映入眼帘。

在他们接近大门时，站岗的卫兵看到了他们，但是没有起一点疑心。罗伯特把木条丢到卫兵附近的地上。那卫兵捡起地上的木条，将其丢回给罗伯特，逗弄蹦蹦跳跳的安特。罗伯特再次把木条掷给卫兵，安特就这样来回跳跃，夹在中间玩着游戏。

“晚上好！”卫兵大声说，“你的狗是只好狗。如果我没有弄错的话，它是只德国牧羊犬吧。这个品种的狗会让我们的新主人感觉亲近。”卫兵停顿了一下，“想要我帮它找个好家吗？”

“嗯，看起来你们好像已经给自己找到一个好家了，”罗伯特答道，装出无动于衷的样子，“放着音乐、办着派对，好像过去的好时光。”

那个卫兵轻点太阳穴几下，好像是说：我们可是有脑子的。“嗯，该怎么说呢，我们有些人会动脑子。”他自鸣得意地笑着，指着罗伯特的制服说，“告诉你一件事，你很快就会后悔，你不该穿上它。”

“或许你是对的。”罗伯特若有所思地说。

罗伯特对安特吹口哨，一手将它抱起，亲切地抚摸着它，好像真的在考虑要不要转让这只狗。他从卫兵的肩膀看过去，路德法和雅克正悄悄地从灌木丛中爬出来。

罗伯特将安特举到卫兵面前，好像是要让卫兵把它看个清楚：“也许它真的需要一个新家。那么作为交换，你会给我什么？”

卫兵耸了耸肩，说：“我想的不是钱，而是帮你和你的狗——”

卫兵的话还没说完，就被路德法从身后袭击。他用一只手臂勾着卫兵的脖子，死命地压住他的咽喉，以免他喊出声来，另一只手则捂住卫兵的嘴巴。路德法加大他的力道时，罗伯特看到卫兵的眼睛因惊恐而张大。雅克在同一时间抢走了卫兵身上的左轮手枪。这些动作在区区几秒钟之内全部完成。他们把卫兵绑起来、堵住嘴，然后丢到其中一辆车的后车厢里。他们的计划本来就是要制造一场骗局，安特在这场骗局中表现得很完美。

罗伯特轻吹一声口哨，召集其他伙伴，交头接耳地讨论了一番。路德法提议开走那辆跑车，以最快的速度逃走。然而，头脑冷静的其他人决定选择停放在庭院角落里的那辆双轮轻便马车，因为它可以被悄悄偷走；前方道路拥挤不堪时，它也可以轻易地变换路线。同时，它还能帮他们融入为数众多的乡下难民之中。虽然现在没有时间去偷一匹马，但这马车并不重，而且这几个人都很健壮，他们自己可以拖得动。

他们——七个捷克人、两个英国人和一只德国牧羊犬——加入南下的难民队伍时，天色已由傍晚转向黑夜了。两人在前方拉着马车的横杆，另外七人从后面推。至于安特，它则坐在一堆行李箱和飞行装备上面，这情景，看起来像是一位骄傲的印度首领与他身边的九个车夫。

他们决定不听从副官的建议前往图尔，而是选择更近的罗亚尔省布卢瓦小镇。他们打算赶在德军前面到达布卢瓦，因此一秒钟都不能浪费；只要他们成功到达，就能在那里坐上开往南方海岸的火车。此时法国南部尚未被敌军占领，而且他们听说地中海港口在组织撤退行动。逃离德军攻势的盟军士兵都被敦促尽快赶到那里。

然而，前进的道路并不平坦。他们刚开始行驶在挤满人群的路上，后来又是满是车辙的坑坑洼洼的路，因而移动速度缓慢无比。车身每倾斜一次，安特就疯狂地用爪子抓住行李箱，但每次都不能保持平衡，导致它多次跌下车子，他们把它举起来放回车上时，它总会发出凄惨的哀鸣声。由于这只小狗尚未成年，它还没有精力和耐力徒步旅行，因此不得不坐在车上，要不然就会落在后面。每次耽搁都让大家紧张兮兮，安特第一次成为大家产生分歧的原因。

安特再一次跌下去的时候，急躁的路德法哼着鼻子说：“真是要命！照这个速度，我们不用到天亮就会看到行刑队了。”

安特无数次从推车上滚落下来，并痛苦地嚎叫，最后连佛拉斯塔也失去了往常的冷静沉着，说道：“它根本没受伤，只是想有人背着它！再这样下去，敌军的巡逻队会听到它的声音，我们必须抛弃它。”

罗伯特一言不发，一把抱起这只瘦长的小狗，塞进他的臂弯下保护它，继续用另一手推着车。他决心把它带到英格兰，如果必要的话。此时，安特的哀鸣声停止了，几分钟后，佛拉斯塔大叔走到罗伯特的身边。

他难为情地看了罗伯特一眼，然后低头看安特：“关于刚才那件事，我很抱歉……我不知道我刚才是怎么了。”

“算了。”罗伯特这样回答他。至于安特，它则用柔和的眼神看着佛拉斯塔，用鼻子蹭了蹭他的手臂。“你看，”罗伯特微笑着说，“安特已经原谅你了，所以没事了，放心吧。”

佛拉斯塔二话不说，将安特从主人那边接过来，像消防员那样将它高举，放在他那宽阔的肩膀上，扛着它前行了一个多小时，后来另一个飞行员换班将小狗扛在肩上。

他们听到火车发动驶离附近车站的声音时，已经是后半夜了。他们似乎刚刚错过最后几班开往南方的火车中的一班。他们朝站长拉上百叶窗的窗户扔石头，叫醒站长。结果，站长有些粗暴地告诉他们，当晚已经没有其他班次的火车了。他似乎对这群人非常不信任。这个国家太多叛徒、变节者和卖国贼，他这样想不足为奇。

皮尔向站长解释说，他们是法国飞行员，在躲避德军的追击，而且敌人就在不远处了。如果他们今晚剩下的时间都在等下一班火车，可能跟自杀没什么两样。站长终于动了怜悯之心。他给他们指了一条路，沿着一条火车的旁轨大概走两英里，如果够幸运的话，就会发现一列准备开往南方的火车。

黑夜中，这群飞行员坚定地前行，在崎岖泥泞的道路上推着车。他们追逐着这得来不易的末班车，暂时忘却了身体的疲惫。他们能听见在身后远处传来的引擎低鸣声和零星的炮火声，这是德军装甲部队在向前推进。这让他们忐忑不安。

他们已经快要放弃了，这时，安特灵敏的听觉好像发现了什么。它跳下手推车，带领他们走向阴暗的山沟。映入眼帘的是一条隐蔽的火车路堑，在深处藏着30节车厢，车头有三台引擎，此时它们冒着蒸汽，随时准备离开。

整辆列车已经拥挤得快要炸开。尽管如此，一群绝望的军人和他们的家人依旧围着火车，要求登上车厢。九位飞行员看了现场的情景，感到非常绝望。按照“先来先得”的原则，他们排在队伍的最后面，而他们也不可能为了要搭上这辆保命的火车，就把妇女和孩子推到一边。

就在这时，安特主动出动。它带领罗伯特越过挤满人群的队伍，走向后面的几节车厢。最后几节车厢是载牛的，飞行员们以为，这些车厢会和前几节一样拥挤，装满了牲畜，但事实相反，这里挺空的，而且火车尾端的几节车厢还出奇的安静。

安特来到最后一节载牛的车厢，一屁股坐下去，转过头看着主人，双目炯炯有神：**“这里的味道好棒呀！真是难以抗拒！把它打开来，让我们看看里头有什么！”**

罗伯特试着打开门，但打不开。他猛撞了几次，希望里面的动物能做个响应，但是毫无希望。突然，奇迹发生了，门开了一条缝。一个穿着华丽的女人探出头来，谨慎地打量着罗伯特。当她看到小狗乖巧地坐在主人身旁，眼睛马上为之一亮。她把门开得大一点，示意罗伯特和他的狗进去……要是她知道，他们后面跟着另外八位飞行员战友，恐怕就不会冒险让他们进来了！

罗伯特和安特在车厢的角落找了一个位置，坐了下来。这里没有任何家畜，除了那个女人、她的两个十几岁的女儿和一大堆行李，整个车厢显得冷冷清清。九个飞行员不敢相信自己的运气，他们堆放好行李，随后关上门。

车厢门被牢牢关上并用门闩拴上后，两个女孩透露了吸引安特来到这里的气味来源：她们正在吃一大块巧克力。注意到小狗正用饥饿的眼神看着巧克力，年纪较大的那个女孩掰了一块给它。贪吃的小狗再也不需要用手指沾着融化的巧克力来诱哄，它轻轻地用嘴叼走那块巧克力，狼吞虎咽地吃起来。

“它好可爱啊！[1]”她大声说，又掰开一块巧克力——它真的好可爱！

随着安特打破僵局，那位女人解释说，她丈夫是一位布鲁塞尔的出版商，但他被比利时军方征召入伍，自己已经有两个月没有收到关于他的任何消息，所以她逃离家园，希望在法国南部找到一处避难所。她的女儿很高兴能和安特玩，而那位女士似乎也很开心有这个意外的同伴。

年纪较大的那个女孩，让已累坏的狗躺在她的腿上休息。她用一首柔和的比利时摇篮曲安抚安特入眠，歌声差点盖过了来自车厢前端的争吵声，车厢里的人为不存在的座位而争吵不休。就在黎明到来之前，超载的火车终于猛烈地一蹬，开始移动了，它沿着唯一一条没有受损的轨道，朝着期望中的目的地——安全的南方——驶去，把成百上千个绝望的乘客留在身后。

但是，由于火车超载太多，在爬第一条坡的途中，长长的火车车厢从中间开始断裂。靠近断裂处的那几节车厢往后滑落，撞在后几节载牛的车厢上，安特因此被淹没在落下的行李堆中。

它可怜地叫着：**“嘿！嘿！我在这儿！快拉我出去！”**

飞行员们将行李箱从它身上拿开，罗伯特把安特拖了出来。脱了节的车厢渐渐加速往坡下猛冲，里头的乘客担心他们已经被遗忘。驾驶员怎么会知道最后几节车厢已经脱节了呢？幸运的是，火车的列车长已注意到异常状况，等到失去控制的车厢都停了下来，脱节的车厢就被重新接上了。

但之后的旅程屡次延误。一次因为车轴断裂，整列车被迫停下来维修。途中也因空袭警报而多次停下——因为对敌机来说，一列冒着蒸汽快速前进的火车是一个非常醒目的攻击目标。而且他们几乎每站都停，

1　此处原文为法语。

尽管月台挤满了绝望的人们，但车上早已容不下更多乘客了。最后，他们行驶到一段被炸弹严重破坏的轨道时发现无法通行，修复这段铁轨又花了好几个小时的时间。三天之内，他们的火车只走了60英里。前进的速度只比步行快一点点，待在火车上的每分每秒他们都担心被后方的德军追赶上。九位飞行员已经减少了每餐的饭量，现在已经到了挨饿的地步，因为他们和狗只剩下几罐沙丁鱼罐头和几块巧克力可以吃。由于吃得不够，安特显得无精打采：眼睛变得呆滞无神，鼻子干燥脱皮，皮毛也渐渐失去了原有的光泽。

因不明原因在一座小镇耽搁20小时之后，列车现在又因空袭警报而停了下来。不过，这次停靠在郊野，这让他们松了一口气。罗伯特把车门打开，呼吸一下新鲜空气，看到附近有放牧的奶牛牛群。他打算把握住这个机会。

“出来吧，伙计们！”他呼喊道，“这是我们弄到一些牛奶的机会。安特，你待着别动！”

飞行员们完全不需要担心，因为他们心爱的宠物狗看起来如此糟糕。那位比利时妇女在她的袋子里摸索着，拿出了一个婴儿奶瓶，说用这个装牛奶喂安特最好。但是，牛群警惕地看着这九位飞行员，他们正用饥饿的眼神狂热地向它们冲过来。他们想要把牛赶进牛栏里，却惊跑了牛群。只有一头牛没有远远地逃走，而是漫步走向篱笆，待在那边静静地反刍，因此它被围困。

但问题是，谁会挤牛奶？在捷克，挤牛奶被认为是女人的工作，男人都不会挤。在其他人的催促之下，罗伯特决定一试身手。他的四个战友抓住牛的躯干，两个战友抓住牛的头，另外两人抓住牛的屁股，他把奶瓶放到牛的乳房下方，然后就直接开始挤奶。但无论他怎么拉它的乳头，就是无法挤出一滴牛奶。

附近的篱笆后面传来一阵笑声，两位法国老妇人用难以置信的眼神看着他们所做的一切。

“这位奶奶是牛群的主人。”其中一人说道，忍住不笑出声，“这头牛的乳房是干的！它早就不产乳汁了哟。”

这时，她的朋友看到了奶瓶，似乎很同情他们：“噢，这是要给小婴儿喝牛奶吗？等一下，我们有很多为小婴儿准备的牛奶。”

她伸手示意要那个奶瓶，罗伯特默默地递给她。接着，她走进附近的一间小屋里，等她再次出现时，手中高举着装满了牛奶的奶瓶。她还用酒瓶装了一瓶牛奶，并用塞子封住。回到火车车厢后，罗伯特先用橡胶奶嘴挤出几滴乳汁，将奶瓶对准安特。安特嗅一嗅后，眼睛亮了起来，开始贪婪地吸吮。罗伯特如释重负，欣慰之感充满全身。

罗伯特因此发现了一个获取牛奶的模式。每当火车停下来，他只需要在那节车厢门口露出婴儿奶瓶，善良的当地百姓就会主动将奶瓶补满。任何一个询问婴儿健康状况的人，最终留下的印象都是：“安东尼宝宝”用令人钦佩的毅力在这个严峻的环境中健康成长。

事实证明，这些牛奶拯救了安特。一天天茁壮成长的安特，也鼓舞了飞行员的士气。但是，火车终于抵达位于法国地中海沿岸的城市蒙彼利埃时，两位战友要离开队伍。雅克和皮尔觉得不能抛弃家人，不能让家人在诡谲多变的德国统治之下受苦。于是，他们下了火车，向捷克飞行员发誓：整个欧洲重获自由的那一天来临时，他们会再相聚。

皮尔与罗伯特的离别饱含深情。“法国万岁！”罗伯特喊着，握着皮尔的手，生怕这是最后一次。

皮尔双眼含着泪水，微笑回应：“英国万岁！”

至于安特，它则难过地目送着那位法国飞行员离开。他们三个在一起渡过了重重难关，如果皮尔当时执行那注定失败的侦察任务时，没有选择在德国前线低空飞行，安特永远不会被罗伯特发现并救出来。

这群人从蒙彼利埃出发，来到了港口城市马赛。整个城市一片混乱。他们看见法国军人脱掉身上的制服，并声称任何抵抗德军的行动都是徒劳的。但这七个坚忍的捷克人不顾席卷全城的恐慌气氛，径直朝码头方向走去。在那里，他们刚好赶上最后一班船，开往最近的英国属地直布罗陀。

直布罗陀位于西班牙海岸线南方约九百英里。理论上，西班牙在战争中属于中立国，所以海上航行不会受到来自西班牙沿岸的威胁。对于这些捷克飞行员来说，这是他们逃离法国、迈向自由的史诗之旅的最后一段，也是一段可以让他们继续对抗令人厌恶的敌人的旅程，因此，这段旅程看起来似乎是最轻松的。但对安特来说，他们惊险的逃离之旅中最大的危险之一将要到来。

经过一段大致平静的航行后，他们于1940年6月30日到达直布罗陀。这是飞行员们第一次踏上英国领土。幸运的是，有一支护卫舰队正准备前往英国。他们知道，他们将乘英国的运煤船“诺斯穆尔号”前往英国。它正停泊在离海岸100码的地方，进行出发前的最后准备。

一艘渡船正在繁忙往返于码头与“诺斯穆尔号”之间，当这七个人踏上渡船的船板时，他们对自己竟能完成这场看似不可能的逃亡行动感到无比兴奋和愉快。但罗伯特的喜悦只是昙花一现。操作渡船的士兵检查他们的证件时，一位士兵发现了在罗伯特脚边耐心等待着的安特。

他微微摇了摇头：“对不起，犬类禁止上船。这是船长的命令。”罗伯特试着跟他说明理由，但是他坚决不同意。“抱歉，我的朋友，我们今天也因为相同的原因而禁止了一位上校带狗登船。你没有希望的。”看到罗伯特失望的表情，他试着安慰罗伯特，“你这只宠物长得真好，岸上会有很多人愿意领养它的。直布罗陀是英国领土，这里的人都是爱狗人士。放心吧，它不会饿死的。”

罗伯特知道，这个人是奉命行事，但他绝对不会留下安特，自顾自地离开。毕竟，他们共同经历了这么多苦难，而且到目前为止，安特在许多方面间接地保护了他们。总之，罗伯特是绝不会与他的狗分开的。于是罗伯特将他的装备交给贾斯卡，直接掉头走下船板，回到岸上。

罗伯特和安特并肩一起坐在码头边，罗伯特靠着木材堆，安特习惯性地趴在主人的脚上。罗伯特注视着“诺斯穆尔号”：近在咫尺，却又远在天涯。在他们的六位朋友靠近“诺斯穆尔号”时，罗伯特可以看到他们隔着一小片海域，正在向他招手。罗伯特不仅仅是这只小狗的主人，他觉得自己似乎已成了它的父亲一般的角色，仿佛他与它的命运是交织在一起的。

罗伯特感觉安特的眼睛正盯着他看。安特用询问的眼神仔细地端详着他的脸：**“我以为我们正在离开的路上呢，爸爸，到底发生什么事了？”**

罗伯特往下伸手，抚摸着它的耳朵说：“我不太确定，孩子。给我几分钟的时间，想出一个计划。但是有一件事是确定的——就算上刀山下火海，我也绝不会弃你不顾。”

感到欣慰的安特将尾巴前后摆了摆，敲打着木材堆，发出重击声。然后它站了起来，摇晃着走到水边，对着“诺斯穆尔号”凝视了几秒之后，回头看了看木材堆。罗伯特好奇地看着安特，看它打算做什么。它挑了一块木材，把它从木材堆中拖出来，然后转身面向海港，朝着船的方向，把木材投入水中。海流将这块木材朝船的方向送去，直到最后消失不见。

安特转过头，用专注的眼神看着主人，兴奋地吠了一声：**“爸爸，你看，这并不远啊。如果那块哑巴木材可以漂到那里，那么我也行！”**

“天啊，你是对的。”罗伯特喃喃自语，难以置信地摇了摇头，

“我怎么没想到呢？”

对安特来说，游100码应该是一件轻而易举的事。罗伯特可以先上船，告诉渡船上的士兵，他把狗送给当地的家庭收养了。一旦他安全登上船，他就吹口哨召唤安特，听到主人的呼唤，它就一定会游到船的下方。但现在只有一个问题：那照亮了整个海港的强烈灯光。安特在码头耐心地等待时机，然后跳入海港时，一定会在强光下被发现。

生平第一次，罗伯特渴望空袭来临，因为空袭时为了降低敌军的能见度，灯塔的光会熄灭，这样他就可以悄悄借助黑暗的水面，将安特偷运上船。罗伯特认为，现在他和安特之间形成的紧密关系令人难以置信，这种关系竟会让他产生想要敌机来袭的想法。他责怪自己有这样的想法，因为无辜的人可能会死于德军的空袭之下，他们到英国的船只甚至也可能被击沉。但是他现在宁愿被德国道尼尔Do-17轰炸机袭击，也不愿与安特分开。

罗伯特蹲下身子，双手捧住安特的头，注视着它的眼睛深处，期望着从中找到一些灵感。是安特先想到了横渡港湾、偷溜上船的办法，或许它也会有一个躲避灯塔强光的方法。但安特用同样空洞和绝望的眼神回望着罗伯特。它仿佛在说：**“仔细看着我，爸爸。对于这个问题，我也没有想到解决的办法。”**

罗伯特环顾码头四周。他看到一个又黑又旧的煤渣桶。或许，我们可以好好利用它。这个桶有两英尺高，系着一条卷绳。他想到了一个计划，越琢磨越觉得可行。罗伯特站了起来，全身散发出一种使命感。他不能确定这方法是否能实现，因为这对安特的服从性、忠诚度和纪律性都是极大的考验。

但是，这个计划是让安特留在他身边的唯一希望。

Chapter 06 第六章

为了确保安特不会被渡船上的人发现，罗伯特把它小心地放进煤渣桶里，将其带到码头的边缘。

“我吹口哨，你就游过来。”他轻声告诉安特，“前提是我吹口哨哟，你一定要记得。然后你就拼命地往船的方向游。懂了吗？”

罗伯特发誓他看见安特点头同意了，确定它明白了他的计划，然后罗伯特提着桶上的绳子，将桶拎起，由码头放下，直到浮在水面上。在风平浪静的海边，他可以听见海水轻轻拍打铁桶的声音。罗伯特把绳子绑在码头边的系船柱上，对着那双闪烁且凝视着他的眼睛，温和但坚定地说了句“乖乖待着”。轻声地告别后，罗伯特便动身前往等待着的渡船。

“抱歉我无法让你的狗上船。”渡船上的士兵对罗伯特说，“但你知道的，规定就是规定，希望你帮它找到了一个好的归宿。”

罗伯特并没有回应。士兵认为，一定是与宠物分离的痛苦让罗伯特难过得讲不出话来，便挥手示意，请他上船。渡船前往“诺斯穆尔号”

时，罗伯特的心挂念着他那漂荡在水面上的狗。他向上帝乞求，它现在不要像第一次那样嚎叫或悲鸣，当初在无人地带第一次见面，罗伯特想抛弃它时，它就这么干过。

安特蜷曲在随波荡漾的桶里，发觉自己的世界只剩下它头顶上那一小圈的黑夜。罗伯特听到海鸥尖锐的鸣叫声在码头周围回荡，祈祷安特不要将这叫声误以为是它一直在等待的那个哨声——那个提醒它开始游向主人所在船只的口哨。如果安特太早开始游的话，那时就没有人在那里等它并协助它上船，这样一来它可能会淹死。

罗伯特一登上“诺斯穆尔号”，立即直奔船尾。他发现有个梯子直达下面，那里有一个木制平台，仅仅高出海面，让水手在大热天工作完毕后可以泡个澡。他爬下去，加入其他水手。等到没人后，他对着对面的水面，轻轻地吹了一声口哨，希望期待已久的安特能听见。

几分钟过去了，罗伯特在黑暗寂静的任何地方都没有发现一只狗的任何迹象。他正要再吹一声更响亮的口哨，突然听见了微弱的但确定是小狗狗刨时拍打水面的声音，这个声音在温暖的夜风中向他靠近。罗伯特第一眼看到安特，便看到它那细长的口鼻贪婪地大口大口地呼吸，将V字形的波纹缓缓地推向船尾。

此时，罗伯特再次轻轻吹了一声口哨，让安特直接朝他游来。几秒钟后，罗伯特就能伸出手抓住安特的项圈，把这只湿透了的动物拎出水面。接着，安特从头到尾全身甩动，一阵如浪的水溅得罗伯特的制服都湿了。罗伯特不以为意，因为他已沉浸于与爱犬重逢的气氛里。

罗伯特将还滴着水的安特夹在手臂间，爬上了楼梯。这时，甲板上满满都是来自欧洲各个国家的难民，不过，他们很快就找到了捷克战友。他们正在庆祝与12位捷克空军同伴未曾想到的重聚。所有人都热情地问候了罗伯特和偷渡的安特。

“看看他们！”卡雷尔喊着，“你是怎么上来的？是不是贿赂了渡船上的士兵？”

罗伯特笑着说：“怎么可能。以后再告诉你们事情的经过，现在的问题是，我们把它藏在哪里？”

卡雷尔也笑着说：“我们早就想过这个问题了。我们知道有个很棒的地方。”

卡雷尔用大衣将安特包藏起来，领着罗伯特来到船首处，指向黑洞洞且宽阔的船舱。“欢迎来到安特的新家。”他说，“船上载着几百位乘客以及他们的行李，所以这艘船不会运送太多的货物，因此不用担心它会被发现。”

于是，一群人在入口徘徊着兜圈子，提供掩护，卡雷尔将湿透了的安特从大衣中滑出，把它交给在铁梯上等待的罗伯特。一手将安特搭在肩上，罗伯特走进漆黑的船舱里。在恶臭的船舱角落，罗伯特的朋友们已经帮安特铺了张床。他们知道罗伯特不会留它自己在下面，因此也为罗伯特做了床。安特看了一眼两张床，便立即选了其中较大的床，全身湿漉漉地蜷曲在上面，但那是罗伯特的床呀！

这只半成年的小狗趴在一窝破麻布袋上，往上看，打了个大大的哈欠。看来刚才游泳把它累坏了，不一会儿它就睡着了。

护卫舰准备启航的过程中，罗伯特一直待在船舱里陪着安特。每位捷克飞行员都拨出一部分食物，放到桶里，再将装着食物的桶递给罗伯特，因此安特从没挨饿。但是，船舱之前装载的煤灰无处不在，甚至空气中都弥漫着煤灰。罗伯特和安特都已习惯了这艰苦的住宿环境，然而每次罗伯特来到甲板上，他的朋友就会开他的玩笑，因为厚重的煤灰在他眼睛的周围形成黑圈，让他看起来好像是一直在打群架。

第三天早上，罗伯特被船体传来的引擎震动声吵醒。他冲上阶梯，发现船员们正在做出发前的最后准备。10点整，“诺斯穆尔号”便移动到护航舰队分配的位置上，28艘商船和4艘驱逐舰从直布罗陀港口出航。船上共有几百个船员和成千上万个逃离纳粹魔掌的难民，再加上一只藏在“诺斯穆尔号”船舱中的偷渡狗。

“诺斯穆尔号”引擎稳定的重击声和螺旋桨声回荡在船身四周，对于藏在甲板下面的罗伯特和安特来说，这声音就像被禁闭在一只巨鼓里面的声音。航行后的第一个小时，他们很难适应这种噪音。这噪音太大了，以至于罗伯特最后把手指从耳朵里抽出来时，还以为手指头上会有血迹呢。

煤尘被深深地吸进了他的肺里，导致他开始干呕。他知道，要过好几个星期他才能摆脱他现在所患的干咳。安特原本光亮的棕色皮毛变得乱蓬蓬的，而且沾满了污垢，但它似乎显得非常快乐。它通过翻找船舱里成堆的杂物自娱自乐，并找到了几片木块，自豪地送给了主人。

安特用那双金色的眼睛调皮地注视着罗伯特，用腿左右急冲，催促主人开始玩游戏：**“丢它，来嘛！快点！高兴一点！很好玩的！”**

从直布罗陀出航的第二天，船上刺耳的警报声划破了引擎有节拍的重击声。罗伯特警告安特要安静待着，然后爬上了甲板。船员已经穿上救生衣，站在战斗岗位，在波涛汹涌的灰色海域搜寻敌人的踪迹。佛拉斯塔大叔提醒罗伯特，他们可能正遭到一艘可疑的潜艇的攻击。他可以看到驱逐舰正在舰队的周边海域巡逻，就像牧羊犬保护羊群一样，努力保护船只远离潜在的威胁。

捷克飞行员们担心地盯着大海，尽力搜寻海面上任何可能是鱼雷尾流的紊流。罗伯特则想着，如果鱼雷真的击中了船体，他该如何救自己和他的狗。他的狗不能爬阶梯，因此罗伯特没有选择，只能在冰冷的海水倒灌入破裂的船舱时，排除万难冲下去拯救安特。

罗伯特沉浸在这个悲观的想法中，突然一阵低沉的爆炸声让他回过神来。一艘驱逐舰正在海上的某个区域徘徊，白色的水花在它的尾流中猛烈喷发。看起来好像是有一艘德军潜艇被围困住了。就在“诺斯穆尔号”乘客们欢呼时，驱逐舰不停地投下深水炸弹，但罗伯特的注意力再次回到了甲板下。甲板下，一只六个月大、耳朵竖得直挺挺的德国牧羊犬被偷偷藏在钢制货仓内，水下的爆炸会让货仓发出可怕的声响。

罗伯特急忙冲下去。在阶梯底下，他发现安特拼命地抓着钢梯的横挡，想要逃离这叮当作响的金属棺材。就在罗伯特及时赶到安特身边时，一阵如雷般的巨响贯穿了船身。他的手指紧紧扣着它的毛皮，使安特更靠近他一点。一系列快速的爆炸随之而来，驱逐舰第二次投下连串的深水炸弹，附近的海域翻涌起大量的泡沫。

罗伯特知道，继续待在船舱里太疯狂了。若鱼雷真的击中了“诺斯穆尔号”，待在甲板上的逃脱概率最高——甚至可能是唯一的机会。在甲板下面，罗伯特与安特会像被困在钢铁坟墓里的活死人。在甲板底下的人员，总是最后逃出去、生存概率最低的人。随着船体受到鱼雷的影响而倾斜或变形，阶梯可能会断成碎片，到时候想逃也无法逃出去了。罗伯特和安特将被困在一起，面对如坟墓一般冰冷的洪流。

但是，如果罗伯特将安特带到甲板上，它被船员看到后会遭遇什么样的命运？它是个偷渡者，这是简单明了的。渡船士兵的话立刻回荡在他的脑海里：我们今天也因为同样的原因而禁止一位上校带狗登船。你没有希望的。罗伯特不相信“诺斯穆尔号”的船员会狠心地把他的狗扔下船，但是他相信，一旦安特被发现，它会与他分开，可能是永远分开。他们别无选择，只好继续待在船舱里碰一碰运气了。

至少安特似乎克服了对水下爆炸声的恐惧和焦虑。对于接踵而来的爆炸声，它似乎显得泰然自若，丝毫没有发出半点呜咽或颤抖，而是耐心地等待可怕的叮当声停止。罗伯特与它的视线交错，他们的脸在半暗的船舱中靠在一起。安特的表情似乎在对罗伯特说：**“爸爸，这里虽然很黑、很吵，但只要你在我身边，我就知道我会很安全。”**

几小时后，警报终于解除了。驱逐舰猛烈的攻势似乎赶走了德军的海上狼群。但是当罗伯特正要好好松口气，释放一下紧张的压力时，船上的警报再次响起。驱逐舰群打出旗语，指示商船散开，让即将到来的攻击难以锁定目标。他们发现了德国纳粹空军中队可怕的容克斯-Ju88“高速轰炸机”。之所以这么称呼是因为它们行动非常迅速，大多数盟军战机都无法拦截它们。

面对这种危险却只能待在船舱里坐以待毙，罗伯特已经受够了这种日子。他扛着安特爬上阶梯，来到甲板上。他再也受不了蜷缩在漆黑的钢棺里，盲目地等待死亡。在船的东南方向，六架双引擎轰炸机成箭矢阵行由灰暗的地平线飞入视野。罗伯特匆匆扫视着甲板上的船员和乘客，发现他们都望着天空，注视着轰隆隆驶来的敌机。只要他们的注意力仍然集中在天上，就不会发现安特的存在。

驱逐舰的高射炮开火了，在地平线上喷出黑胡椒粉状的条纹。防空弹爆炸所产生的黑烟喷在德军的高速轰炸机上。泛着红光的曳光弹在战机和船只之间看似密不透风的炮火中穿行。瞬间，罗伯特的思绪回到了法国，那时他乘坐波泰-63型轰炸机飞到德国前线，俯冲进入恐怖的枪林弹雨中——然而，他并没有因此对这些德国飞行员有丝毫同情。就像在罗伯特的祖国捷克一样，德国人在这里也是侵略者，现在他只想看到这些战机被击中、在空中坠落。

经过两次失败的进攻尝试后，德军的容克斯战机返回进行最后一次攻击。这一次，它们低空掠过海平面，尽可能地躲过英军的扫射。其中一架战机中弹后摇摇欲坠，左舷引擎喷出一股浓厚的黑烟，“诺斯穆尔号”的甲板上立刻响起了一阵欢呼声。受到炮火的持续追击，受损的高速轰炸机笨重地转过身，往法国方向飞去了，随行的战机也跟着它离开了。至少今晚，德军似乎领悟到了“谨慎即大勇”的真谛。

但对“诺斯穆尔号”上的乘客来说，这只是短暂的心安而已。为了避免战机的袭击，“诺斯穆尔号”全速前进，结果引擎出现了故障。所有乘客必须转乘另一艘船“纽拉利亚号”，因为如果“诺斯穆尔号”的全部引擎都停止运转的话，它将会成为德军潜舰的活靶子。当然，对大家来说，转乘另一艘船并不是什么大事，但有一位乘客除外：罗伯特。他到底怎样才能将心爱的安特转移到另外一艘船上而不被发现呢？

罗伯特想出了一个简单的办法。他再次将安特带上甲板，其他捷克飞行员把他们围在中间。他跪下来，将他飞行装备包里的东西清理出来，分给其他飞行员，然后将安特放进包里。罗伯特轻轻地拍了拍安特，对它说了几句安抚的话，接着将布线拉紧并绑起，这样安特就不会被发现了，但他留了个通风口，好让它呼吸。

“纽拉利亚号”将船身靠近“诺斯穆尔号”，中间架起一个舷梯连接两艘船。“诺斯穆尔号”上的乘客以最快的速度登上了“纽拉利亚号”。这是个非常危险的时间点，因为这两艘静止的船可能成为德国潜艇的活目标。轮到罗伯特通过舷梯时，整个过程都进展顺利。罗伯特假装镇定，轻松地走过舷梯，准备登上“纽拉利亚号”，但是没想到安特竟选择在这个时候把它的头从背包的通风口扭动出来。

罗伯特和安特发现，他们正与三名英国海军军官和一名捷克翻译员面对面。安特看到那四位时，尾巴开心地在袋子里摇晃着，发出撞击声，以示友好。他们四个看到安特时，顿时目瞪口呆，目光在罗伯特和安特之间来回扫视。罗伯特心想，完蛋了，他偷渡犬只上船，被当场抓住了。他和安特将会面临一阵训斥，之后他的爱犬将会被没收。

但是，英国军官的反应让他大吃一惊，其中一位甚至大笑起来。

“天啊！是一位偷渡客呢！”一位军官伸手要抱安特，“过来，朋友，出来吧！让我们好好看看你，你这个可爱的小动物！”

那位军官把安特从袋子里放出来，温和地拍拍它。他看了罗伯特一眼，双眼眯成半月形。

“你真该喂它吃点东西了，看他骨瘦如柴的样子。”

罗伯特多次听闻“英国人是一群无可救药的爱狗人士”，的确是事实，这句话就在他眼前验证了。于是，罗伯特如释重负，做了一件他唯一想到能做的事情：向英国军官敬了个漂亮的军礼，然后便去跟他的朋友会合了，而安特小跑着紧紧跟着他。

与前一艘船“诺斯穆尔号”相比，“纽拉利亚号”是一艘旧游轮，尽管它的客舱非常拥挤，却很舒适。对于不用再躲躲藏藏的罗伯特和安特而言，与整天躲在“诺斯穆尔号”上满是煤灰的船舱相比，接下来到英国的旅程根本就是奢侈的享受。或者说，对他们来说，接下来的旅程应该如此，但前提是，如果他们没有遇见船上的另外一个偷渡客——一只猴子。

“纽拉利亚号”本来就已经搭载了22名同样想逃离法国的捷克飞行员，他们与这些新上船的捷克飞行员大多熟识，再次相聚，分外欢喜。其中一个名叫安德利（Anderle）的是罗伯特的好朋友。事实证明，罗伯特与安德利都有一种羁绊——他们都携带宠物偷渡登船。然而，他们的宠物——罗伯特的狗和安德利的猴子——却是一见如仇。

安特一进入客舱，猴子便从舱门上方跳到安特身上，不停地尖叫、抓挠安特、咬安特。这是安特第一次与此类动物发生打斗，它似乎非常惊慌。猴子像个马戏表演大师一样抱着安特，吓坏了的安特就一直在客舱里横冲直撞，哀号着求助于它的主人。

安德利还没有来得及抓起猴子的链子，将猴子自安特身上拉开，安特和罗伯特就已经被猴子咬伤了。他们赶紧到厕所去清理伤口，却发现安德利跟那只野兽已经比他们早到了一步。与猴子搏斗的第二回合随即展开。从那之后，罗伯特就决定待在甲板上，不回去了。他们在船尾靠近炮塔附近找了一个位置落脚。

在那天剩余的时间里，安特入迷地望着船边的海豚，看着它们在海面上乘风破浪。看来，它喜爱这些海豚的陪伴，其程度远超过那只疯狂的猴子。那天晚上，安特蜷曲着身子睡在罗伯特旁边，这样彼此都能够保暖，以撑过夜里最寒冷的时刻。偶尔，罗伯特会被安特的呜咽声吵醒，他料想它很可能是梦到了邪恶的灵长类动物了。

“纽拉利亚号”预计在英国靠岸的前两天，船长把所有带着偷渡动物的人都集合在一起，他通过翻译，告知他们宠物的命运。罗伯特发现，除了安特和那只疯狂的猴子，还有很多狗被偷渡上船。

“在你们上岸之前，”船长警告他们，“所有动物都必须交由船只管理部门管理。这些动物将会得到妥善照顾。如果你们能够支付费用的话，它们将接受六个月的检疫隔离。之后，你们便可将它们领回。”

这是罗伯特第一次听说安特将要面临的命运，也是第一次得到暗示他们将会分开六个月，更别提费用了。

“如果没有钱，结果会怎样呢，长官？”一个士兵问道，这个问题也是大家都想问的。

“那么你的宠物恐怕就要被处理掉了。”长官回复道。看到大家一脸震惊的样子，他用最富有同情的声音补充说，“我可以保证，用最人道的方式。”

罗伯特与同样偷带宠物上船的其他乘客询问了有关检疫费的问题。

接着，他求助于他的飞行员同行，但只凑到了一些法郎，还可以再加上抵达直布罗陀后，发给每个人的英国皇家空军福利10先令。甚至经过一次募款，罗伯特也只凑到了能支付三个礼拜费用的钱。他无法相信他和安特会陷入这种困境：罗伯特与安特历经千辛万苦，多次死里逃生，现在离英国这么近，却因为付不起检疫费，他的狗就要被处理掉？

对安特来说，这真是极不光彩的命运。在罗伯特眼里，它是这世界上最勇敢的狗，更不用说它是一位王牌飞行员、一个战场上的老将、一只拥有贵族血统的狗。罗伯特，或是任何一位捷克飞行员，决不能让事情就这样发展下去。他们在甲板上席地而坐，围成一个圈，低声商量对策。

“那只狗是我们中的一员，”贾斯卡说道，“它是个飞行员，它的情况跟船上的任何一只动物都不同。它是我们飞行中队的狗，也是位飞行伙伴，而且据我们所知，现在中队就只剩下我们八个了。不管发生什么事，我们都要同舟共济。”

佛拉斯塔大叔严肃地点点头，说：“没错。人人为我，我为人人。”

“也算我一份！”卡雷尔附和着。

其他人都表示同意。

“可是，我们要怎么一起行动？”罗伯特问，“他们知道安特是我的狗，他们也把规章制度读给我听了，他们会特别注意我的。”

他们讨论了一次又一次。安特坐在他们身旁，头一会儿歪向左边，一会儿歪向右边，每次听到自己的名字被提起，它就用尾巴在甲板上敲一敲。罗伯特可以感受到，安特对大家用集体的力量救它充满信心——要是他自己也像安特一样有信心就好了。

他们讨论了各种策略，但是似乎没有办法能让安特安全逃脱。罗伯特伸手捧着安特的头，将自己的脸紧靠它的脸。他看着安特那双坚定忠诚的双眼，内心却在挣扎：孩子，我完全想不出任何法子能帮你脱离困境。

好像回答他似的，安特站了起来，走向罗伯特的飞行装备包，并将里面的东西倒出来。它钻进包里，回头看了主人一眼，在那一刻，罗伯特感觉到，安特在告诉他一个可行的计划：**“别忘了——人人为我，我为人人。”**

“等等！”罗伯特看了其他人一眼，眼里闪烁着光芒，“如果我说得不对，请纠正我。我们是不是有一大堆行李等着卸下船？”

卡尔点点头：“就在那边。你想怎么做？”

罗伯特示意大伙凑近点，低声地说出了他的计划。一个小时后，安特已经从大家的视野中消失了。罗伯特决定违背英国当局的命令，违反他们将要前往的国家的法律，尽管这个国家是他们寄希望继续打击敌人的地方。他们清楚，一旦被抓到，将会危及他们在英国的未来。为了救他们这第八位同仁，他们可能会被逮捕或被驱逐，不过，这是一个他们愿意冒的险。

“人人为我，我为人人。”就是这句话点燃了罗伯特的神经火花。在船尾，那里有大堆大堆的行李。那是乘客的私人物品，依不同国籍、不同职业进行了分类。捷克飞行员的那堆行李被用网子包住，并用一大片防水帆布盖着。一抵达码头，他们那堆包在网子里的行李箱和装备包就会被码头起重机吊起，放在岸边。

罗伯特要让安特逃脱并活下去的承诺，就藏在那行李堆里。

Chapter 07 第七章

在夜色的掩护下，罗伯特和他的伙伴们挖出一条能通到行李堆中间的小隧道。他们把一个大的行李箱移开，摆到其他行李箱的上面，然后将藏着安特的罗伯特的装备包放在大行李箱原来所在的位置，只留下一条通往外头的狭长通道。那通道非常狭窄而且黑洞洞的，没有人能看见里面的东西，但足以让罗伯特能递食物和水给它，这也取决于安特需要藏在那里多长时间。

罗伯特设置好藏匿的地方后，要安特保持安静，并且不可以随便乱动，因为它的小命儿就取决于它接下来的表现了。他们就这样将安特留在行李堆的中央，然后开始为第二步计划做准备——直截了当地违抗英国法律。

第二天下午2点，“纽拉利亚号”船员们开始最后一次检查客舱，以接管所有偷渡的动物。搜寻结束后，他们计算总数，发现漏掉了一只。罗伯特·博兹杰赫中士的小德国牧羊犬——脊背上有特殊黑条纹的帅气狗——似乎不见了。于是，罗伯特被传唤到军官们面前，不过当初军官们见到安特登船时那样的喜悦神情，现在已经看不到了。

“博兹杰赫中士，我们知道你没有把你的狗交出来。”其中一位军官先开口，“一开始，我们就将规定说得很清楚了，所以，那只狗现在在哪儿？”

捷克口译员翻译后，罗伯特耸了耸肩，假装不知情。“抱歉，长官，我已经超过24小时没有看到它了。”

那位军官以咄咄逼人的眼神看了罗伯特一眼：“这是一艘船。在船上它根本走不了多远，不是吗？所以，想必你一定知道它会在哪里吧？”

罗伯特摇摇头：“抱歉，长官，我无法告诉你。”

军官停顿了几秒钟，沉默弥漫于空气中。“中士，在英国，检疫法是严格实施的。违反这些法律条文是很严重的违法行为。”

“我没有违法，长官。我只是真的没有看到我的狗。”

罗伯特回答时很注意他的措辞。严格说起来，他真的没办法“看到”他的狗，因为他把它藏在堆积如山的行李堆里。

那位军官一直盯着罗伯特看，思考着该怎么处理这件事：“好，但是一旦你的狗被找到，别跟我们说你不知道会被处罚……”

船员开始从头到尾搜索船身，翻箱倒柜，并检查每扇门的后方，但仍没发现那只失踪的德国牧羊犬的半点踪迹。

当天下午，佛拉斯塔大叔告诉罗伯特，船到达利物浦港口后，乔瑟夫·奥斯卡少尉会与他们碰面。他是他们在英国的联络官。他们已经说服奥斯卡少尉，指派贾斯卡和罗伯特负责将捷克飞行员的行李卸下船只，并确保行李被安全地运送到火车站，之后再运往他们在利物浦附近的新家——乔蒙德利。

“你负责安顿所有的行李，所有行李都要安全地从船上卸下。”佛拉斯塔重复说着，意味深长地看着罗伯特。

“明白。”罗伯特坚定地说。

1942年7月12日阴湿的傍晚，护航舰队驶入默西河，在利物浦靠岸。利物浦的天空雷声大作，捷克飞行员因执行上级指令而与其他人群分开，阴森森的天空开始下起滂沱大雨。欢迎来到英国。码头边，随着起重机开始工作，成堆的行李被吊到空中，尖锐的“吱吱嘎嘎”声不绝于耳。罗伯特抬头紧盯着那些被抬至半空中摇摇欲坠的行李堆，想着如果缆绳突然断裂，安特掉入海港冰冷的水中，他该怎么办。

奥斯卡少尉已受人通报，知悉这件秘密的偷渡行动，便命令罗伯特和贾斯卡在行李被大雨淋湿之前，快速将它们全搬到等待的卡车上。他希望在那只狗开始“汪汪”叫之前，赶紧到达安全的地方。在他们几乎把全部行李都搬上车时，罗伯特发现他用来藏安特的装备包一点儿动静也没有。

最后一个行李被丢上车后，他跳到卡车的后部，坐在他的装备包旁。他将手指滑入半开着的包的顶端，低声地说了些安慰的话，接着他感到自己的手指被藏起来的狗舔了几下。到目前为止，一切都还在按计划进行。

经过一段短短的车程后，他们将行李卸下，准备再把它们运到火车上。但火车站的月台上布满英国警察，更糟糕的是，还有八位可怕的“红帽子”——英国皇家宪兵——正警惕地紧盯着密集的人群。个别飞行员受怀疑，有只狗试图躲避检疫、偷渡入境的消息可能已经传达到当地的执法机关了。就是现在，安特——它藏在捷克人的行李箱旁的装备包里，包上印着“R. V. 博兹杰赫”——必须完美扮演好自己的角色。

就在开往乔蒙德利的火车即将按照预订时间到达车站之前，一排英国士兵列队进入了月台。他们步调一致地在这堆行李旁停止前进，步枪被放下时发出了尖锐的碰撞声。其中一位士兵的枪托不小心撞到一个标示着R. V. 博兹杰赫的装备包，接着自包中发出一声像受到惊吓的狗叫声。捷克飞行员们僵住了，而英国士兵也困惑地盯着彼此。英国皇家宪兵也听到了这声神秘的哀鸣，其中六位宪兵开始包围过来。

捷克飞行员不约而同地采取了回避行动。他们假装是热心地帮助寻找那神秘的噪音来源，实际要将所有装备包都丢到一边。在大家一阵混乱的掩盖下，那个标着R. V. 博兹杰赫的装备包很快被手转手地拿走了，完全离开了英国皇家宪兵的注意范围。

宪兵们搜寻完毕后，没有找到有关狗的任何迹象，但是他们仍不打算轻易放过这件事。宪兵们在月台散开，像狗一样嗅着空气中的气味。其中一个捷克飞行员——那一群捷克人里的开心果——意识到了危险，他走进人群，用力一拍自己的大腿，然后发出一声叫声，就像刚刚被撞到的安特那样叫。他不断重复刚刚那个动作，像一只被打到的小狗那样号叫着；英国皇家宪兵错愕地盯着他看。

终于，其中一个宪兵转过身对其他人说：“看那该死的外国家伙不断地捉弄我们！我已经受够了这种把戏。”他厌恶地跺着脚离开了月台，其他军警也跟着离开了。

搜索偷渡犬的行动也就此画下了句号，安特终于能够踏上英国的领土了。接着，一抵达位于柴郡的乔蒙德利城堡，它就自由了。乔蒙德利城堡是一个营地，专供来自混乱和流血的欧洲大陆的外国军人休养。

乔蒙德利城堡体现了罗伯特对英国的想象：一座广阔且杂乱无章的宅邸，布满了塔楼与滴水嘴兽雕像，坐落于葱郁的山丘与森林之中。帐篷式的军营成为四千多名非英籍军人的临时住所，其中包括那些准备成立“捷克自由力量”（Free Czechoslovak Forces）组织的军人，他们誓死以武力击败纳粹，解放祖国。

随着兄弟重逢、战友重聚，兵营里的情绪也高涨起来。现在，安特和罗伯特有18天的时间可以好好休息，恢复元气。这段时间里，罗伯特可以好好地清洗和缝补破损的制服，悠闲地带着安特在满是小兔子的原野上散散步。到了晚上，安特还是坚持用它冰冷的鼻子去碰触那七位飞行员的脸，确认它的兄弟们都还健在，然后它才会心满意足地在主人旁边睡去，做着追赶兔子的梦，不时地磨磨牙，四肢偶尔抽搐一下。

这是一段美好的时光，但每个人都清楚，这只是短暂的，是“暴风雨前的宁静”。他们待在乔蒙德利还不到一周，就受到捷克前总统爱德华·贝奈斯（Edvard Benes）的接见，他正在组建捷克流亡政府。7月一个充满雾气的早晨，所有在营地的军人，共计120名捷克空军和一只战犬，集合起来接受检阅，聆听贝奈斯的讲话。他说：我们将要面对艰苦的斗争，但前途是光明的，欧洲一定会解放。

一个礼拜后，第一批捷克飞行员收到调令。36位捷克飞行员，包括罗伯特和安特，被派往伍尔弗汉普顿市附近的英国皇家空军科斯福德基地捷克空军航空站。他们接受了驻乔蒙德利的捷克最高指挥官——一位上校，同时也是一位杰出的第一次世界大战老兵——的检阅，剩下的90名军人把被选中的捷克飞行员们围在中间，象征着他们即将为了全体荣誉而战。

“我忌妒你们即将被赋予的机会。”那名上校缓慢而庄重地说，他的声音粗哑又带着强烈的情感，“为了我们的祖国捷克和第二故乡英国的荣誉而战，用尽你们全部的力量去战胜纳粹。”

上校与每一位行军走过的人握手，那有着兄弟情谊的七位捷克飞行员站在队伍的第一纵列，领队的是一只趾高气扬且躲过检疫的战犬。

对某些人来说，这是一个充满复杂情感的时刻。队伍中，有一位历经第一次世界大战、满头灰发的老兵，他直挺挺且神情骄傲地踩着完美的行军步走在他两个儿子的旁边。到了营地大门前，他加快脚步，走出行军的纵队，努力隐藏住情绪；看着他的儿子们登上在门口等待的卡车，他快速利落地对他们行军礼。他最近才与他们重聚，但他知道，他们必须响应使命的召唤。但是他万万没有想到，就在那个秋天，树叶还未落完，两个儿子就已战死沙场了。

那天深夜，卡车抵达了英国皇家空军科斯福德基地，这是复兴捷克空军并将其整合进英国皇家空军的第一步。科斯福德基地充分显露出严谨的纪律及其精确的目标。由排列紧密的小木屋组成的大型现代营房中，住着2000名空军士兵。其中一个角落设有配有专业仪器的医院，医院两侧有花圃装饰。这个基地的规模及其先进程度让捷克人相信，英国皇家空军拥有与强大的德国空军抗衡的实力。

罗伯特专注于他的首要任务——研读一本名为《基础英文》的红色小书，安特则忙着去结交尽可能多的新朋友，好让它在这片美好的新土地上过得更惬意。现在，它已经长成一个很棒的家伙了。在它滑顺的淡棕色皮毛上，顺着它的脊柱延伸而下的那片黑色斑点非常显眼，它摆头的方式也非常傲气。它的侧腹精瘦，走路时大步流星，有着狼科血统的风范。在主人的帮助下，它肯定能在英国皇家空军科斯福德基地结交许多有用的朋友。

他们刚抵达营区没多久，一天早上，空军妇女辅助队的一位队员发现，安特坐在她的门口，口中叼着一封信。

信中写道："年轻的女士，我叫安特。你愿意跟我握个手吗？"

罗伯特在他那本小红书的帮忙下，写了这封信，这证明他的英文书写能力有了显著提高。

安特伸出脚掌，马上在营区最重要的地方之一——伙房——交到了一位朋友。从那时起，只要它的鼻子出现在门口，它就一定会受到热烈欢迎，并收到一些小点心。接着，安特与另外两名年轻女性成了朋友，她们每天早上会开着一台绿色的厢型车，送肉类食品到基地。她们与安特握完手后，一根有料的骨头就添加在她们每天的派送清单上了。

安特的第三个目标是护士的住所。它很快就发现，她们烫过浆的白色制服口袋里总是藏着一种极好的东西——**巧克力！**当它还是一只被遗忘的小狗时，在主人的手指头上就尝过这种味道。

一天下午，罗伯特放下了他的英文书，准备带他的狗去散散步，于是他吹口哨召唤他的狗，结果看到它咬着一个药盒跳进来，吓了他一跳。他打开盒子一看，里面装着安特的六颗乳牙——一位好心护士帮它拔掉的——还有一张纸条，上面写着如何护理牙齿。

“罗伯特，你知道的，”一位捷克人开玩笑说，“你真应该亲自去谢谢那位照顾安特的护士。信不信，我敢打包票，那个女孩有着一头美丽的棕色头发。”

罗伯特朝着他朋友指的地方看，感觉自己的心脏停止了跳动。他看到了整个空军基地最漂亮的女孩站在对面窗户那儿。这些捷克飞行员当时为了确认自己符合执勤标准而做体检时，就见过她了。她叫潘梅拉。父亲是英国人，但她却从西班牙籍母亲那里继承了美丽的橄榄色皮肤。从那时起，他们都在远处偷偷观望她，但是没有人鼓起勇气接近她。

罗伯特挥了挥手，以引起她的注意。她微笑着打了招呼，然后微微点头回应他。他指了指安特——它正坐在他脚边，对为何还不去散步充满疑惑——露出他的牙齿，假装要将一颗牙齿拔出来的样子。潘梅拉笑着摇摇头，罗伯特顿时觉得信心十足。

“好了，来吧，”他对他的捷克朋友咕哝道，“写个纸条给她吧，开头怎么写呢？”

“‘亲爱的护士’，这样如何？”

“不好，应该给个尊称，”罗伯特建议，“那就写‘亲爱的姐妹’吧。她应该会喜欢。”

几分钟之后，安特咬着纸条，一路小跑，跑向那扇窗户。

“亲爱的姐妹，”信上写着，“你这么友善地照顾我的狗狗安特，我对此深表谢意。假如你愿意进一步给我提供一些关于它的健康的建议，我会感到非常开心。罗伯特敬上。”

很快，狗狗带着简短又甜蜜的回复回来了。“非常乐意，晚上7点半窗下等我。潘。”

就这样，刚满八个月大的安特，为主人扮演了爱神的角色，成功地将他介绍给他的第一任英国女友。

在安特的影响下，这段浪漫的感情稳定发展。每到下雨天，罗伯特觉得天气太湿，不适合带着它去散步，安特就会去蹭潘梅拉的门，唤她出来，然后他们就会在浪漫的雨中漫步。安特特别喜欢这种傍晚漫步，因为罗伯特的注意力都集中在女朋友身上，完全忘了要训练它。当他们手牵手、你侬我侬地漫步穿过夏天繁茂的林地时，安特可以尽情地猎捕兔子，而不必接受罗伯特对它进行的那些枯燥乏味的纪律训练了。

罗伯特知道，这样密集的训练一般在狗狗一岁以后才开始。但安特比大多数成年狗拥有更多经验，因此罗伯特确信，它已经准备好接受训练了。同时，他意识到这是必要的。英国皇家空军科斯福德基地的平静日子不可能长久。他们迟早都得离开这里，投入战斗。一旦罗伯特需要驾驶飞机执行任务，安特将会被留下，需要独处很长一段时间。罗伯特在外执行任务时，安特的绝对服从是必要的，因为与法国空军不同，英国皇家空军执行规章和条例，就像英国海关执行检疫法一样严格。

安特很小的时候，罗伯特就教过它“坐下”和“原地不动”，那次将安特藏在桶里偷渡到“诺斯穆尔号”上，就证明了这些课程的重要性。但是在主人外出期间，独自“待”更长的时间，那是一种全然不同的训练。

在美好的夏日夜晚，罗伯特和安特会走好几里路，穿过满是兔子的田野，但是禁止安特离开主人身边。刚开始，安特对这种练习感到厌烦，总是会蹦蹦跳跳地去追逐猎物，一路跑到矮树丛中。但随着时间的推移，它逐渐精通耐心的艺术，到战争结束前，它竟因此而著名。而那些小兔子最后变得非常自信，甚至会自鸣得意地弓着身子坐着，好像在奚落安特似的。

现在，他们能够完成整段步行，而安特不曾离开半步。罗伯特和安特终于达到了这个阶段：它与主人之间的紧密联系战胜了它天生的狩猎本能。但每当罗伯特停下来休息、抽烟时，安特就会坐在他前面，发出呜咽声，坐立不安，表现出一副很沮丧的样子，让罗伯特难以抗拒。罗伯特会微微点头，低声说“兔子”，安特就会立即起身狂奔，尾巴在空中摇晃着，如同一面旗子一般，一瞬间，原野中的兔子立刻都吓得躲起来了。

随着前总统爱德华·贝奈斯的第二次来访，他们在英国皇家空军科斯福德基地的安逸生活结束了。现在，英国政府已经承认爱德华·贝奈斯是捷克总统。捷克空军士兵正式宣誓成为英国皇家空军的成员，他们也领到了干净整齐的新制服，接着就是任务派遣了。可惜的是，最初的那八位捷克飞行员要被拆散了，“人人为我，我为人人”的兄弟关系最终还是被打破了。

只有佛拉斯塔大叔一人留在英国皇家空军科斯福德基地。贾斯卡、卡雷尔、古斯塔夫、路德法前去加入311（捷克）战斗机飞行中队，位于萨福克郡的英国皇家空军霍尼顿基地。罗伯特和中队里的26岁神枪手约瑟夫一起被派到312捷克战斗机飞行中队，该中队位于剑桥郡的英国皇家空军杜克斯福德基地。

“这是没办法的事，”总是爱开玩笑的贾斯卡对着忧郁的空军弟兄说，“无论如何，我们都要一直保持联系，好不好？要不我们圣诞节在伦敦碰面？”

再次见面的地点就这样定下来了：12月23日，他们全部到伦敦西区贝德福德郡的捷克民族饭店见面。每个人都发誓不见不散，但是，对于即将冒着生命危险上战场的人来说，这是一个草率的诺言。

对罗伯特来说，该向他的心上人与五位亲密朋友告别了。他和潘梅拉在宁静的英国乡间小巷里依依不舍地道别。就像几百万对因战争而分离的情侣一样，他们感激且珍惜如梦般的相聚时光，但他们很害怕可能以后再也见不到彼此了。

潘梅拉无法忍受这分离的痛苦。第二天，罗伯特与安特在等待火车时，她出现在月台上，期望能够抓住这最后的几分钟。罗伯特从她的眼睛里可以看出，她哭了一整晚，而且现在正强忍着泪水，不让它落下。他很想将她拥入怀里并且安慰她，但碍于月台上的人群，他只好作罢。

借着用手梳整安特蓬乱的毛发、温柔地对它说话，潘梅拉尽量隐藏自己的感情，但安特似乎跟主人一样，因为难过的情绪而感到不安。它摇摇头将她的手甩开，并且跳来跳去地，好像在找最后一次玩乐的机会。潘梅拉握住罗伯特的手，在火车进月台时，他能感觉到，她的手握得更紧了。就在罗伯特与安特转身登上火车之前，他们拥抱了。

“罗伯特，你要尽可能多地给我写信。”潘梅拉在他后面喊道，“用你自己的母语写！我有翻译员可以为我翻译！”

这比他所想的还要令他感动，罗伯特向她孤独的身影挥手，直到她消失不见。在即将到来的残酷日子里，她的影像是他唯一的慰藉。同时，为了让自己难以平复的思绪沉静下去，罗伯特在安特耳边轻声说着一些甜言蜜语。对此，安特丝毫不以为意。这些话，罗伯特本来希望有时间和机会能对那位留在身后的女孩说。

现在，不列颠之战快要进入白热化阶段，罗伯特和约瑟夫预期在新基地将会很忙碌。他们被派到的飞行中队驾驶的是无畏式战斗机，与他们在法国驾驶的波泰-63型轰炸机非常类似，因为它的驾驶舱后面也有炮塔。身为一名枪炮手，罗伯特的任务是操作炮塔。花了数个月时间逃离法国，又一再地接受训练之后，他极度渴望飞上蓝天，加入战斗。但是，英国皇家空军杜克斯福德基地只有两台无畏式战机，而且目前都无法使用。

英国皇家空军杜克斯福德基地被德国空军反复轰炸，地上的飞机不断被摧毁或受损。所有新来的飞行员唯一能做的，就是去熟悉无畏式战机的炮塔和勃朗宁重机枪，期望很快能有使用它们的机会。太阳落山时，他们就得准备冲到防空洞去，因为从黄昏到黎明，剑桥郡的天空上几乎全是德国轰炸机。

那些战机大部分是去攻击伯明翰、考文垂和利物浦的工业中心。即便如此，它们每次从黑暗的天空呼啸而过时，安特会再次展现出他能够感知到远方危险的不可思议的能力，因为它会看着天空，对着空中那些咆哮的怪物低吠、嚎叫。

因为罗伯特和约瑟夫花了很多时间在基地的军械库里研究枪械，安特与那些军械士成了好朋友。每次罗伯特去听取任务简报时，总会把安特放在那儿，即使他们还没有任何飞机可以飞行。一天晚上，军械士都在忙自己的事，安特则保持着它一贯的姿势——待在一个工作台下面，肚子朝下趴着打瞌睡——突然这只狗站起来，并开始低鸣。

安特开始在建筑物中来来回回地走，好像被困住了一样，它健壮的尾巴不停地前后挥舞着，明显感知到了危险。军械士早就听说过，这只狗有不可思议的感知威胁的能力，他们停下了手边的工作，聆听有没有战机靠近的征兆，但他们只听到附近在测试“飓风”战斗机引擎的声音。

军械士返回他们的工作岗位，这时安特的身体僵住了。它发出了连续而低沉的吠声，对着天空龇牙咧嘴。最后，它扑向最靠近它的那个人，咬着他的裤腿，接着用力拖拉。安特似乎要把那个人拉到门口，那位军械士能感受到这只动物的绝望与近乎恐慌的情绪。他看了一眼其他人，担心因为自己假警报而出糗。毕竟，安特只是一只狗。

最后，其中一人建议，他们去防空洞躲一下也没有什么损失。裤子被咬着的那个军械士任由安特将他拖到室外，接着，他们全都跑向最近的防空洞。此时，一架道尼尔高速轰炸机正从云层中钻出来，向下俯冲，引擎马力全开，发出刺耳的噪音。所有军械士和安特还没有到达防空洞，高速轰炸机已经降到树木顶端的高度了，它从基地上空呼啸而过，并投下炸弹。

六个黑色物体一个接着一个落下，滚落到飞机场上。安特完全不知道它们是什么，只知道它们是主人的死对头放出的，而且它们预示着致命的危险。安特飞奔到军械士前面，他们最后只看到一道黑条纹钻进了防空洞。就在那时，炸弹爆炸了，那台高速轰炸机在穿越飞机跑道时投了一排烈性炸药。

猛烈的爆炸撕裂了整个机场。奇迹般的是，每颗炸弹都没有命中目标，但是对军械士来说，他们上了很重要的一课。他们再也不敢忽视英国皇家空军杜克斯福德基地里的这只惊为天人的“雷达狗”了。这场德军空袭带来的主要影响是提高了安特的声望。关于“雷达狗”的事迹——安特比英国科学家所发明的复杂追踪系统还能更准确地侦测到接近的德国飞机——如野火一般快速地传播开来。

从此，“雷达狗”安特的声名开始传到四面八方，广为人知。

第八章 Chapter 08

几周后，罗伯特调职到英国皇家空军位于利物浦的斯皮克基地，协助加强城市防御，以抵御德国空军夜间进行的恐怖轰炸，但他仍然没有飞机可以驾驶。由于只能做些文书工作，而且与原先的捷克兄弟分开了，罗伯特变得郁郁寡欢、无精打采。

此时发生了两件事，打破了初期罗伯特在斯皮克的单调生活，但没有一件算得上是好事。第一件事：他决定必须把安特的名字改一下。起因是，安特在房间外边的走廊上把一只黑猫赶到了树上。当时，罗伯特大声呵斥他的狗，而猫的主人不知怎么地，误将“安特，你这个笨蛋！”听成了“阿姨，你这个笨蛋！”以为罗伯特在骂她。很显然，罗伯特用捷克口音喊“安特”（Ant）听起来更像是“阿姨”（Aunt）。结果，那只猫的女主人非常生气，对着罗伯特大声咆哮。

大家都喜欢“安特”这个名字，很多人以为“安特”是“安东尼”（Anthony）的简称。但即便如此，罗伯特一点也不想因此而惹毛他的英国东道主。在他的捷克飞行员同胞的帮助下，罗伯特无奈地决定在字尾加了“斯”（is），这样“安特”就变成“安蒂斯”（Antis）。这个小小的改变既不会造成狗的混淆，也能避免未来再次造成任何不幸的误会。从此以后，每人都以这个名字称呼它。

第二件事：罗伯特出了一场小车祸，伤到了手腕。伤情虽然一点儿都不严重，但这意味着他肯定不能执行任何飞行任务了。为了消磨时光，他在屋里埋头苦读《基础英文》，却发现自己不知不觉地想着潘梅拉。

夏天的夜晚渐渐来临，来自爱尔兰海的雨水冲刷着这座城市，罗伯特的心情变得更加阴郁了。他连安蒂斯的日常散步也开始忽略了，手上拿着那本红色小书，在营房中踱来踱去，嘴里念念有词，说着不同时态的英文单词，练着他想写给那个女孩的诸多话语。

“我想我掌握学习英语的窍门了。”他尝试了一些英文词组后，这样低声地说，心情也变得好一些。然后，他瞧了一眼瘫坐在角落边的安蒂斯，它的头搁在前爪上，眼睛轻快地向上瞥了一下，罗伯特可以明白地看到，它的目光中带着一丝责备。

“好啦，好啦，我们明天就去散步。难道你看不出来我正忙着学习吗？”

几个晚上之后，安蒂斯的不满情绪终于达到了爆发的极限。它渴望出去呼吸点新鲜的空气，它用爪子轻轻碰了一下罗伯特的手，仿佛在提醒主人它的存在。罗伯特的心思还是在书本上，没有去拿牵狗绳，反而心不在焉地将门打开，外头一片黑暗，并且下着倾盆大雨。

“去吧，去吧，你不是想出去吗？”他做了个让它出去的手势，便坐回桌旁的椅子上了。

安蒂斯不肯放弃。它满怀期望地摇着尾巴，咬起罗伯特的飞行员皮手套，放到主人手中。罗伯特在湿冷的夜晚带它外出散步时，总会戴着皮手套。它歪着头，淡褐色的眼睛焦急地注视着罗伯特，试图揣测主人的心情为何变得如此抑郁，让他们之间的关系变得如此紧张。事实上，罗伯特已经忍无可忍了。除了他的狗还有潘梅拉，他活着只为一件事，那就是抗击德军，但自从到英国后，他没有对德军发射过一弹一炮。

安蒂斯用它的鼻子反复蹭着罗伯特的手，仿佛试图将他的注意力从他手上那本讨厌的红皮书上移开。它的表情似乎在说：**“来吧，我们走！让自己休息一下。我们两个都需要离开这沉闷的房间。”**

“你没看见在下雨吗？”罗伯特说道，“总之，我现在很忙。你到一边玩去，乖狗狗。”

安蒂斯回到它在罗伯特床边的毯子上，追逐自己的尾巴绕了几圈，然后趴下。如果它的主人仔细观察的话，可能会注意到，安蒂斯现在正用愤怒与憎恨的眼神盯着那本小红书。它下定了决心——**这本书必须消失**。

第二天下午，罗伯特在食堂吃完午餐后，带着一盘给小狗吃的食物回来了。

“你在找谁吗？”他喊着，走进了屋内。

这句话是罗伯特当初回到无人地带救小狗时，对它说的第一句话，现在已成了他和安蒂斯之间的口头禅。但是，他没有听到平时迎接他的狗叫声，而是一种不祥的沉默。罗伯特环视四周，他离开时房间里非常整洁，整洁到可以通过突击检查，现在却像被旋风击中了一般。地板上四处散落着半咬碎和半抓碎的纸张碎片，罗伯特很快意识到它们打哪儿来。

他的小红书已千疮百孔。漂亮的封面已被撕成两半，而且还夹杂着口水，仿佛安蒂斯厌恶到了极点，将唾沫吐在上面。罗伯特盯着他的狗好一会儿，努力地让自己冷静下来。罗伯特知道安蒂斯在装睡，因为它的一只耳朵在抽动，关注着主人的一举一动。它的一只眼睛偷偷睁开一点点，观察主人的心情，然后再匆忙地阖上。

“过来！”罗伯特下令，尽可能地控制住平稳的语气。

安蒂斯尴尬地起身，表现出极为惭愧的样子。它的脚掌拖着不情愿的步伐，夹着尾巴，慢慢地走向主人。它伸出一只脚掌，希望与主人握手和解，但无济于事。反之，罗伯特把废纸篓推给它。

“看看你干的好事，”罗伯特大声说，“看看这里乱七八糟的。”他用手指顺着房间画了个360度的圈，安蒂斯的眼球也跟着转了360度，“坏狗。”

安蒂斯的眼睛看着地面，主人从来没有像现在这样斥责过它：**“我知道，我不乖，非常坏，但我只是想出去散个步。”**

“现在，安蒂斯，你要捡起每一张纸片，然后放进这个篮子里。”

为了强调他的意思，罗伯特将篮子用力放在地板上，把安蒂斯吓得跳了起来。

“像这样，”他拿起一张纸屑，递到安蒂斯面前，然后丢进篮子里，“来吧，把这里的每一张纸片丢进来，不做完就没有吃的。”

说完后，他拿起手套，在安蒂斯面前挥动，仿佛在暗示它，完成任务后的奖励将会是散步及晚餐。安蒂斯深深叹了一口气，开始用嘴捡起最近的纸屑，但纸屑却沾在它的鼻子上。它把头伸进废纸篓里，伸出粉红色的舌头，想将纸屑舔下，但是，被撕碎的《基础英文》书页却因此粘得更牢了。接着，它试着用爪子将纸屑抓下，却怎么都抓不到。对安蒂斯来说，完成这项任务一定会是一个漫长而艰苦的过程。

这期间，罗伯特一直在观察着，尽量不笑出声。最后，越来越多的残破纸片沾在安蒂斯的鼻子上，罗伯特再也无法保持镇定了。

“看你像什么样子？”他“咯咯”地笑着说，“你最近有没有照过镜子啊，小家伙？我想我最好帮帮你，否则这些纸屑会塞住你的鼻孔，让你窒息！”

罗伯特弯下腰，跟他的狗一起清理，安蒂斯发誓再也不在主人的物品上撒气了。但在罗伯特眼里，真正改变了安蒂斯在他心中地位的，是它那从不出错的发现危险、拯救生命的能力，尤其是他们一起外出的这一天。

大扫除完成后，安蒂斯对罗伯特伸出了一只脚掌，作为和解。它不仅被原谅，还在利物浦散了一个到目前为止最长的步，尽管雨不停地下。接着，一个突来的惊喜让他们将《基础英文》的不幸命运抛诸脑后。回到营房，罗伯特用一个温暖的毛巾把安蒂斯包裹起来，当安蒂斯颤抖着享受这强有力的按摩擦拭时，传令员说大门口有人拜访。来者是一位女士，她说要来见罗伯特和他的狗。她拒绝透露自己的姓名，似乎要增加神秘感。

罗伯特感到奇怪，连忙赶往入口处，安蒂斯也紧随其后。他从没想过自己会有访客；他想不出利物浦哪个姑娘会到机场来看他，因为他到斯皮克才一周而已。他还没有意识到发生了什么事，安蒂斯已经冲到他前面，并热切地叫了起来。接着，他就看到他的狗围着一位站在门口阴影处的女子跳。

她转过身来面对罗伯特时，他才反应过来她是谁。潘梅拉！他冲了过去，抓住她的双手，站在那里凝视着她，一时说不出话来。

“怎么了？”她笑着说，“不高兴见到我吗？”

罗伯特给她写了好几封信，但从来没有料到会有一个突然的拜访。

“真的是你吗？”罗伯特终于开口，“我几乎不能相信这是真的，你是怎么到这里的？”

她调皮地笑了：“我收到了关于你出事故的来信，作为你们两个的首席医疗顾问，我想我最好来检查一下你的伤情，亲自检查！”

几天前，罗伯特写信给潘梅拉，述说了关于车祸的事情，但这只是一件小事，所以罗伯特很快就忘记了。然而，对潘梅拉来说，这恰好提供了一个让她来找他们的借口。

“有道理，潘医生。我们两个——请原谅我的英文——就交给你了。但我希望你不要只是为了来看我们，而离开你重要的岗位。”

她笑了笑：“我有几天未放完的假期，也有亲戚住在这附近，所以我就来啦。”

他们正在聊天时，探照灯开始指向他们头顶上的天空，防空警报也发出女妖般的哀号声。一群空军妇女辅助队的队员跑往防空洞。这种警报声在斯皮克皇家空军基地经常响起，但基地本身并不常遭到攻击，德国轰炸机似乎都集中攻击位于数英里之遥的利物浦码头。

罗伯特和潘梅拉手挽手，缓步走向城镇，安蒂斯快乐地跟在他们身边。警报声渐渐变弱，探照灯也熄灭了。这只是一场虚惊。在他们去潘梅拉亲戚家的途中，罗伯特专注于潘梅拉身上的心思因安蒂斯所发出的悲鸣而被打断。他停了下来，弯下身安抚地轻拍了安蒂斯一下，但立刻从它的眼神中看出，它已经从他们头顶黑色的天空中嗅出了危险。

最近连续几个晚上——除了虚惊的警报——基地没有受到任何袭击。但之前警报响起时，罗伯特就预感到这可能是德国敌机将再次袭击的信号。安蒂斯发出的哀鸣声越来越大，并焦急地来回走动，不停地晃着脑袋，凝视着天空。最后，罗伯特认为，它应该是听到了远处传来的细微的、由战机引擎发出的“嗡嗡”声。

过了一会儿，仿佛是在确认安蒂斯的预警，利物浦的大街小巷响起了刺耳的防空警报声，他们周围所有空置的办公室墙壁和窗户也都震动起来，探照灯如长矛般刺向夜空。罗伯特尽力淡化警报声带来的恐惧感，他不希望任何事情搅坏这个宝贵的夜晚。城市边缘的高射炮开火声淹没了逼近的轰炸机那邪恶的“隆隆”声，但是罗伯特仍然坚信，德军轰炸机的目标是码头。

尽管如此，他们到达潘梅拉的亲戚家时，潘梅拉似乎大大地松了一口气。他们可以在屋内躲一躲了。在屋里待了几个小时，喝了好几壶茶后，他们又出来了。大街上空无一人，但远处地平线上那抹刺眼的红光证实罗伯特是对的。码头在燃烧，住在码头附近的人如果能活下来那真的很幸运。

他们开始循着路线返回空军基地。途中，罗伯特听到了高架桥下方传来一阵不合时宜的笑声，还有喧闹的捷克歌声。罗伯特听出那是史戴卡（Stetka）的声音，另外还有一两个捷克飞行员。史戴卡也是一位调入皇家空军斯皮克基地的捷克飞行员，他因在当地酒吧花光所有钱而闻名，今晚他似乎成功地拉其他捷克飞行员加入了他的狂欢。

跟罗伯特、潘梅拉、安蒂斯一样，他们也正打算回基地。史戴卡从他的一帮兄弟中走出来，穿过街道，弯腰对安蒂斯耳语了几句。但史戴卡嘴里的威士忌酒气喷在了安蒂斯脸上，让它打了好几个喷嚏。安蒂斯往后退了退，摇摇头将酒精驱出它的感官。

转眼间，安蒂斯突然像猎犬发现猎物一样，站得笔直，头向上抬，眼睛直视着天空。罗伯特蹲下要安抚它时，安蒂斯抗拒着，并开始呜咽起来。接着，它挣脱罗伯特的手，来来回回地走着，以示危险正在逼近。看到罗伯特、史戴卡和潘梅拉对它的动作没有做出相应的回应，它开始在他们之间乱窜，并咬他们的鞋子。

“别担心，小家伙。”罗伯特试图安慰他，“敌人的目标是码头，我们这里很安全。”

正说着，他看见200码远处有一家煤气厂，巨大的煤气罐在天空的衬托下，显得格外显眼。德军战机多次试图在从码头返回的途中炸毁它。他们可能希望，如果一举炸掉煤气罐，就能炸毁整个利物浦郊区。

当地许多建筑物被轰炸摧毁，人们流离失所，但是到目前为止，这个煤气厂依旧完好无损。

罗伯特朝着巨大的煤气罐点了点头："史戴卡，你知道吗，每次经过这个地方，我都很担心。"

"我也是。"他的朋友立即清醒地答道，"住在这周围的人，不是汉子，就是疯子。"

话还没说完，附近的高射炮射击声大作，声音响彻整排房屋。罗伯特本能地躲闪了一下。他有点紧张，但尽力不表现出来。

"那一定是贝尔塔炮！"他对史戴卡喊道。它再次开火时，他听出了这种炮发出的低沉轰鸣声。

贝尔塔炮是他们空军基地的一种防空高射炮。其实，炮兵开火了，就表示德国飞机已经飞到他们头顶上了。安蒂斯正拼命地拖着罗伯特，罗伯特也能感觉到即将到来的危险，而且他知道，他的狗正在让主人把他们带到安全的地方去。

"快点！"罗伯特喊道，他抓住潘梅拉的手便开始跑，"到最近的防空洞去！没有时间回营地了！"

在头顶上方，他听到了照明弹在高空中爆炸的声音。过了一会儿，他们头顶上有很多挂在降落伞上的照明弹，仿佛无数的烛光在空中飘来飘去。周围的街道被这刺眼的白光映得恍如白昼。不祥之光照亮了这个灰色煤气罐。德国飞机投放如此多照明弹，就是为了照亮要袭击的目标，这意味着炸弹必定随之而来。

借着炫目、可怕的光照，罗伯特看到了几十个人跑向防空洞，他们的脸因恐惧而扭曲，有些人怀中还抱着受惊吓的孩子。照明弹越飘越低，直到悬浮在离屋顶不到一百英尺处，灯光如一把利剑，把红砖阳台分割成光和影。

“我们得去防空洞！”罗伯特大吼道。

罗伯特再也无法掩饰自己的焦虑。就在他大喊时，他听到黑暗中传来炸弹从天空坠落时划破天际的声音。周边没有半点遮蔽物，罗伯特只好拉着潘梅拉，一起趴倒在平整的路面上。然后，他抓起安蒂斯，把它按在自己身下，用身体来保护它不受爆炸波及。他们一同经历了这么多苦难，罗伯特决不会让德国人杀死或伤害它，除非他先死！

史戴卡和其他捷克人分别躲进道路两旁的排水沟里，并祈祷这不到四英寸高的路牙能够保护他们。第一颗炸弹击中了民房，撕裂了屋顶的瓦片，穿过了天花板和卧室，撞击在客厅的地板上，随后发出震耳欲聋的爆炸声。这种带有延时引信的炸弹往往落到目标深处才爆炸，能给目标带来更严重的伤害。建筑物的外墙与石砖像被旋风扫过，到处都是残垣断壁，着火的残骸像子弹一样飞溅而出，掠过趴在地上的人的头顶上方。

地面可怕地摇晃着，罗伯特压着安蒂斯躲进排水沟里，在它耳边不断地轻声安抚。这场空袭只不过持续了数秒，却感觉有一辈子那么久。轰炸机来也匆匆，去也匆匆。照明弹飘落到地上，炽热的白光很快就被无边的黑夜吞噬。四处都是燃烧的房屋残骸。

有那么一刻，大地一片寂静。飞行员跌跌撞撞地爬起来，看到面前原来的三间房屋，现在只剩一片残垣断壁。一时间，呼救声、砖头掉落声与扯断的电缆发出的“嗞嗞”火花声连成一片。很多人被埋在了废墟里，不停地叫喊呼救。他们随时都有可能被掉下来的石块砸死或者被大火烧死。

罗伯特先让潘梅拉去找人来帮忙，然后在安蒂斯的带领下，与这些捷克飞行员一起，率先跑去营救。罗伯特屏住气息，走进烟尘迷漫、视线不佳的第一个建筑物的废墟当中。他爬过倒塌的墙壁和炸碎的家具，这时，他的肾上腺素陡然升高，麻木了他可能会感觉到的恐惧：周围的建筑物不停地倒塌。他强迫自己朝最近的声音靠近，尽量忽视从四面八方传来的痛苦的呼喊声。

我们一次只能帮助一个，罗伯特跟自己说。

安蒂斯跑在他前头，爪子在尘土里扒找。它停在一堆碎石上，燃烧的建筑物发出的光芒映出它紧绷的身体。它低下头嘶吼了一声，声音在它脚下回荡。没多久，罗伯特赶到安蒂斯身旁，发现下面有一个狭小的洞。罗伯特推测，这洞通向这间房子的地下室。呼救声就是从里头传来的。

罗伯特开始徒手大把大把地搬开破碎的砖块与瓦片，想扩大洞口。安蒂斯看了他一会儿，也开始用它的爪子扒开一些较小的石头。这时，他们身后出现了一个穿着制服、拿着手电筒的军官。借着手电筒的光，从洞口可以看到底下有一名男子，他被倒下的木头压住了双腿。罗伯特他们开始奋力挖掘，并叫史戴卡和其他人一起来帮忙。大伙终于来到那位男子的身边，几个人使出浑身的力气，才把伤者身上压着的木头抬起来。三名飞行员将他抬到正在等候的救护车上。

那位军官拍了拍罗伯特的肩膀，指着稍远的废墟："做得好，但还有更多的事等着我们去完成。带上你的狗去搜索那里吧。"

看来这军官误以为他们是专业的搜救队了。狗鼻子要比人的鼻子灵敏得多，因此，可以训练狗用鼻子嗅出任何气味——包括被掩埋的人。罗伯特不知道如何用英语向他解释他们的情况。况且在此情形下，他又怎能拒绝呢？他看了安蒂斯一会儿，然后点头默许。毕竟，安蒂斯发现了第一个受难者，这已经证明了它的搜救能力。

罗伯特用双手捧着安蒂斯的头，深深地凝视它的眼睛，接着，他指着先前那个洞，然后对着剩下的废墟挥了一下手，试图让它明白他的意思和任务的重要性。

"这里有许多生还者需要去拯救，小家伙。"他轻声说，"我们一起去找他们吧。”

安蒂斯发出一声短而尖的吠叫，以示理解，声音回荡在这个他们现在负责搜索的阴森荒地中。罗伯特从他的口袋里拿出一个皮制的牵狗绳，系到安蒂斯的项圈上，然后牵着它走进了那片废墟最中心的地方。

安蒂斯凭着超敏锐的听觉，将注意力集中到某一个声音上。那个声音来自它脚下的某处，是一个被掩埋者的呼救声。安蒂斯努力往前摸索着，沿途满是飞扬的尘土和滚落的砖石。他们踩过散落着玻璃碎片的地面，发出“嘎吱嘎吱”的声音时，罗伯特担心安蒂斯那敏感的脚掌会因此受伤。

这时，罗伯特听到了一丝极度微弱的呻吟声，听起来像一个女人的声音。他不能确定声音来自哪里，但安蒂斯却很确定。它拖着主人，边走边用鼻子在地面嗅来嗅去。突然，它停了下来，开始“汪汪”叫，并用爪子扒着石堆。罗伯特喊来史戴卡，不一会儿就清理出一条通道，那位受伤的女子从倒塌的地窖中被救了出来，随后送上了救护车。

她几乎没有呼吸了，但至少现在她还有一丝生存的机会。几分钟后，安蒂斯又发现了另一个受害者。安蒂斯拖着牵绳，到处嗅嗅，当它扒着石块并吠叫，就表示它又发现一名被掩埋的受害者。很快，又有一名男子从可能是他的坟墓的地下被救了出来。现在，所有聚集在这里的搜救人员都如老鹰一般看着安蒂斯，因为他们知道，它会带领他们找到下一个受害者。

一次又一次的救援，每位被救者的情况都是如此危急。然而，灾难即将降临。当时安蒂斯刚刚凭直觉带领大家找到第六个幸存者，随即，它继续对着地面不停地嗅，希望找到更多。罗伯特刻意放松了手中的绳索，以方便它进行搜索。但是，就在安蒂斯远离他几步之遥时，突然发生了大爆炸。罗伯特还没有意识到发生了什么事，他前面的一面墙就倒塌了。

罗伯特马上努力把他的狗拖回来，但绳索却从他手中脱落了下来，原来绳子已被倒下的石墙砸成了两段。有那么几秒钟，罗伯特站在那里，呆若木鸡，断裂的绳索在他手里晃来晃去。灾难降临得太快了，他一时都傻了。前一刻，安蒂斯还在他面前，下一秒，它就消失了，眼前仅剩下一片残垣断壁。

罗伯特的膝盖早已被割得皮开肉绽，他一下子跪了下来，抓住一块砖头，发疯似的不断将石块往两边拨，全然不顾双手是否被石块割破、流血。史戴卡跪在他身边，同样疯狂地挖掘着。罗伯特确信他的狗已经被压扁了。它即使没有被坠落下来的沉重砖墙砸死，也会因困在瓦砾堆下缺氧而亡。一想到此，他简直就要疯了。

罗伯特听到一声微弱的狗叫，仿佛是回应他无声的祈祷。于是，飞行员们更加卖力地搬动砖块，终于，一个尖尖的狗鼻子映入眼帘。鼻子上虽然布满了尘土与碎石，但仍然在明显地抽动着。他们把更多的石块移开后，罗伯特喜出望外地看到安蒂斯晃动着脑袋，把自己耳朵上的尘土抖掉。然后，它打了一个大大的喷嚏，跳了出来，似乎是安然无恙。

罗伯特激动地呜咽起来，眼泪流过他那满是灰尘的脸颊，他不在乎被人看见。安蒂斯还活着，这才是最重要的。

安蒂斯死里逃生之后，罗伯特本来打算结束今晚的搜救工作，但是安蒂斯不愿意，坚持要完成它的任务。不管发生了什么，它都要沿着塌墙之前的路线继续搜救。

安蒂斯往前走着，鼻子向下，两个鼻孔像风箱一样往外喷气，同时吸进满是沙尘的气息。罗伯特跟在它身边，紧张地抓着只剩一半的牵狗绳。安蒂斯在一堆衣服旁边停了下来，它嗅到了一个一岁左右的小宝宝，宝宝的母亲躺在附近，看来已是回天乏术，但这个小宝宝似乎还有气息。安蒂斯惊人的天赋再一次在这可怕、阴暗的废墟中燃起希望之光。

筋疲力尽的罗伯特回到营地时，已是午夜之后了。离营地还有几百码时，他不得不抱起他的狗，因为它的爪子痛得几乎不能行走了。罗伯特抱着狗直奔医疗站，在那里，罗伯特细心地替安蒂斯清理伤口、包扎它流血的爪子，他自始至终都轻声地对它说话，夸奖它是一个好孩子，表现特别好，它是一个大英雄，救了很多人的命。直到处理好安蒂斯的伤口，罗伯特才开始治疗自己的擦伤和瘀伤。

这时，罗伯特的不安才终于消失了。今晚发生的事情提醒了他：不管发生什么，自己永远都要将安蒂斯放在第一位，永远。

Chapter 09 第九章

罗伯特与潘梅拉在一起相处的最后几天里，几乎将所有时间都花在照料安蒂斯上，其间发生了许多浪漫的插曲。潘梅拉离开之后，罗伯特不禁问自己，他是否已经爱上潘梅拉了，因为潘梅拉的离去给罗伯特的冲击比他自己预期的要大得多。但这点打击与第二天收到的来自英国皇家空军霍尼顿基地的信件相比，简直不值一提。

信中，老朋友卡雷尔告诉了他关于贾斯卡的噩耗。贾斯卡不仅是一位年轻有为的飞行员，还是第一个为安蒂斯取名的人，并在抵达英国时帮助安蒂斯躲过宪兵的检查。信中写道，贾斯卡与其他五位捷克籍机组人员在一次空袭任务中遭到敌军炮火的袭击，威灵顿轰炸机的机身瞬间爆炸燃烧，化为一团火球笔直地向下坠落。贾斯卡就这样为国捐躯了。

贾斯卡曾承诺要举办一场圣诞聚会，让七位捷克籍飞行员与他们的战犬——原始八剑客组合——可以团聚一堂，体现“我为人人，人人为我”的精神。但事实证明，战争中许下的许多承诺都不可能兑现。贾斯卡并非唯一一位错过那场圣诞聚会的人。几天之后，罗伯特收到了第二封信，不过这次信件的主角是罗伯特怎么都料想不到的。信中写道，卡雷尔在一次行动中失踪了，很可能已经战死沙场了。这帮朋友中，最英俊潇洒、曾逃过一次死劫的风流浪子卡雷尔，竟在24岁的花样年华就这样消殒辞世。

在他们烛光萦绕的小屋里，按照惯例，罗伯特与史戴卡，还有另外两位捷克籍飞行员吉查（Jicha）与米雷克（Mirek），为死去的战友贾斯卡与卡雷尔守夜，心中却不断思索着，他们之中有几个能在这场恐怖的战争中全身而退。一般来说，服役完一整场飞行执勤需要200小时的飞行时数，而贾斯卡与卡雷尔连一半都没有完成就殉职了。对罗伯特来说，朋友的噩耗带给他的愤怒远远超过哀恸。尽管战胜敌人的希望似乎不大，他仍然渴望登上战机，投身空中，与敌人展开一场殊死搏斗。昔日的八剑客只剩下六个，这使得那团为已故好友报仇雪恨的烈火烧得更旺了。

安蒂斯在主人的脚下打盹儿，这低沉的交谈声使它昏昏欲睡，却也仍然保持着警觉。突然，仿佛有人在它的脑门边开了一枪似的，这只酣睡的狗打了一个激灵，猛地站起来，往门的方向直奔过去。面向着紧闭的门，它歪着头，耳朵向前竖起，专注地聆听，眼睛焦急地往上看。显然，它相信自己的判断是正确的，便快速奔向罗伯特，用熟悉的方式向他哀鸣着。

但是，罗伯特和他的朋友依然沉浸在伙伴逝世的悲伤中，继续着他们沉重的话题，谁也没有注意到它。况且，在过去的几天里，空袭警报差不多都在这个时候响起，袭击目标也总是码头。今晚的空袭又怎么会不同呢？

罗伯特伸手抚摸安蒂斯的耳朵，试图减少它的焦虑感，并轻声说道：“没事的，安蒂斯，他们不是朝这里来的。”

但是安蒂斯摆脱了他的手，目光灼灼地看着主人，好像在说：**这次不一样，真的！相信我，空中怪兽马上就要来了！**

接着，它将鼻子挤到罗伯特的手掌底下，并用颤抖的身躯猛蹭他的大腿，试图迫使主人起身行动。罗伯特把注意力转移到天上，仔细听了一下，但是他并没有听到任何异常的东西。

“别担心，安蒂斯。听我说，他们离这里还有好几英里远。”罗伯特说道。

作为回应，安蒂斯大力咬住罗伯特的手，这一下几乎弄痛了罗伯特，迫使他注视着它的眼睛。这只狗明显感觉到重大危机即将到来。

“好吧，好吧，小家伙。你说了算。”罗伯特叹气道，接着转身对朋友说，“我想我们最好还是先离开。安蒂斯似乎很有把握，这次绝对不会出错——”

正说着，一声惊雷般的响声震得屋子的木墙猛烈地摇晃了一阵，罗伯特惊讶得说不出话来。每一位空军士兵都熟悉这种声音。德国道尼尔Do-17轰炸机——“飞行铅笔”——加足马力，表示道尼尔Do-17轰炸机刚从俯冲进入平飞阶段，正压低机身，水平朝着空军基地袭来。

没有空袭警报。

没有防空炮开火的声响。

唯一的警报来自安蒂斯。

这时，轰炸机的引擎声稍稍地改变了一点。“它已经开始投弹了！”史戴卡惊呼，但是他的声音被炸弹的爆炸声所淹没。

爆炸的冲击波震遍了整个小屋，仿佛被龙卷风袭击一般，整个屋子都快被连根拔起了。屋里的人与狗被冲击波震晕，耳朵差点震聋，并被击飞到地板的另一端。屋里的蜡烛也都熄灭了，在伸手不见五指的屋子里，罗伯特听见安蒂斯因有人跌倒在它身上而发出痛苦的嚎叫声。

“我在这里，安蒂斯！”罗伯特大声叫，手脚并用地爬向安蒂斯。

安蒂斯也朝着罗伯特的声音方向直奔过来，结果他们俩迎头撞上，跌坐在地板上。

“趁下一波袭击来临之前，快点躲进防空洞。”其中一人大声喊道。

他们还没有到达小屋门口，就已经再次听见朝着他们飞来的轰炸机发出微弱的引擎低鸣声。更糟的是，小屋的门已因爆炸冲击波而歪曲变形，打不开了。任凭他们怎么推拉，它都纹丝不动。

“让开！”史戴卡命令道。

史戴卡是这群人中最强壮、最结实的。只见他压低肩膀，猛地向门撞去，门的铰链应声断裂，整扇门弹飞到外面。这时，那架轰炸机已经开始第二轮轰炸了。飞机场上的炮火阵地开始轰轰作响，探照灯也开始四处照射着，但是地面上的掩体和防空洞却寥寥无几。

在探照灯刺眼的光芒下，罗伯特隐约看见轰炸机正在向他们逼近。他最后看见安蒂斯的时候，它正在他前方大约一百码的地方，向防空洞奔跑着。但是，它突然停了下来，慌忙地开始四处搜寻主人。

“快进防空洞，小家伙！”罗伯特对它呵斥道，“防空洞！”

这架轰炸机的飞行员明显是一位身经百战的老兵。进行第二次空袭之前，他早就料到空军基地的防御系统已经准备好了，等待他的来袭，所以他刻意压低机身，维持在离地面仅有50英尺的高度。在这种高度，地面上的炮手还没有来得及开火，轰炸机就已经掠过空军基地、脱离炮火的射击范围了。轰炸机呼啸而过，掠过树丛的顶端，轰炸机上的7.92毫米机枪喷出的火花照亮了夜空。

枪林弹雨下，罗伯特、史戴卡、吉查和米雷克祈祷他们的双脚可以跑得更快一点，但是很明显，他们绝对没办法在那架轰炸机投下炸弹之前到达防空洞。至目前为止，那架轰炸机已经投下了六颗炸弹，这意味着它还可以再投14颗50公斤重的烈性炸药。如果罗伯特等人在这些炸弹撕裂空军基地之前还没找到掩护的话，他们就死定了。

“进防空洞，安蒂斯！”罗伯特吼叫着，尽量让自己的声音不被这刺耳的轰鸣声淹没。

他疯狂地挥舞着手，指向100码处地下防空洞的入口。安蒂斯就站在入口处。要是它能别再盯着主人，转而看看周围，它就能立刻进到防空洞里，安全脱险。

那架轰炸机突然把机头向下降了一点，在那一瞬间，罗伯特还以为轰炸机的驾驶员操作失误，因为飞机快要撞上他们了。罗伯特反射性地向前扑倒，害怕被飞机撞得粉身碎骨，或者被吸进飞机坠机后造成的火海里。轰炸机在他头上呼啸而过时，他将十指插入颤抖的地面，以支撑自己，因为他知道，炸弹就要爆炸了。

轰炸机加速离开时，先前投下的炸弹开始陆续击中目标。刚开始的几秒里，什么都没有发生，但是炸弹的延迟引信已经触发，爆炸是迟早的事。说时迟那时快，第一颗炸弹就在他们先前待过的那栋小屋爆炸了，这让罗伯特不由自主地将身子朝地面压得更低。

第二处爆炸点离罗伯特更近，每一声爆炸似乎都预告着危险步步逼近。他仿佛看到了安蒂斯摇晃着它那毛茸茸的尾巴顺着防空洞的台阶往下跑，渐渐消失了。他努力让自己镇定下来，但最后一次爆炸的强度如此之大，让他感觉仿佛无数根针狠狠地扎进了耳膜里，眼窝里的眼珠子几乎要被压碎了。

过了一会儿，一道刺眼的光芒划过，尽管此时他的眼睛是闭着的，但是那亮光依然几乎把他的眼睛刺瞎了。紧接着，罗伯特被冲击波冲到了空中，仿佛一只大手将他抛了起来，翻转半圈之后又被摔到地上。附近的一只油桶也被掀了起来。罗伯特感觉自己跌进了一个黑暗的深渊，头顶上方火焰燃烧的烧灼感渐渐褪去。

“罗伯特！罗伯特！你还好吗？”这是吉查的声音，他来自罗伯特捷克老家的隔壁村庄。

罗伯特有剧烈的耳鸣，太阳穴也抽痛得厉害。他感到极度地不知所措。如果刚才那是吉查的声音，那么他现在在家乡捷克吗？德国人正在轰炸他的村庄吗？如果真是这样的话，那他母亲去哪儿了？他睁开眼睛之后，对于自己身处何地的困惑也就随之消散了。现在他心中就只有一个念头。

“有人看见安蒂斯吗？”他脱口而出。

“先别担心你的狗，你自己怎么样？”吉查答道，“你刚刚像一个破布娃娃一样被抛到半空中。”

罗伯特此时几乎是聋的，他根本听不见对方在说什么，只看见他的嘴唇在动。

“你看见安蒂斯了吗？”罗伯特重复道，“它还好吗？”

“它一定会没事的，”吉查答道，“它的生存能力极强。”他边说边吐出一些泥巴。刚才爆炸时，很多泥土飞进了他的嘴里。“我敢肯定，安蒂斯一定没事的。我好像看到它冲进了防空洞里。”

“也难怪它抛下我们，独自跑去防空洞了，”史戴卡说道，一只手用早已被鲜血染红的手帕压着自己的额头，“这是我们没有在第一时间听从它的警告所得的报应！”

“它没有抛弃我们，”米雷克语重心长地说，“它不会做那种事的。我亲眼看到它跑到防空洞入口后，又折返回来，似乎是要领着我们去那里。结果，最后一颗炸弹引爆时，它离爆炸点不到10码远。”

在一片沉默中，大伙焦虑地望着对方。罗伯特身子一侧，用力将身子挺起，痛苦地站了起来。明白米雷克的言下之意后，罗伯特忽然感到一阵强烈的痛楚，身体因此向前弯了下去。在这次空袭中，他和朋友们大致安然无恙，只受了一些皮肉伤。相反，他们的小屋已经化为一堆闷烧的废墟，至于安蒂斯，这只在空袭来临前警告过他们的英雄狗，至今下落不明。

罗伯特步履蹒跚地向最近的防空洞走去，害怕随时会在黑暗中撞见一团了无生气、血肉模糊的带毛物体。

他倚靠在防空洞入口处，大声喊道："有人见到我的德国牧羊犬了吗？"

一个陌生人闻声出来，回答道："抱歉，伙计，恐怕这里没有人见过。如果有一只狗进来的话，我肯定会知道。"

罗伯特越发担心了，感到一种冰冷的、原始的恐惧撕扯着他的五脏六腑。米雷克所说的事是真的：安蒂斯没有进防空洞。如果这是真的，那么他也许真的看见了他所说的他看见的情况。或许是安蒂斯折头向他们跑过来时，真的遭遇了爆炸。

一想到这里，罗伯特感到一阵恐惧，赶紧向稍远的第二个防空洞跑去。安蒂斯是这里的常客，因为这个防空洞是基地女兵常来的地方。安蒂斯不仅喜欢她们逗它玩，还特别喜欢她们专门留给它的美国甜饼干。如果说有什么地方让它感到安全的话，那一定是这里了。

但是，罗伯特敲击防空洞厚重的钢制防爆门时，隐隐约约感到，自己所做的一切都是徒劳的。假如安蒂斯到达这处防空洞的话，它爪子的抓击声和吠声一定会被当时轰炸机的轰鸣声和枪炮声盖过，更不用谈随之而来的爆炸声了。门终于缓缓地打开了。开门的这位女士似乎并没有认出罗伯特，他不禁错愕了一下。

"不好意思，请问你见到安蒂斯了吗？"

“罗伯特？是你吗？”她惊呼道，“我的天啊！你怎么满脸是血啊！”

罗伯特这时才意识到自己的伤势。“你见到安蒂斯了吗？”他重复地说，不打算解释自己的伤势。

“它今晚没来这里。我最后一次见到它是傍晚的时候。你还是先进来吧，让我替你清理脸上的伤。”

罗伯特伸手去摸自己的下巴，发现那里的皮肤被磨掉了一大块。他也感觉到鼻血一直流个不停，但是只要这些皮肉伤不足以让他有性命之忧，他就懒得管它们。他谢绝了那位女士的好意，掉头离开，继续寻找安蒂斯。

最后一波德国战机被赶出了利物浦上空，警报解除了，这时已经是深夜了。整个空军基地弥漫着大片大片的浓烟，但在苍白月光的照射之下，基地的损毁程度仍清晰可见，到处都被炸得千疮百孔、满目疮痍。这四位战友怀着不祥的预感，翻找着小屋的残骸。或许安蒂斯为了找到它的主人和朋友，会回到他们最后待在一起的地方。

但是，他们翻遍了废墟，依然没有发现安蒂斯的踪迹。

接着，他们搜寻了附近的建筑残骸，踏过扭曲变形的门窗，翻过断壁残垣，还是没有发现半撮动物的毛发。于是，大家动身前往第三堆废墟，那里还残留着一些营房。这时，突然有人大喊：

“炸弹！这里有一颗未爆弹！快离开这里！”

他们还没有弄清情况，上级就命令他们停止搜索，整个区域已经被封锁起来了。

“别担心，它迟早会出现的。”米雷克说道，试着去安抚心神不宁的罗伯特，“它总是这样，不是吗？”

“也许那些爆炸把它吓跑了。”吉查安慰地补充道，并用手顺着空军基地的外围画了一圈，说，“它或许现在就待在那片荒野里，等它镇定下来后，它就会回来的，等着看吧。”

罗伯特知道他们是好意，但他却没这么乐观。空袭对于安蒂斯来说，并不是什么新鲜事，在此之前它从来没有抛弃过主人。罗伯特勉强来到了应急住所，但他总是忍不住想，安蒂斯此刻是不是正孤独绝望地躺在废墟里的某个角落，受了伤，甚至无法走动。

一想到这些，他就觉得难以忍受！

罗伯特一包扎好伤口，就起身前往基地外围跑起步来，一边吹口哨一边呼喊安蒂斯的名字，完全无视护士要他休息的忠告。他渴望再次听见那熟悉而精神饱满的吠声，尽管他知道得到回应的机会不大。他的心中忽然涌上一股阴暗、不祥的预感，好像安蒂斯正在经历最痛苦的时刻，比当它还是只小狗时被遗弃在无人地带还要糟。

经过几小时毫无结果地搜寻之后，罗伯特终于在海陆空三军合作社（海陆空学会在基地开设的商店和酒吧）外面停了下来，此时他发现自己又冷又累又绝望。他确信，安蒂斯一定被封锁在戒严区内的碎片残骸下，因为只有那里他没有搜寻过。那条白色的警戒线意味着他不能进去搜索，这让他变得越来越沮丧。他真想铤而走险进去寻找，哪怕里面有未爆弹或者别的东西。

天色渐暗，湿冷的秋风将罗伯特吹得直打冷战，朋友请求他进合作社里吃些东西，暖暖身子，但他拒绝了。一想到目前下落不明的安蒂斯在外面受冻挨饿，甚至奄奄一息，自己却在里面吃东西取暖，他就觉得反感。

“假如安蒂斯真的再次出现了，”罗伯特对他的朋友们说，“它会怎么办？小屋已经被夷为平地了，它又不知道我们在哪里。我必须要待在这里等它。”

罗伯特在那里一直等到了黎明，他询问炸弹拆除小组的人，询问每一个从他身边经过的人，问他们有没有见过他的狗。费了一番工夫之后，那枚未爆弹终于被移除了。尽管这时下起了暴雨，但一组空军志愿者来到了这个区域，地毯式地搜寻安蒂斯，然而依旧没有找到安蒂斯的踪迹。全身湿透、脏兮兮、疲惫不堪的队员们试图安慰罗伯特，但他依旧悲痛欲绝。

安蒂斯就像从地球上消失了，它离开的事实让罗伯特久久不能释怀。他不禁想，它怎么可能凭空消失呢？安蒂斯是一只高大健壮的德国牧羊犬，而且快要成年了。它起码跟一个十几岁男孩一样重。不论是人还是狗，即便被炸弹直接击中，一定会有一部分残骸留下来，不可能直接蒸发。

空袭后的第二天夜里，罗伯特断断续续让自己睡了不到两个小时。期间，他总是伸手去摸放在他床边的毯子——这是安蒂斯的毯子，是他从屋子的废墟里捡回来的——希望可以摸到安蒂斯那温热的毛茸茸的身体。但是，什么都没有。

第三天清晨，他坐在餐厅里，早饭丝毫未动。他试图说服自己接受现实：他很可能再也见不到他的狗了。更糟糕的是，他很可能永远无法知道安蒂斯到底发生了什么事，也不能给它一个体面的葬礼。他曾将这条狗从无人地带救出来，但最终却无法让它逃脱敌人的魔爪。

无论他在这场可恶的战争中活多久，他都永远无法原谅自己。

第十章 Chapter 10

“博兹杰赫！”有人在食堂门口喊道。罗伯特探头看了一下，原来是空军中队的一位中士。罗伯特心想，该不会又要他干什么无聊的事吧。“博兹杰赫！”那位中士又高声喊道，“原来你在这里啊！你怎么不应个声呢？”

罗伯特无奈地叹了一口气。既然看到他了，看来是逃不掉了。

“博兹杰赫，外面有人找你。”中士补充道，“打起精神来。”

罗伯特伸手拿上军帽和防毒面具，拖着沉重的脚步，缓缓地走向大门。如果他不是这么情绪低落的话，他也许早就注意到，他周围一些士兵脸上露出了兴奋之情。那位中士刻意走在罗伯特前面，这样一来，他就不会错过即将揭开的一幕好戏。

罗伯特走进大厅，首先映入眼帘的是一大群男兵和女兵，在大厅中心围成一圈，对着他微笑。罗伯特往下一看，哽咽地喊了一声。在那里，伸开四肢趴坐在地毯上的，是全身湿透、毛发沾满泥巴的安蒂斯，它对着罗伯特哀鸣，虚弱得几乎抬不起头来。

“你到哪里去了，爸爸，你到哪里去了？”安蒂斯的眼睛似乎在诉说着，“我等了又等，等了又等。”

罗伯特在狗面前跪下，双手紧紧地将安蒂斯抱入怀中，在它的耳边哽咽地低声说了些让它心安的话，完全不在意周围的人。

“我每个地方都翻遍了，就是找不着你，安蒂斯。”他努力控制自己的情感，但是一点用也没有。他双手搂住安蒂斯的脖子，将自己的脸深深地埋在它湿漉漉的毛发里，让眼泪尽情地宣泄。

安蒂斯奇迹般生还的消息传播开来以后，混乱的食堂的大厅被打扫干净，这样大家可以一同分享人狗团聚的喜悦。但是，他们目睹了这位捷克籍飞行员倾泻而出的情绪和那只狗可怜的模样以后，全都沉默了，并充满了敬意。他们一个接着一个向罗伯特和安蒂斯献上敬意之后，便渐渐离去了。即便是最坚毅的士兵，也被这一幕深深感动。

罗伯特伸手触摸安蒂斯身上的每一寸，检查是否有骨折。作为感谢，它伸出舌头马马虎虎地舔了他一下——安蒂斯实在没力气做其他动作了。除了它的四肢和头部有多处割伤之外，并没有发现明显的伤势，罗伯特对此感到很欣慰。他将安蒂斯抱在怀中，穿越飞机场，直达病房。只是，当抱着它穿越飞机场时，他才发现它那敏感的脚掌上有好几道撕裂伤。

第二天早上，他才终于放心地让安蒂斯独自休息。他回到那处被炸弹炸毁的废墟，着手调查安蒂斯到底经历了怎样的劫难。循着泥地上的狗足痕，他来到了距防空洞30码远的一个深坑。这是安蒂斯与其他捷克飞行员们待在小屋时，那架轰炸机第一次空袭留下的弹坑。然而，在弹坑底部，罗伯特在一大片混凝墙碎块上发现了一大把狗毛和几摊脏污的血渍。根据这些线索，罗伯特逐渐拼凑出安蒂斯的失踪之谜。

在轰炸机的第二轮空袭中，最后一次爆炸将罗伯特震到半空中，也一定将安蒂斯炸飞到半空中去了。爆炸强度如此之大，竟然把安蒂斯轰到附近一间小屋的屋顶上，再滚落到这个弹坑里。而那座小屋也被炸毁，小屋的泥瓦碎石飞散在空中，落下后刚好盖在深坑上，压住了安蒂斯，但还不至于使它窒息。这就是为什么当时找不到安蒂斯的原因了。

罗伯特努力去想象安蒂斯当时的境地：茫然地躺在黑暗里，充满恐惧，身体完全无法动弹，层层泥土压着它，让它感觉像埋在坟墓里。为了取得氧气，它一定挣扎过，并试图站起来，但最终不得不屈服于那瓦砾的重量。

罗伯特从来没见过安蒂斯惊恐的模样，但当时它是否也有一瞬害怕自己将要窒息而亡呢？它一定不停地用自己的头和四肢推挤，努力创造哪怕一丁点儿的呼吸空间，即使泥土不断地跑进口腔和鼻孔里。周围的建筑物被一一搜查时，它一定听到了罗伯特和其他人吹着口哨呼唤它名字的声音，但是它一定是被压得太虚弱了，以至于无法回应。

毋庸置疑，听到主人和朋友放弃搜索时，安蒂斯一定觉得是一场噩梦。罗伯特根本无法想象，它到底是如何挨过这整整两天的？也许是那偶尔渗透进来的一点儿空气。安蒂斯被困住的第一个晚上，毛毛雨一定渗透到它所埋的瓦砾堆里，提供了少量但必要的水分。但是，罗伯特知道，安蒂斯具有非凡的意志力。如果不是这种意志力，安蒂斯可能就葬身于此了。事实上，他在无人地带第一眼看到它时就知道了，尽管当时它还只是一只“嗷嗷”叫的小奶狗。

安蒂斯的求生意志，是罗伯特在那间饱受战争摧残的法国农舍里一开始欣赏它的原因。这次一定是这个特质帮它渡过了难关。也许大雨把安蒂斯身上的瓦砾冲掉了一些，让它呼吸更顺畅，并补充了急需的水分。或许，它终于意识到没有人会来找它，只有自己能救自己。

无论如何，它必定是拼尽了全身力气，进行了最后一搏。安蒂斯爪子上的伤痕就说明了一切：为了爬到地面上，它拼尽一切力气挠、踢、抓、踹。最后，两个路过的技师发现了它。它当时如此瘦弱，再加上皮毛上沾满了泥土和鲜血，结果技师一度以为它是一只徘徊于基地里的流浪狗。

“等等，”他们其中一个说道，“那不是安蒂斯吗？”

“才不是呢，”他的同伴回答道，“安蒂斯体形更大点，毛色没有那么黑。”

只有当安蒂斯一瘸一拐地走向他们，无力地摇了摇尾巴，技师们这才发现，眼前这只狗正是他们连日寻找的安蒂斯。

罗伯特一直照顾着安蒂斯，直到它身体康复；对于它恢复健康的任何一丝迹象，他都感到欣喜若狂。安蒂斯的伤口恢复得很快，步伐也逐渐地充满活力，这归功于食堂大厅里的那群崇拜者为它提供了肉食、海陆空三军合作社提供了更多的香甜饼干。

罗伯特渐渐不担心安蒂斯了，越来越渴望重返蓝天的怀抱，对抗德国法西斯。谢天谢地，这漫长的等待终于要结束了。众所周知，盟军轰炸机司令部的士兵数量快速地减少。随着英国皇家空军加大对敌人领土袭击的密度，他们的损失也以惊人的速度攀升。他们现在急需英勇无畏的飞行员来填补这些空缺，因此，罗伯特毫不犹豫地申请了。他与史戴卡、约瑟夫一起，自愿加入311（捷克）战斗机飞行中队，这个中队位于萨福克郡的霍尼顿基地，是贾斯卡和卡雷尔殉职前服役的地方。罗伯特自愿参加这项任务，部分原因是希望为死去的朋友报仇。

按照规定，轰炸机司令部的志愿者到中队报到之前，可以与他们的妻子或心上人待上48小时。罗伯特打算趁这个机会，给潘梅拉一个惊喜。他希望这两天待在一起所带来的快乐，能够减轻她得知他的新任务时所受的精神打击。之后，恐惧会一直与她形影不离，直到罗伯特的任务结束，但是他相信，她会谅解的。

罗伯特和安蒂斯兴高采烈地来到莱姆街火车站，打算乘车去位于希罗普郡的科斯福德基地。但结果罗伯特在月台上来回走动着，他失望地发现，火车上很拥挤，过道和车厢都塞满了人，还有数十个军人和平民拼了命想挤上去。他根本无法找到一个位置，让他最近才受伤的狗不碍到其他乘客。

无奈之下，他只得接受一段不舒适的旅程，前往行李车厢，至少在那里，不会有乘客嫌弃安蒂斯，因为总有人不喜欢沾染上狗味儿。然而，当他正要跟着安蒂斯进入行李车厢，却被行李员挡了下来。起初，他以为行李员要告诉他，乘客禁止进入行李车厢，更别说狗了。但是行李员友善地笑了笑，示意他们跟着，带领他们前往月台尽头的头等车厢。

行李员背对着其他乘客——以免被人看到，把两张头等车厢的车票放到罗伯特手里，接着把一根手指举到嘴前——示意他不要声张——然后他就转身离开了。罗伯特感到十分惊讶，在那里站了一会儿，担心可能是行李员认错人了。他想核对车票上的姓名，但车票上除了座位号，什么都没有。他正犹豫着到底要不要上车，突然，一个非常温柔的声音叫住了罗伯特，更令他惊讶的是，那个人说的是他的母语。

“这边走，我的朋友。”那个声音轻轻地说，“这里有足够的空间，给你和你俊俏的猎犬坐。”

罗伯特转过身，看到了一个年轻女子，倚着车厢朝他微笑，露出了一口洁白的牙齿，美丽的脸上写满了骄傲。不论是无心还是有意，她的羊绒大衣在胸前开衩，流露出一丝女人的风情。罗伯特的视线不由自主地在她那紧身的女式白衬衫上停留了片刻，然后向上一瞥，与她四目相对。他无法揣测她脸上的俏皮神情。她浓妆艳抹，一头栗色秀发闪耀着如选美小马般的光泽。只有对妆容十分讲究的女性，每天梳理至少一百次，才能够拥有那样的头发。

罗伯特打开车门，她便摇摆着裙子领着他到走道上。不过，真正吸引他的，是她那双黑色高跟鞋走路时发出的“咔嗒咔嗒”声。老实说，他喜欢女人穿高跟鞋，而眼前这双鞋跟可真够高的——比潘梅拉穿过的高跟鞋都要高。她来到那豪华包房，在他对面坐定，他注意到，那独特的“咔嗒”声来自一种当时最流行的高跟鞋款式，称作“露趾鞋”。她那干净整洁的脚趾甲上涂着红色指甲油，与她的红唇非常相配。

罗伯特感到一阵莫名的兴奋。他正要介绍自己，安蒂斯的头探入了包房。

忘了谁吗？

“安蒂斯！”罗伯特说着，张开双臂欢迎。

安蒂斯径直走了进来，尾巴朝下，朝他走了几步，重重地坐到地板上。

“你！你把我留在月台上。到底是怎么回事？她是谁？我知道她不是我们的潘梅拉就是了。”

“安蒂斯，我想让你见见……”罗伯特开始说。

“安·阿巴斯诺特。”女子伸出一只手，罗伯特轻柔地握了握。修剪整齐的指甲，涂着与脚趾同样令人目眩神迷的红色指甲油，还有温暖光滑的皮肤。他必须要好好地控制自己。他感觉好像已经有一阵子没有触碰过女人了。

“罗伯特·博兹杰赫。”他给了她最迷人的微笑，“非常感谢您的车票……我想您……”

“这没什么，”她打断他的话，优雅地挥了挥手，“不过，我必须承认我别有用心。你知道，我在捷克生活了11年。我父亲曾在布拉格的英国大使馆工作。我刚才看到你肩上闪亮的捷克徽章，就忍不住想抓住这个机会，炫耀一下我的捷克语。”

罗伯特笑了笑：“这样啊。您的捷克语说得非常地道。”他希望这听起来不会太直白。

“真希望你说的是真的。”她喃喃地说。

她是在卖弄风情吗，还是猎取恭维？他只能猜想了，因为她的捷克语说得几近完美。不论如何，他想知道，这真的是所谓一时兴起的语言练习吗？毕竟，就算让他自己来说，他这一身制服装扮也是非常帅气的，而且为了见潘梅拉，他还特地熨烫过呢。再加上，安蒂斯仍然英俊如初，尽管它曾被炸飞并埋在差点成为它坟墓的弹坑里数天。

一般来说，安蒂斯总有一种吸引漂亮女人注意力的魅力。于是，罗伯特决定进行一场姗姗来迟的介绍：“这是安蒂斯。安蒂斯，见过阿巴斯诺特小姐。”

安小姐伸手拍拍安蒂斯的头，而罗伯特则等待着安蒂斯亮出招牌动作：每次遇见漂亮的女人，它都会这么做。每当这时，罗伯特就会抓住机会，说几个事先准备好的小笑话。但是，安蒂斯并没有像他料想的那样坐起来，伸出它的脚掌，而是冷冷地盯着罗伯特的新朋友和她的露趾鞋。它猛然看了主人一眼，眼神中充满谴责，甚至带着几分……厌恶。

“看来，你大概不记得我们今天到底是去看谁了吧。还记得潘梅拉这个人吗？”

安小姐试图一笑置之，罗伯特也是。但显然，安小姐并不习惯被冷落，她向来是全场关注的焦点。她决定通过贿赂来赢得安蒂斯的喜爱。于是，她从包中拿出一条巧克力——在这战火连天的岁月，巧克力无疑是珍贵的东西——用涂着红指甲的手指撕开包装，剥下一块。

但是，巧克力的气味、车厢的摇晃，似乎让狗瞬间回想到了法国南部那段漫长、险象环生、走走停停的火车之旅——那是一段它与罗伯特及其他朋友一起进行的逃出德军魔掌之旅。它对那女人手里的巧克力嗤之以鼻，转过头去，趴在自己的前爪上，假装要睡觉了。

“懂了吗，小姐？”

罗伯特尴尬得满脸通红，就像一位父亲因正处青春期的儿子失礼于自己刚认识的人一样。他决定表现得更加殷勤，以弥补安蒂斯对她的冷漠，但同时他又觉得好笑。他心里想着：这是什么意思，安蒂斯？难道你吃醋不成？

他向安小姐讲述了他们因德军进犯而逃离法国的惊险故事，希望借此解释安蒂斯的不友好行为。两个小时里，他们用捷克语交换着各自的人生经历，温暖彼此的心灵。战争迫使他们离开热爱的祖国，在不同的社会阶层里过着截然不同的生活，但是，他们对捷克有着相同的爱。他们谁都不知道捷克的未来，可两人依然珍惜这样的机会，追忆往昔，期待未来。

安蒂斯不断地用鼻子哼着气，仿佛对两人愈加亲密的样子感到厌恶。**“拜托，请让我离开这里。”**它试着轻声哀鸣，希望能吸引主人的注意，但罗伯特此刻没心情迁就它。

“做一只乖狗，保持安静。”他说道，头转向安小姐。

安蒂斯的悲鸣声逐渐加大：**“不，说真的，让我出去。我要尿尿。”**

没人理睬安蒂斯。罗伯特完全沉迷于与安小姐的交谈中，彻底忽略了他的狗。安蒂斯悄悄地溜到头等车厢的走道上，尾巴不开心地耷拉在双腿之间，但没有任何人注意到这条狗的生理需求，连它的主人都对它不管不顾。再说，火车现在正在乡间飞驰，只有等到下一站停车间隙，安蒂斯才能活动一下四肢，撒一泡尿。

几分钟后，安蒂斯又回到他们的座位旁，继续对着罗伯特哀鸣，声音中多了几分紧迫感，并以愤恨的眼神瞪着这个独占主人的女人。它把爪子搭在罗伯特的手上，希望他能注意到自己的不安。但那个女人正为罗伯特讲的笑话开怀大笑，罗伯特就跟着她一起笑。然后，罗伯特又讲了些什么，女人笑得更厉害了。

安蒂斯决定进行最后一搏。它发出一声长长的、撕心裂肺的哀鸣——那种声音表示：**不要不理我，要不然别怪我**——但是，罗伯特一刻都没有中断与安小姐的谈话，甚至连看都不看它一眼。

“够了。我受不了了。”

罗伯特发现事情不对劲的最初迹象，是因为安脸上的笑容消失了。她那完美洁白的牙齿消失在因惊恐而撇起的双唇之后。她那眼中的光芒不再，取而代之的是震惊与慌张。她瞪大眼睛，低头看着她那双漂亮的露趾鞋，罗伯特也被迫跟随着她的目光，简直不敢直视他即将看到的。

不出所料，一摊热气腾腾的黄色液体散布在安小姐的鞋边。安小姐的脚趾甲突然失去了光泽。那“咔嗒咔嗒”的高跟鞋已半浸在安蒂斯的尿液中。这是安小姐最骄傲、最喜欢的一双鞋，但是现在她却恨不得赶快将它们脱掉。她赶紧将一只鞋子由脚上抽掉，没料到却将穿着袜子的脚踩进了那一摊液体中，她立即发出了一声尖叫。

“我的天哪！安蒂斯，给我出去！出去！”罗伯特喊道。

安蒂斯飞快地跑出去，急转进走廊，由于它跑得太快，还在地板上留下了抓痕。但是罗伯特看出，安蒂斯并不觉得丢脸。原本夹在双腿间的尾巴，现在高高地举起。这是一个明确的信号，表示它相当得意。对它而言，这个女人是它——**还有潘梅拉**——的死敌，如果它能成功搅局的话，那就太好了。

令人难以置信的是，安小姐似乎不以为意。“不要因此而惩罚你的狗，”她恳求道，“它已尽其所能地警告你，它需要上厕所了。无论如何，没关系的。我包里还有一双丝袜。”

“但是，安……”罗伯特结结巴巴地说，“它以前从来没有做过这种事……我该怎么向你赔罪呢？”

她笑了笑：“别在意。不过，我不得不说，这是第一次有谁把我的腿当作灯柱。”

接着，安小姐走进了洗手间，留下罗伯特一个人。罗伯特实在没想到，安小姐竟然如此冷静并通情达理，真是一位难得的女子。安蒂斯试图把他们之间的浪漫情谊扼杀在摇篮里，却反而适得其反了。罗伯特很少遇见这样随和的人。毕竟，有多少女孩能对狗在自己腿上撒尿一笑置之，甚至还拿这件事开了个玩笑呢？

几分钟后，安小姐回来了，安蒂斯干的坏事被处理得干干净净。他们一路说说笑笑，直到火车抵达伍尔弗汉普顿车站，罗伯特在这里转车。当罗伯特和安蒂斯抵达英国皇家空军科斯福德基地后，潘梅拉很快地整理整理，便与他们出营了。他们一起漫步在宁静的乡间，罗伯特拿安蒂斯在火车上对他遇到的女孩鞋上尿尿的事来取悦潘梅拉。

潘梅拉停下来，挠了挠安蒂斯的脖子：“她活该，对不对，孩子？好样的，安蒂斯。我俩两地分离时，你竟会保护我的利益。”

Chapter 11 第十一章

11月中旬一个沉闷多云的日子，三个男人——罗伯特、约瑟夫与史戴卡——和一只狗来到了萨福克郡英国皇家空军霍尼顿基地的警卫室。他们的全部家当都塞在那逃离法国时所带的破旧行李箱里。他们感觉自己仿佛是一所学校的新生。他们在这里接受飞行和射击训练，准备加入311（捷克）战斗机飞行中队。

罗伯特与史戴卡同房，当然还有他们的狗。他们分到的房间在一楼，靠近侧门。这正好顺了罗伯特的心意，因为能方便安蒂斯夜间出去撒尿。罗伯特要做的第一件事，就是去基地总部拜访驻地的准尉，进行必要的申请程序，以确保安蒂斯能待在营地。

这位准尉也是士兵内务的负责人，但罗伯特并不知道，在乱七八糟的内务条令中，有一条禁令：士兵的房间里不准养狗。布告栏上就贴着一张大意如此的公告，但罗伯特没有看见。他像往常一样，在床边地板上铺好毯子，做了安蒂斯的床。

这位准尉名叫米德（Meade），已经在英国皇家空军服役了19年，他佩戴的“长期服役”勋章证明了这一点。他身材高大、精瘦笔挺，头发剃得短短的，稀疏的胡子坚硬地竖在嘴巴上，看起来就像一条狭长的掩壕。他的职责就是严格地监督士兵的生活纪律，就像部队的军士长一样。在基地里，说他的职位仅次于上帝一点也不为过，米德准尉好像非常了解这一点，也是这么做的。

罗伯特、安蒂斯与米德准尉的第一次会面就不是那么愉快。米德第一眼见到安蒂斯，脸就像乌云那样黑了下来。他嘟囔着“该死的外国人把这里变成了一座宠物园”之类的话，叫罗伯特将安蒂斯带出他的办公室。罗伯特照他的指示，将安蒂斯交给史戴卡，然后回头继续进行申请许可的事宜。但毫无疑问，米德并不是爱狗人士。

看到罗伯特只身前来，米德用冷漠的微笑迎接他：“现在，我能为你做点什么呢？”

罗伯特把他的申请信放在米德的办公桌上：“请允许安蒂斯留在营地中，长官。”

米德锐利的目光停在信上：“我想你指的是‘英国皇家空军霍尼顿基地’，而不是‘营地’，但我明白你的意思。”

米德戳了戳身旁的电铃按钮。一个戴着眼镜的勤务兵跑了进来。

“把这个转交给中队队长。”戴着眼镜的勤务兵又出去了。“那么，中士，明天你就去中队办公室找那位中士吧，届时，你将会得到你要的答复。在此期间，看管好你的狗。”

“安蒂斯从来没有惹人厌过，长官。”

“对你来说也许是这样，”米德皱着眉头说，“就这样吧。”

第二天早上，罗伯特拜访了中队办公室的那位中士，得知他的请求已经批准了。安蒂斯已经获准留在基地里。但他回到房间时，发现门缝底下有一封外观正式的信。信封上用细长的笔迹写着他的名字、军衔和编号。他打开信封一看，发现了一张打印的通知，信纸带着中士内务信头。

信中，提醒罗伯特注意内务规定第十八条，禁止任何动物在宿舍里睡觉。他必须在两个小时内将安蒂斯带出房间，并为它寻找新的居所。通知是由中士内务主席米德准尉签署的。罗伯特早就知道米德对他没有好感，但现在才知道，米德是多么坚决地要为难他的狗。

已经没有回旋的余地了。罗伯特是个外国人，当初加入军队时，就已经宣誓效忠英国，因此，他必须服从命令，遵守法律。这条针对安蒂斯的规则，初看起来可能微不足道，但它是百分之百具有法律效力的。罗伯特暗自咒骂着，准备去寻找替代的宿舍。既然禁止让安蒂斯待在他房间，罗伯特打算找一个他们俩都能住的地方。

这是寒冷的11月，他与史戴卡、约瑟夫三人在彻底地搜索基地。他们经过总部时，罗伯特一脸忧愁地望向米德办公室的窗户。在他之前待过的空军基地里，将安蒂斯留在身边从来不是问题，但不知为何，在这里却遇到了问题。没关系，山不转路转。他们穿过机库，来到飞机场的跑道上。他们经过他们将要驾驶的庞大的威灵顿轰炸机，那笨重的机身被铁桩固定在地面上，以防袭来的强风，机上装载的枪炮也被覆盖住，以防雨水进入。

他们走到空军基地外围附近长满草的地方，一圈圈铁丝网缠在木制平台上，标志着基地的边界。远处有几栋看起来被遗弃的小屋。它们似乎是被禁止入内的，但身为外国人，三个捷克飞行员并不知道。他们走近第一间小屋，朝里面张望，发现里面没有任何家具，但有一个火炉，它的金属管穿过天花板，伸到户外。

门没有锁。罗伯特推开“嘎吱”作响的门，迅速查看。一个角落里有一大堆旧报纸，可以用来点燃炉子。

他转向约瑟夫和史戴卡，说：“好了，虽然比不上布拉格城堡，但至少能凑合凑合。”

约瑟夫和史戴卡盯着他，仿佛罗伯特已经发疯了。

“但是，肯定——”约瑟夫开口。

“你有更好的主意吗？”罗伯特打断了他，看了一眼手表，“两小时快到了，所以就这样吧。”之后，罗伯特转向安蒂斯：“安蒂斯，孩子，这就是我们的新家了。”

三人从周围树林收集了一些柴火，堆到火炉旁，然后返回宿舍，取罗伯特的随身物品和几条毯子。

东西大致搬完之后，约瑟夫眼睛扫过空荡荡的小屋。“嗯，至少，我们还有足够的毛毯让安蒂斯保温。”他开玩笑地说。

与此同时，史戴卡弯着身子在火炉前生火。他尝试三次后，木柴才开始闷烧。约瑟夫走到外面，检查烟囱排烟是否正常。

“这么一点火，就冒那么多烟，”他说，“一英里以外的人都看得到吧。”

“要看就给他看吧。”罗伯特恶声恶气地说。对于受到的不公正待遇，罗伯特感到很生气、难受，再也忍无可忍了，“上级命令我把狗弄出去，我就把它带出来了。”

“你可能在睡梦中被人谋杀。”史戴卡戏谑地说。

“或许吧，”罗伯特回答道，“但我不在乎。”

奇怪的是，罗伯特发现自己对这个新家十分满意。白天他不敢生火，怕烟会被人发现。但是，英国冬天天黑得早，下午5点开始，他就用火炉生火，依偎在狗旁了。更重要的是，他可以再次在空中翱翔了。尽管他尚未深入前线对付敌军，但他正在学习如何操作飞机，这架飞机将会在战斗中痛击德军。

威灵顿战机是双引擎远程中型轰炸机。它主要用于夜间空袭，攻击欧洲被侵占领土和德国本土。它是战机群的坚固主力，因为能承受敌军无数次炮火、最终安全返回基地而赢得声誉。它配有自动密封的燃料槽、驾驶舱保护层以及其他重要部位的强化护甲，所以能承受其他飞行器无法承受的损伤。

罗伯特已经开始在基地学习如何掌控威灵顿战机的起飞和着陆。很快他们将会进行模拟跨国远距离轰炸。他努力学习火炮射击，在漫长的黑夜里，他在他与狗合住的小屋里学习英语。罗伯特在空中时，安蒂斯与负责掌管军械库的中士待在一起，并且与他们成了好朋友。他们的新住处唯一美中不足的地方，就是他那用大衣和三床毯子铺成的床在凌晨时总会变得冷冰冰的，使他不得不将安蒂斯抱得更紧。

圣诞节前两周，米德再次受命负责巡查基地。他对这个任务总是执行得很彻底，并乐在其中。因此在这项任务上，没有人能与他匹配。他有着非常敏锐的本能，善于寻找没有折叠整齐的被子、没有妥善除尘的架子，或者某个被遗忘的角落——个别新兵打破了茶杯，但不肯承认，就把破茶杯藏在那里。总之，任何细节都逃不过他那双死灰色的眼睛。

午夜时分，米德准尉出发了，带着一位受尽折磨的勤务兵下士，前去查看飞机。“我们到机场周围看一看，好吗，下士？”准尉说道，期待地嗅着空气，“我们很快就会发现，这些懒惰的家伙是否固定好这些战机。今夜有强风警报，没固定好战机的飞行员就要倒霉喽。”

勤务兵下士更愿意现在睡在他温暖的床上，但他没有理由去质疑上级的指令。他们一起穿越飞机场，弯腰检查把威灵顿战机固定在地面上的铁桩。他们正要完成工作时，准尉突然僵硬了一下。他抬起头，像狗嗅到了意想不到的香味一般。

“喂，你闻到什么气味了吗，下士？”他大声喊出，“烟。我闻到了烟味。在这样的深夜里，那诡异的烟是从哪儿飘到这里的？”

勤务兵下士打了个哈欠：“对不起，长官，我什么都没有闻到。”

“那么，你肯定没有使劲闻。再闻，下士。再闻闻，深深地闻。如果那不是烟的话，那我就是老外了。”

“嗯，现在这样一想，空气中好像真有那么一丝怪味……”

“正是！”准尉惊呼，“快！追踪那气味。它似乎来自那些破旧小屋的方向。我们过去看看，到底是谁干了什么不规矩的事。”

准尉和下士很快就来到了那间惹麻烦的小屋门前。准尉一手拿着手电筒，另一只手猛地打开门，用电筒向房间四周照。屋子中央的火炉旁，躺着一个他绝不会认错的身影——捷克飞行员博兹杰赫，和他那该死的狗。

“喂，喂，喂……”准尉那细薄的胡子气得竖了起来，“能解释一下你在这里做什么吗，中士？”他勉强压住他那幸灾乐祸的音调，“一名捷克人和他那该死的猎犬，在他们不该出现的地方露营。”

罗伯特半睡半醒，揉着眼睛，试图将睡意驱走。他身边的安蒂斯则立刻警惕起来，这两个陌生人冲进他们的房间，以及个子较高的那位与主人说话的语气，都让它感到非常反感。

安蒂斯站了起来，耳朵平贴着头，背毛发直。它现在差不多是成年犬了，一旦发怒，将爆发不容小觑的力量。它的嘴唇卷起，犬齿一颗颗地显现，喉咙里发出一阵威吓性的低吼声。勤务兵下士试图说出几句安抚的话语，但准尉可没那么容易被吓到。他拿手电筒直接照着安蒂斯的眼睛，这动作更加激怒了安蒂斯。

罗伯特连忙伸出一只手，压抑住它的情绪：“放轻松，安蒂斯，放轻松，孩子。”

“你先别管那恶狗，回答我的问题，中士。谁批准你把这里当宿舍的？”

“你把我们赶出自己的房间，”罗伯特回答道，“所以我们只好自己找地方住了。”

“更正一下，中士。”准尉大声地说，“没有人将你从任何地方赶走。我只是要求你遵守养狗的规定而已。”

半夜熟睡中被人叫醒，结果发现自己面对一个不必要的审问，罗伯特现在真的开始讨厌这个人了。他穿着内衣坐在地上，身体仅用一张毛毯盖着。很明显这里谁的优势比较大。罗伯特已经快要沉不住气了。

“我的狗去哪儿，我就去哪儿。”他咬着牙说。

“是这样吗？是……这……样……吗？”米德带着讽刺的语气，慢慢地吐出每一个字。他朝勤务兵下士点点头，“记下这个人的名字。明天早上操练结束后，把报告送到我的办公室。我可以直接逮捕你。别搞错了，中士，这次我们一定好好修理你。”

那两个人走了；罗伯特醒着，坐在阴暗的屋子里，火炉发出的微光照亮了他和安蒂斯那忧愁的脸。准尉说的“修理”是什么意思，他不禁思索着。他将会失去安蒂斯吗？他将会被逐出英国皇家空军吗？他将要失去那奋斗很久才得来的与敌作战的机会吗？他早已习惯使用那停放在飞机场上的威灵顿轰炸机上的勃朗宁机枪在空中扫射敌机。

所有的努力都要结束了吗？仅仅因为米德准尉那小题大做的仇犬态度和仇外情绪？

如果情况真的是这样，罗伯特就要倒大霉了。他开始回想他和安蒂斯一起度过的岁月。这只不寻常的狗来到他身边，似乎是一个奇迹。从一开始，他就觉得，他们两个好像是命中注定要在一起似的。自第一次见面之后，他们的行事作风就变得相当自由。他们会去他们想去的地方，随心所欲地乘飞机、搭火车、搭手推车和乘船。必要的时候，罗伯特为了与安蒂斯待在一起，不惜以身试法：别忘了，他们抵达英国时，就曾偷运安蒂斯通过海关，躲过检疫。经历这些事情之后，罗伯特已经与他的狗结下了不解之缘。

在英国皇家空军霍尼顿基地，他们俩很多晚上就这样坐在一起，待在这间冷清的小屋里，罗伯特总会用手绕在安蒂斯的脖子上，轻声地对它说话。他与安蒂斯分享他内心最深处的想法、情感和烦恼，分享他对祖国的乡愁和对留在捷克的家人与朋友的思念，分享他对潘梅拉的感情——是好感还是爱？分享他对未来几个月的担忧——轰炸机司令部的机组人员几乎没有谁能毫发无损地结束服役期。罗伯特坐在那里说话时，安蒂斯总是低吼着，并抽着鼻子轻轻地响应他，表示它明白主人的心情——至少罗伯特是这么解读的。

不可能的。罗伯特绝不会让米德伤害或不尊重他的狗。这件事绝对不会发生。而且，他知道怎么做来力挽狂澜。

第二天一大早，罗伯特就去找基地的捷克语翻译员、飞行中尉戴维斯。他们是老朋友，戴维斯深知安蒂斯在主人心中的地位。罗伯特发现戴维斯在住所刮胡子。他脱口就说出他和安蒂斯与米德之间发生了怎样的事。

“没事的，没事的。”戴维斯告诉他，“冷静点。我吃过早饭后，就去看看米德副官；如果我遇到指挥官的话，也会跟他说的。每次他在基地附近看到安蒂斯，他都似乎很喜欢它。别担心，我们毫无疑问会想出法子的。”

再三感谢他之后，罗伯特就去参加那天早上的操练，之后他直奔米德准尉的办公室。罗伯特敲了敲办公室的门。他决心，不论付出多大的代价，都要为安蒂斯争取权益。在那受到炮火侵袭的法国农舍，他几乎放弃过安蒂斯一次。这次，他绝对不会放弃。

“啊，太好了！博兹杰赫中士，请进！”米德与他打招呼。罗伯特确信，他感觉到了准尉那一丝故作友善的态度。“我见过指挥官了，决定对这件事不再追究。但是请注意，仅此一次，下不为例。你要如实汇报自己的行动。”

“谢谢你，长官。”罗伯特说道，几乎哽咽了。

“没什么，没什么。但是你得明白，英国皇家空军有自己的规定，而我的工作就是确保这些规定得到落实。这就是我们的工作，没有任何私人恩怨。是的，没错。对的就是对的，错的就是错的，我敢说，我们之中没有人会提出异议。”

“明白，长官。”

“还有，这礼拜有个内务大会，在会上也许能够撤销这条有关动物待在士兵寝室的命令，但是，容我提醒你，只是也许，最终的决定还是取决于大家——”

“长官，不用麻烦了，不需要为了我而这样做。”罗伯特打断，“当然，我很感激，不过，安蒂斯和我住在那里很开心。”

“如你所愿，中士。”米德说道，并拿起办公桌上的一个文件，“好吧，如果你不介意的话，我祝你有个美好的上午。”

“你也是，长官。”

事后得知，指挥官当天早上训了米德10分钟，告诉他如何适当地对待为英国奋战的英勇捷克盟友：“请发发慈悲吧，米德先生，请记住，这些可怜的家伙历经千辛万苦来到这里，是为了我们共同的事业而奋斗，我们当然应该对他们报以欢迎及宽容的态度……”因此，米德对罗伯特的态度发生了180度大转弯。

那天晚上，罗伯特回到他那被遗弃的小屋，发现小屋整个焕然一新了。火炉旁有一堆刚劈好的木材，还有装满一水桶的煤。窗子下还有一套全新的桌椅，一定是刚从商店买回来的。还有一张行军床，床上摆放着一堆折叠整齐的毛毯。也许米德准尉并没有想象中那么坏吧，罗伯特想了想。

也许罗伯特让这个人最后成为爱狗人士了呢。

Chapter 12 第十二章

轰炸机司令部对被德国侵占的欧洲发动了一波又一波的空袭，甚至深入了德国的心脏地带，德国纳粹空军便加大了对英国轰炸机中队的攻击力度——不论是在空中还是对地面发动的袭击。但到目前为止，英国皇家空军霍尼顿基地几乎都毫发无损地幸免了。但是，在阴暗的12月里，厚厚的云层低低地、阴森森地笼罩在空军基地上空，对德军轰炸机来说，悄悄地出现，杀英军个措手不及，是再简单不过的事了。

就在圣诞节之前的几天，第一批敌军来袭了。当时是午餐时间，罗伯特与安蒂斯正要到厨房去用餐，希望能吃到热腾腾的饭。尽管准尉帮他们的小屋做了一些改良，但在这严寒的英国冬天，小屋里还是冷得像冰箱一样。觉察到能吃到热食，安蒂斯急匆匆地在罗伯特前面跑着。

突然，安蒂斯停下了脚步，摆出了一个罗伯特非常熟悉并害怕的姿势。它头抬得高高地，望着远处云雾覆盖的地平线，四肢不停地颤抖，喉咙深处发出一阵低吼声。罗伯特马上就知道了安蒂斯的意思——有一架敌机正朝他们袭来。

他和安蒂斯立即朝最近的防空洞冲刺，这时看见一群空军妇女辅助队的女孩还在有说有笑地走着。此刻，罗伯特已经听得到那低沉的飞机引擎声了，并认为此刻它可能离基地不到一英里远了。从那引擎的节拍，他听出来袭的敌机是一架道尼尔Do-17轰炸机。该轰炸机也被称作“飞行铅笔”偷袭机，它会毫无征兆地从云底冒出来偷袭。如果它以最高时速250英里全速前进，几秒内就会抵达基地上空。

他对着那些空军妇女辅助队的女孩大喊：“天哪，快趴下！趴下！”

由于停下来警告她们，罗伯特知道，他已经来不及赶到防空洞了。他立即向前方结冰的地面猛扑下去。但是，那些女孩以为他在开玩笑，没有理睬他。道尼尔轰炸机肯定骗过了空军基地的防卫系统，因此听不到半点警报声或防空炮的开火声。这些女孩想必认为，这位外国飞行员在和她们开低级玩笑吧。

那些女孩轻蔑地将鼻子朝天，悠哉地继续往前走，道尼尔Do-17轰炸机冲破云层，突然出现在基地上空。轰炸机的突然出现吓得她们目瞪口呆地站在那里，仿佛被冻在原地似的。随着那流线型的机身进入平飞阶段，炸弹也即将被投下，罗伯特跳了起来，像英式橄榄球员一样，扑倒了大部分还傻傻站着的女孩子，飞机场上那一层薄薄的积雪缓冲了她们倒下的撞击力度。其中一位摔在安蒂斯身上，但它的哀嚎声马上就被第一枚炸弹那震耳欲聋的爆炸声给淹没了。

道尼尔Do-17轰炸机连续投下了20颗炸弹，每颗重达50公斤，炸弹像一条项链一般布满了飞机跑道。接踵而来的爆炸所产生的冲击波，像一只巨手要将罗伯特、安蒂斯和那些女孩从地上拔起。在那震耳欲聋的爆炸轰鸣声和飞机引擎的咆哮声中，罗伯特听到了最后一枚炸弹往下坠时划过空气的呼啸声，听起来这枚好像是直接往他们这里砸过来的。

那枚钝头的炸弹落到距离他们不到几码的地表里，接着弹了起来，穿过他们俯卧的地方，在跑道的尽头爆炸，把基地服装店夷为平地。透过眼角的余光，罗伯特看到一个人被炸到半空中，他立即意识到，不管那个受难者是谁，恐怕是凶多吉少了。事后得知，那是一位18岁的受训飞行员，他的身体落到地面之前，就已经死亡了。

道尼尔轰炸机现在正爬升离去，想要飞到那阴暗的云层里寻找掩护。但就在它快要进入云层里时，一个银色物体从罗伯特头上掠过。那是喷火战斗机倏忽而过的样子，它正追着那架道尼尔Do-17轰炸机。几秒过后，罗伯特看到那驾英国战斗机的机枪炮开始轰击，道尼尔Do-17轰炸机的机身因被炮火击中而不停地闪着火花。

片刻过后，道尼尔Do-17轰炸机的双引擎都冒出了火焰，机头向下坠，直接栽进了土里。它与地面撞击时，一片蕈状的黑烟向上冲起。见到道尼尔Do-17轰炸机被击落，罗伯特的心中升起一股兴奋感。晚些时候，德军飞机机组人员的尸体将会在那堆残骸中被找到。得知他们的死讯，罗伯特对于登上战机、前赴战线的渴望不减反增。

1940年的圣诞节来了，这表示他们在霍尼顿空军基地的训练即将结束。再过几天，罗伯特与他的捷克飞行员同胞将会移师到311（捷克）战斗机飞行中队位于东伦瑟姆的行动基地，该基地距离萨福克郡和诺福克郡的交界约6英里处。战争初期，这个地方才仓促改建成军事基地，飞机跑道和等待起飞区主要是一片片修剪过的草坪，且四周都被树林环绕。

圣诞节将是罗伯特和他的捷克同胞们在霍尼顿空军基地里过的最后一个节日。在食堂里，啤酒无限量供应，整个基地都在狂欢，只有那四位穿着白色套头毛衣和沉甸甸的飞行靴的飞行员是不祥迹象，表明这个英国空军基地正处于一场痛苦和血腥的战争中，他们被禁止饮用任何酒精饮料。当天日落之后，他们四个就严阵以待，随时准备战斗，以防敌军亵渎圣诞节的精神。按照传统，圣诞节期间，交战双方要暂时停止敌对行动。

当天晚上10点左右，罗伯特带了一份烤肉，越过飞机场，回到他那遥远的小屋里，给安蒂斯享用它的节庆餐点。安蒂斯在享受食物时，罗伯特趁机仔细观察了自己的住处。在准尉为他准备的桌子上，有一棵小型圣诞树，圣诞树旁摆放着几张排列整齐的相片，依序分别是他的父母、他的姊妹和潘梅拉。当天傍晚，她打电话给罗伯特，祝他圣诞节快乐，这对罗伯特来说是个很大的惊喜。在这特别的时刻，有人想着他们俩，让他感到很欣慰。

罗伯特沉浸在对潘梅拉的想念和对祖国的乡愁中，完全忘了再回食堂参加派对，尽管他对那帮飞行员兄弟承诺过。他从食堂回来一个小时后，突然听到门外传来厚重的靴子踩踏积雪的声音以及阵阵喧笑声。既然罗伯特没有回去加入他们，他们就来加入他了。这群人挤进罗伯特的小屋，每人都抱着好几瓶酒。安蒂斯快乐地摇着尾巴在他们之间穿梭，对着熟悉的人东闻闻西嗅嗅。他们又开始狂欢了。

这间小屋离基地有一段距离，且烛光萦绕，似乎很适合用来开派对。随着酒水的流动，歌唱声变得越来越吵闹、越来越有活力，罗伯特一度担心：在最近才合法的小屋开一场违法的派对，自己可能会因此而受到处分。但他很快就融入了派对的气氛之中，就连安蒂斯也好像乐在其中。它悄悄地移动，它的鼻子偷偷地伸进随意放在地上的各种酒杯，最后它撞到了史戴卡的腿，差点把自己绊倒。

醉醺醺的史戴卡惊恐地叫了一声，安蒂斯也大声地吠了几声，并开始追着自己的尾巴原地打转。安蒂斯转得如此之快，模糊之中，看起来好像有三四只狗在同时疯狂地旋转一样。

“安蒂斯，你吠到精神错乱了吗？”罗伯特大声地说。他从没见过安蒂斯做过这样的事。

安蒂斯听到主人的声音，努力要停下来，并往罗伯特的方向移动，但是，它的四肢和尾巴纠缠在一起，最后竟瘫倒在地板上了。它尽力再站起来，却只能有心无力地蹒跚移步，在大家的空隙之间迂回穿行。生平第一次，安蒂斯竟然醉得站不稳。

罗伯特完全不知道派对什么时候结束的。他醒来后知道的第一件事，就是自己躺在小屋的地板上，正上方是一张行军床。他扭着身子从床底下爬出来之后，震惊地发现，安蒂斯正睡在床上，被子盖得紧紧的，它睡得正香呢！

谢天谢地，罗伯特当天没有出勤任务。到了午餐时间，他感觉宿醉感渐渐消退了，但安蒂斯仍然躺在行军床上呼呼大睡。罗伯特将它抱起，放回它铺在地板上的床时，它甚至都没醒。到了傍晚，罗伯特开始有点担心了。他试着用湿冷的毛巾帮它擦澡，但安蒂斯的反应仍然只是几声怏怏不乐的低吼和鼻息声而已。

隔天凌晨，罗伯特醒来，发现安蒂斯正在用它的脚掌刮着门，表示想要出去。接着它走回来，靠近一桶防火用的水，一口气把桶里的水喝光了。天亮之后，它似乎又变回了平常的自己，好像圣诞节那天的饮酒狂欢完全没发生过似的。

元旦当天，三队机组人员，包含罗伯特、约瑟夫和史戴卡，乘机前往东伦瑟姆的行动基地。这是一个晴朗、清爽的早晨，下过这么多雪和冻雨之后，空气似乎都被刷洗干净了，蓝天白云好不清澈。随着飞机的行进，陆地上的自然风景映入眼帘，东伦瑟姆前一晚落下的小雪，就像银白色的粉尘一样，点缀着一块块深色的林地。

飞机盘旋在空军基地上空，准备要降落，这时，罗伯特看见好几台曳引机拖着装载炸弹的拖车，正跑在飞机跑道上，还发现好几架威灵顿轰炸机已伪装好，散布在飞机场的边缘，机组人员现在一定在为轰炸机装载炸弹，为即将到来的任务做准备。上一次他在现场目睹军备物资运送上飞机——他即将要驾驶并投入战斗——几乎是一年之前，当时他还在法国北部服役。他看到下面那熟悉的场景，不禁感到一阵兴奋自他的胃里蹿起，他每次出击都有这种感觉。

日落不久，那些威灵顿轰炸机，一架接着一架，从原本停放的位置缓缓地沿着机场外围的轨道滑行到准备起飞的位置。接着，一架跟着一架，它们的机头顺着风的方向移动到草地上，机身则因装载着大量炸弹而有点下沉，不久，它们就上下晃动，“轰隆隆”地沿着跑道滑行起飞。随着引擎马力全开，它们逐渐加速，直到飞离地面，摆脱那缓慢且别扭的地面束缚，化身为集灵敏与力量于一身的空中雄鹰。

罗伯特已经急不可耐了。

罗伯特他们的飞机刚一降落停稳，就立即被一群熟悉的面孔所包围。最先与罗伯特和安蒂斯打招呼的是古斯塔夫、佛拉斯塔和路德法——最初八位捷克飞行员（八剑客）中的三位。认出那些“人人为我，我为人人”的老朋友之后，安蒂斯高兴得发狂似的，在他们身边奔跑跳跃，接着索性绕着大家反复地转圈。

“看呐！”佛拉斯塔大喊，“看看安蒂斯！它高兴得跳起战舞来了！”

兴奋地狂奔结束之后，安蒂斯便对着每张熟悉的脸孔看了看，似乎在确定是否每位老朋友都还健在。最后，安蒂斯一脸愁苦地四处张望，并呜咽着，好像有几个老朋友没有找着。它凝视着罗伯特，接着视线又转移到其他人身上，仿佛在清点人数：一、二、三、**四、五，加上你六个，爸爸。其他人到哪里去了呢？**

它似乎问的是卡雷尔和贾斯卡，它没有见到最初八剑客中的这两位成员。

“抱歉，安蒂斯，他们已经离开我们了。”罗伯特轻声地告诉它，“我们再也见不到他们了。”

“他们从未回来过，”佛拉斯塔叔叔补充道，“不要太在意，孩子。打起精神来！这里有许多兔子等着你去抓呢。”

“我们已经帮你和安蒂斯预订了一顶帐篷，”路德法补充道，试图提振大家的情绪，“与霍尼顿基地相比，这里差多了，但是，我们都这样撑过了整个冬天。再说，一旦你开始执行飞行任务，你就会非常疲劳，根本不在乎睡在哪儿了！”

幸运的是，罗伯特和安蒂斯只在帐篷里待了几天而已。一栋当地的农舍被军方征用，作为部分捷克飞行员的居所，于是罗伯特和安蒂斯就搬到了那里。这座庄园农场仍在经营中，因此，庭院里有低头啄食的小鸡和“咯咯”叫的火鸡。只有离开农场好一大段距离，你才会意识到这里正在打仗。如他们所期待的那样，这座庄园农场静谧而舒适，罗伯特觉得他和安蒂斯会在这里过得很开心。

他带着安蒂斯与路德法睡在农舍顶楼，古斯塔夫和佛拉斯塔睡在另外一层。这座农场坐落在东伦瑟姆一座小村庄的末端，旁边有一座教堂，前方还有零零散散的几间小屋。空军基地离这里有好几英里远，因此罗伯特买了一辆老旧自行车，方便每天往返基地。安蒂斯则在自行车旁小跑，这很好地锻炼了它。

罗伯特对这里的生活唯一的不满就是几乎没有飞行任务。他们抵达这座基地的第二天，一团浓雾就笼罩着整座基地，并持续了三个礼拜。在这段时间，罗伯特只得到一两次升空的机会。首次执行轰炸任务的飞行员被称作“新生”，而且他们通常只会被派去执行袭击邻近法国的“软”目标而已，因为这种任务不太会将驾驶员暴露在敌军的领空中。

与长距离袭击德国本土的任务相比，这种任务相对没那么严峻，也不会遇到密集的防空炮火。因此，在那充满浓雾的1月，罗伯特驾驶着他逐渐了如指掌且爱不释手的威灵顿轰炸机——无线电呼号为“西西利亚号”——执行这种“简易的”袭击行动。尽管他还未感受过远程轰炸机中队在战争中的肉搏战，但是正如佛拉斯塔所言，至少他已经“有任务可以出了”。

在被迫无任务可出的日子里，这些飞行员用不同的交通方式——自行车、老旧的摩托车——前往附近的塞特福德镇，让自己的夜晚丰富多彩。他们主要是去那里的贝尔酒吧和皇家方舟酒店。通常，英国皇家空军捷克飞行中队的联络官兼中队长“皮可”皮卡德都会陪着他们，他也是一位杰出的英国飞行员。皮卡德是受到皇家空军中校欧赛卡的邀约前来的。欧赛卡是捷克飞行员、311（捷克）战斗机飞行中队的总指挥。

他俩都喜欢和“他们的孩子”混在一起。待在一起的时间长了，那位英籍中队长对捷克人的内敛与坚忍的习性有了好感。反过来，皮卡德也因最近发生的一件事而赢得了捷克飞行员永久的爱慕与景仰。德军曾威胁要处死任何一位被他们活捉的捷克飞行员。常常执行空袭任务的皮卡德对此做出回应，将捷克臂章绣在他的飞行外衣上。再也没有什么比这种行为更能证明他们对抗共同敌人的团结精神。

皮卡德站在吧台的后面，若隐若现于烟斗喷出的烟雾里，一边与大家说说笑笑，一边注意着他们。他理解因坏天气而被禁飞的沮丧，也明白重复地执行袭击任务所造成的巨大心理压力和不安。他知道放松和发泄对他们的重要性。

他知道怎样带动派对的气氛，几乎没有人不乐在其中。至于安蒂斯，它在圣诞节的暴饮宿醉似乎让它对邪恶的酒精产生了强烈的反感。它顶多只喝半瓶酒吧老板免费提供的贝斯饮料。

在白天，罗伯特花了不少时间教安蒂斯，它在一座忙碌的空军基地中活动时，须要注意一些纪律。在友善的地勤人员和飞行员的帮助下，罗伯特刻意让安蒂斯被威灵顿轰炸机起飞时所喷出的气流吹得东倒西歪。前几次，安蒂斯被那无形但强力的冲击波击倒时，根本不知道是被什么东西打倒的。不过，它很快就知道，以后只要看到战斗机，就要保持安全距离，直到它们的引擎已完全熄火。

同时，罗伯特也教安蒂斯，不要在东伦瑟姆空军基地穿越飞机跑道。罗伯特带着安蒂斯绕着基地外围跑了好几圈，每当它想走快捷方式，直接跨越草皮时，罗伯特都严厉地制止它："不准！"它很快就清楚了，哪些地方是禁止进入的，哪些地方是安全的。这些课程至关重要，因为罗伯特很快就要连续好几个小时都在空中；他不在地面期间，安蒂斯必须要表现得很完美才行。

随着1月的结束、2月的到来，晴朗的天气也跟着到来。这种气候适合进行夜间空袭。一群勤奋、敬业的地勤人员，在乐观的捷克人阿达梅克的领导下，已将"西西利亚号"威灵顿轰炸机准备就绪，现在罗伯特和他的飞行员同胞等待的就是上级指派的任务了。

2月5日晚上，六架威灵顿轰炸机浩浩荡荡地起飞，前往轰炸英吉利海峡的法国港口。罗伯特并没有参与这次行动。但是，天亮之后，却只有五架轰炸机平安归来。编号7842-T的轰炸机被敌军击落了。机组人员成功跳伞，其中就有罗伯特的好友古斯塔夫。古斯塔夫是一位枪炮手，也是最初的八剑客之一，他最终被德军俘虏了。因此，最初的八剑客现在只剩五位了。

对罗伯特来说，这是一个可以好好思考的时刻。没有人知道古斯塔夫最后的命运如何，年仅20岁的他就此落入了敌军手中，而敌军曾发誓要处决任何一位落入他们手中的捷克飞行员，因此，结局可想而知。对罗伯特来说，这还是第一次他所在的中队参与袭击行动，一位挚友很可能已遭杀害。再者，罗伯特与古斯塔夫一样，都是威灵顿轰炸机的枪炮手，而且他痛苦地明白，如果他在任务中也无法返回的话，安蒂斯将会失去主人，受到严重的精神创伤。

接下来的两个晚上，该飞行中队的任务是要对目标进行精确的轰炸，这是一项需要将威灵顿轰炸机上的所有科技发挥至极限才能完成的任务。在法国北部海岸线最西边的布雷斯特港，驻扎着德军王牌巡洋舰——“欧根亲王号”（Prinz Eugen），该舰有18000吨排水量，载有1382位军官和士兵。“欧根亲王号”理所当然成为袭击的首要目标。此外，该巡洋舰的存在威胁着所有要通过英吉利海峡和大西洋进出英国的船只。

如果311（捷克）战斗机飞行中队能够击沉或者给“欧根亲王号”严重创伤，这将是对德军军力的严重打击，更不用说为同盟国士兵振奋士气了。第一天晚上的空袭将由八架威灵顿轰炸机进行，轰炸机编号1958-C——亦称作“西西利亚号”——就是其中一架。“西西利亚号”的机组人员共有六名，分别为：战机的正驾驶兼机长卡派卡（Capka）中士、副驾驶希杰伯（Sejbl）、领航员兼投弹手兰斯克（Lancik）、无线电操作员卡西尔（Kacir）、枪炮手罗伯特和格鲁登（Gruden）（他们会依情况操作机头或机尾的机枪炮）。卡派卡之前都是以副驾驶的身份执行任务，具有丰富的作战经验，因此“西西利亚号”的机组人员都对他有绝对信心。

矮壮的阿达梅克是“西西利亚号”的地勤组长，被大家称作“小亚当”。罗伯特因执行空袭任务而不在地面期间，阿达梅克将成为安蒂斯最好的朋友及伙伴。罗伯特在做起飞前的准备时，安蒂斯似乎感觉到主人将要在空中执行一项生死攸关的任务。机组人员做起飞前的最后一次安检，罗伯特将安蒂斯交给地勤人员照顾，他们已在基地外围的林地旁搭好了帐篷。

罗伯特早就注意到安蒂斯对阿达梅克的好感。于是，他拜托那精壮的捷克人替他照顾安蒂斯直到他平安归来，并将它安顿在帐篷里，让它不会挨饿受冻。阿达梅克欣然答应了；毕竟，在战机归来之前，他们有好几个钟头要打发。

在那即将到来的、充满不确定性的漫漫长夜，他们除了打牌、聊天，安蒂斯也是一个受欢迎的临时伙伴。

第十三章 Chapter 13

安蒂斯身体颤抖着，站在飞机停放区的边缘，眼睛紧盯着战机，看着主人走上登机扶梯，消失在威灵顿轰炸机里。满载的飞机滑向跑道的终点，安蒂斯也尾随其后。轰炸机一架接着一架起飞了，但安蒂斯似乎确切地知道它的主人在哪一架飞机里。“西西利亚号”笨重地转弯、加速、飞上天，开始在黑暗的天空中缓缓爬升，安蒂斯悲伤的目光仍然固定在战机上。

直到威灵顿轰炸机最后变成一个小点，消逝在南方的天空，它才将目光从罗伯特离去的方向抽离。地勤人员收拾好工具，准备返回帐篷，安蒂斯的注意力仍然集中在那黑暗的地平线，它的耳朵向前竖起，试图去截取哪怕只有一点点威灵顿轰炸机残留的声音。最后，它耷拉着尾巴，从跑道上转身，同阿达梅克以及其他人一起向帐篷走去。

但是，安蒂斯突然停了下来。它在飞机停放区的一侧找到一个位置，疲惫地蹲了下来，并明确表示，主人回来之前，它要一直待在这里。不论怎样恳求，阿达梅克都无法说服安蒂斯和他们一起进到帐篷里。最后，热心的阿达梅克选择与安蒂斯待在一起——至少撑了一个小时左右。阿达梅克是一个天生的乐观主义者，他根据自己以往悲伤的经验知道，并不是每个机组人员都能自每次任务中平安地返回，但是他从来没有想过，“西西利亚号”可能会遭遇不幸的命运。

如果罗伯特被捕或被击毙，311（捷克）战斗机飞行中队里愿意领养安蒂斯的人将会排起长队。在队列的第一位就是阿达梅克自己，接着是中队长皮卡德、空军中校欧赛卡，当然还有佛拉斯塔大叔和路德法。这不是令他担心的事。他担忧的是，与主人有如此紧密关系的安蒂斯，可能永远无法从失去主人的伤痛中恢复过来。阿达梅克不允许他自己沉浸在这样的想法之中。这场战争已经够黑暗的了，没必要再为不一定会发生的事而悲痛。

与安蒂斯待了一个小时后，阿达梅克去拿了一份热餐点。回来之后，他发现安蒂斯的头趴在它伸出的前腿上，呼呼大睡。他也为安蒂斯带了一些食物，但是它醒过来之后，却拒绝进食。后来这成为它不变的习惯：每次主人执行飞行任务，它就不吃不喝。

第一缕预示着黎明到来的鸭蛋蓝在东部天空出现时，阿达梅克感觉到了安蒂斯越来越明显的兴奋之情，仿佛它知道这是战机将返回的时刻，同时也是知道每位飞行员是否都平安归来的时刻。阿达梅克伸出一只强壮的手臂，搂着狗的肩膀，低声说些安慰的话，告诉它罗伯特就要回来了。

安蒂斯轻声地呜咽着，现在它所有的注意力都集中在天空上，竖起耳朵聆听威灵顿轰炸机传到地面的声音。阿达梅克仔细地观察着安蒂斯，突然看到安蒂斯的行为有了改变。它停止了呜咽，将头偏向一侧，全神贯注在它所听到的噪音上。

安蒂斯已经听到了遥远的威灵顿轰炸机的引擎运转声了。事实上，它听到不止一道声响。它正在筛选这些不同的声音，寻找着那个它已经能够辨识的“西西利亚号”的招牌引擎节奏声。随着它的兴奋之情渐长，第一个小黑点映衬着刚破晓的黎明出现了。突然间，安蒂斯站了起来，并开始大声地吠叫，因喜悦而跳着佛拉斯塔大叔首先注意到的疯狂战舞，像发疯了似的在那群等待的地勤人员之中穿梭。

终于，“西西利亚号”平安降落了。威灵顿轰炸机滑行到它的停放位置，安蒂斯几乎不能抑制内心的激动。但是，罗伯特教过它“绝对不要接近引擎还在运转的飞机”，因此，它乖乖地停留在了原地，直到飞机舱门缓缓打开，机组人员一个个出现。安蒂斯狂奔向前，待在阶梯的底部，等待罗伯特爬下来。

对于完成轰炸“欧根亲王号”的任务，在回到东伦瑟姆后受到安蒂斯疯狂的欢迎，罗伯特感到非常惊讶。

实际上，这次夜袭只能算是部分成功而已。虽然所有轰炸机都抵达了目标地点，并完成了轰炸行动，但“西西利亚号”所投下的炸弹都落在目标“欧根亲王号”的西边，该机组人员只数到六次在码头边的爆炸而已。他们当时已经很接近了，但是还不够靠近。他们所投下的炸弹落在了预定的轰炸地点之外。尽管如此，“西西利亚号”的机组人员已经证明了他们可以成功抵达任务目标点，并在猛烈的炮火之下展开近乎精准的轰炸，最后平安地回到自己的空军基地。对于第一次执行任务的机组人员来说，这样的表现算是不错的了。

等法国当地的抵抗组织获得情报，并报告什么炸弹击中了军舰之后，罗伯特他们才能评估这次夜袭对“欧根亲王号”所造成的损伤。这时，早餐铃响起，罗伯特才意识到他快要饿扁了。吃饭时，他感觉到昨晚执行任务的兴奋渐渐被沉重的疲劳感所取代。

吃完早饭，罗伯特便骑着自行车回到了庄园农场，安蒂斯快乐地跟在他身旁。现在已经是大亮了，罗伯特便拉上房间的窗帘，躺下休息。安蒂斯待在他床边的毯子上，头放在它那双前腿上，眼睛注视着主人趴着的样子。罗伯特的呼吸变轻变得有规律之后，安蒂斯才决定自己也该睡一会儿了。

对于罗伯特的飞行任务，安蒂斯发展出了一个固定的模式。每当“西西利亚号”要善用春天带来的好天气去执行夜袭任务，安蒂斯总会整夜守候在“西西利亚号”在空军基地的停放位置，等待主人平安归来。截至目前，“西西利亚号”的机组人员已经执行过十几次的空袭任务了，他们光荣地自“菜鸟群”毕业，逐渐成为“老鸟群”。他们已经获得了威灵顿轰炸机中队其他机组人员的认可，被视为一群可靠且可敬的伙伴。

那年春天，一组纪录片摄影团队来到了东伦瑟姆空军基地。他们来这里是要拍摄一支振奋士气的影片，内容为英国的轰炸机司令部如何与德军相抗衡。这部影片旨在鼓舞全英国上下。德军那近乎无敌的装甲兵团开始肆虐欧洲以来，同盟国一直处于下风。这部影片被命名为《今夜的轰炸目标》（*Target for Tonight*），要讲述一个完全不一样的故事：轰炸机司令部的飞行员夜夜面对德军的猛烈炮火，仍英勇地飞进德军的心脏地带，给予痛击。

中队长皮卡德了解到，安蒂斯不仅仅是311（捷克）战斗机飞行中队的吉祥物，而且是不可或缺的一分子，于是决定安蒂斯也要在影片里扮演一个角色。由此可见，中队长对安蒂斯特别偏爱。英国在德国海军和空军的袭击之下，连喂饱全英国上下的肚子都有困难了，因此许多宠物——包括受人喜爱的犬只——都遭到捕杀（这场战争中共计有十万只宠物因此丧生）。所以，安蒂斯能获得这样的机会实在非常难得，而且皮卡德认为，让一只英勇且威风凛凛的狗出现于银幕上，一定能更加激励士气。

在这部纪录片里，皮卡德是扮演“佛尔迪号”威灵顿轰炸机的驾驶员，他觉得安蒂斯应该扮演的角色是：机组人员准备去登机，安蒂斯领着他们从简报室走向飞机。严格地说，机组人员不是走到登机口的，因为那段距离太远了，他们都会乘车前去。但为了达到艺术效果，皮卡德就不太拘泥于细节，英国新闻片拍摄团队也不在意；事实证明，安蒂斯也不介意，它似乎对排练以及随后的拍摄很感兴趣呢。

皮卡德曾对罗伯特说，如果“西西利亚号”在执行任务时真的发生不测、无法返回，他会非常乐意成为安蒂斯的新主人。罗伯特对此表示感谢，但他明确地告诉皮卡德，他一定会平安返回的。不过，无论如何，皮卡德已经加入了想认养安蒂斯的人的名单。

当时，罗伯特完全不知道，他将会欠下皮卡德多么大一个人情债，因为不久的将来，罗伯特将会请求中队长帮忙，从一个比距离德军近得多的威胁中拯救安蒂斯的性命。但是，目前还有好几趟任务要执行，还有一场战争要打。除此之外，大家几乎每天都要承受失去亲密战友的伤痛。

《今夜的轰炸目标》拍摄完毕不久，一个个悲剧接踵而来。该年元旦加入311（捷克）战斗机飞行中队的三位飞行员中——罗伯特与其他两人——一人所乘的轰炸机在法国上空已经被击落。现在传来了更坏的消息，又有一架威灵顿轰炸机在夜袭中被击落了。该轰炸机在德国杜塞道夫市上空起火燃烧，化为一团火球往下坠，在这种情况下，机上应该无人生还，其中包括那位传奇般的酗酒飞行员史戴卡。罗伯特和安蒂斯与史戴卡第一次相见，是在英国皇家空军斯皮克基地，自那时起他们就与史戴卡成了好朋友。

他们调到东伦瑟姆基地不到几个月，史戴卡就对基地附近的每家酒吧了如指掌。他总是身无分文，总是向他的朋友借钱，且总是花在啤酒上。就在他要去执行最后一趟飞行任务的前三天，史戴卡一反常态地带着阴郁的心情来找罗伯特。他要求与罗伯特借一步说话，因此，罗伯特以为他的朋友又要跟他借钱了，他知道罗伯特绝对不会拒绝他的。

"罗伯特，你能帮帮我吗？"史戴卡问。

"当然。这次，你需要多少钱？"

史戴卡用力地摇了摇头："不，不是，我不是来找你借钱的。事实上，我要你对我郑重承诺，你将永远不会借钱给我。我还欠约瑟夫七先令六便士，欠你十五先令，欠路德法八先令。明天就可以领到薪水，我可以还清所有债务，并留三英镑在身边。"

罗伯特不知道说什么好。为什么史戴卡用这么奇怪的语气说话？他到底为什么要这么坚决地还清他的酒债呢？一旦那三英镑花完了，他要如何去解他的酒瘾呢？虽然这一切都似乎怪怪的，罗伯特还是答应了史戴卡的请求。

两天之后，他的好朋友就死了，并且没有带着任何债务进到坟墓里。罗伯特只能推测，史戴卡预感到自己即将死去，因为没有任何其他解释可以说得通。在死神将他的生命取走之前，他这个大好人决定还清所有的债务。

史戴卡遇难后的第二天早上，罗伯特和路德法被英国皇家空军勤务兵打扫隔壁史戴卡寝室的声音吵醒。他们正在收拾那位已故飞行员留下的私人物品，可能是要尽快清空房间，以便下一位房客入住。

"为什么他们不能等到我们出去执行任务或者离开时再收拾？"罗伯特气愤地说，"为什么要趁我们还在这里的时候就开始收拾？"

"冷静点，罗伯特，冷静点。"路德法回答，"你知道的，他也是我的朋友。最好不要去想。毕竟，你知道的，对我们大多数人而言，这种事迟早都会来的。”

“谢谢！”罗伯特哼了一声，“你的这番话真让我心安。”

“嗯，我告诉你一件事。”路德法继续说，“轮到我时，他们整理我的东西时完全不会有任何问题。”他朝他的床尾伸出拇指，“一切都放在那里，整齐堆放着，里面有一张清单，清楚地交代什么东西要怎么处理。”他停顿了一下，“你知道，我曾幻想着自己结婚的那天，但我的预感告诉我，这辈子是办不到了。”

罗伯特担心地盯着路德法。一般情况下，他的室友和酗酒的史戴卡一样，都很积极乐观。“你到底是什么意思？”

“嗯，有些人很幸运，有些人很不走运。”路德法随口答道，“有一个强烈的感觉告诉我，你会没事的。你会通过这些考验的。至于我嘛，嗯，我只能说，我不能在自己身上下赌注……”

罗伯特还没有想出一个适当的回应，路德法就将身子翻了过去，深深地叹了一口气，继续睡觉。罗伯特神智清醒地躺在床上，思索着路德法刚才所说的话。它真的会找上他们吗？至少从概率来看，答案是肯定的。罗伯特加入311（捷克）战斗机飞行中队以来，短短的几个月就已经牺牲了三分之二的飞行员同胞。

所以他也应该列一份清单，交代后事吗？罗伯特思索着。但是，他越想越觉得，他只有一件值得珍视的东西——安蒂斯。它是罗伯特列在那清单上的唯一“遗物”，而且如果罗伯特真的没有成功返回的话，他也早已将安蒂斯托付给另外一位飞行员同胞了。罗伯特将手伸到床边，摸摸他的狗。他抚弄着它那浓密的毛皮，听到安蒂斯轻声地发出表示满意的鼻息声——即便在睡觉，它还是能感受到主人的触摸，并感到很欣慰。

几个小时之后，安蒂斯就会醒来，并发现又一位两只脚的朋友离它而去了。每次见到中队的吉祥物，善良的史戴卡总要让它尝尝啤酒。可怜的安蒂斯必须接受失去挚友的悲痛。

鉴于路德法那番不正常的言论，罗伯特心中悄悄地将空军中校欧赛卡移到领养安蒂斯候选人名单的第一位。依照现在失去空勤人员的速度，安蒂斯变成孤儿的时候，恐怕已经没有人留下了。身为中队的指挥官，欧赛卡执行空袭任务的次数要比其他人少得多，照理说，他的生存概率应该比较大。罗伯特告诉自己，要记得告诉欧赛卡，说他就是被选中的那一人。带着这个念头，他转过身，继续他那被中断的睡眠。

一段时间后，他被执勤官摇醒。执勤官站在罗伯特与路德法的床中间，手持着写字夹板。

“长官，今晚有几位机组人员要出勤？”罗伯特睡眼惺忪地问道。

“八位。你和路德法都在其中。”

那天晚上，罗伯特和他的飞行员同胞们着装完毕，到机组人员室领取降落伞，而安蒂斯独自朝它那位于飞机停放区的站岗位置走去。安蒂斯已经搭过很多次机组人员的接驳车了，但它还是更喜欢自己走到飞机跑道边。在飞机跑道的门口，有一个穿着航空部警察局深蓝色制服的警察站在那里。然而，这位面貌严厉的警察非常不喜欢311（捷克）战斗机飞行中队的吉祥物，安蒂斯对此毫不知情。在他看来，中队的唯一职责就是执行对抗敌军的飞行任务，而不是养宠物。

这位警察看着安蒂斯快步地沿着通往大门的车道跑，觉得他已经受够了这只狗的傲慢无礼，决定执行他的公权力。他拖过他的自行车，横在车道上，以挡住安蒂斯的去路，接着对安蒂斯大吼，要它远离大门。安蒂斯突然停了下来，惊愕不已。它从未被人这样对待过，完全不知道现在发生了什么事。

安蒂斯试着绕过那位盛怒的警察，但不管它往哪个方向走，每次都被他用自行车挡住。安蒂斯从未遇到过这种赤裸裸的人类攻击；更重要的是，它从没遇到过有人要将它与主人分离。安蒂斯觉得最好躲开这位警察，决定跳过那与大门毗邻的水沟和栅栏。但是那位警察意识到安蒂斯的意图，直接用自行车堵住它的去路。安蒂斯跳了起来，但越不过那辆自行车，直接痛苦地撞上了。

突然间，安蒂斯勃然大怒。它已经了解到，这个男人不想让它见到主人。但是没有人——任何人都不行——可以拆散它与罗伯特。安蒂斯快速地转过头来，怒视着它的压迫者，并凶狠地对着他低吼。安蒂斯的行为突然180度大转弯，吓得这位“英勇”的警察赶紧采取防御手段。他双手举着自行车，放在面前当盾牌，朝他那位于大门另一端的小木屋后退，以寻求掩护。

随着警察向后退，安蒂斯一步一步地向前行。它决意要通过大门，往飞机停靠区前进。但是那位警察因害怕而往后退时，他的脚跟不小心绊到路旁草坪，整个人往后摔，再加上自行车的重量，他整个人就跌进泥泞的水沟里了。安蒂斯完全无视那位警察的咒骂，继续往飞机停靠区那边前进。这时，三位飞行员——他们看见了对峙过程——马上跑过来帮忙。

但是，他们却只关心中队的吉祥物安蒂斯有没有事而已。他们对在水沟里挣扎的那位矮壮警察大声地骂了几句，一把抓住安蒂斯的项圈，便直奔飞机场了。安蒂斯知道，它与警察对峙时浪费了宝贵的时间，“西西利亚号”可能已经起飞了。它垂着头，四肢快速地移动，朝着飞机停放区狂奔，压抑着抄近路横穿飞机跑道的冲动。

它及时赶到了，且罗伯特在听取起飞前的最后一次简报时，它还用湿鼻子蹭了蹭他的手。

“你被什么耽搁啦，孩子？”罗伯特小声地说，“你竟然迟到了！”

安蒂斯当然无法诉说刚刚发生了什么事。对它来说，能够及时赶到这里，看着主人起飞、去执行又一次任务，就已经很满足了。今夜袭击的目标是奥斯纳布吕克——这场战争中第一批被同盟军轰炸的德国城市。这座城市刚好位于轰炸机司令部飞行中队前往柏林和德军其他工业重镇的飞行路径上，因此，算是个能让空勤人员熟悉这条空袭路径的热身运动。

今晚的空袭是“西西利亚号”首次飞往德国。德国大多数城市中，德军的防御设施均设有雷达控制的探照灯和完整的防空系统，使驻扎在该地的德军能够同时集结地面与空中的火力，更有效地攻击进犯的同盟国战机。因此，德国领空的轰炸任务无疑是相对危险的。对于坚持要进到飞机场看着主人的飞机起飞，安蒂斯是正确的，因为今晚的任务风险极高。

实际上，“西西利亚号”在奥斯纳布吕克所遭遇到的敌军炮火并没有想象中那么猛烈。“西西利亚号”不仅成功地投下了炸弹，并于破晓之前就和其余战机群回到了基地。安蒂斯以那段现在大家都熟悉的战舞，高兴地欢迎凯旋的机组人员。在快速地用过早餐后，罗伯特和安蒂斯就回到庄园农场补觉了。然而，这只是个极为短暂的休息而已。

罗伯特睡着后不久，就被摇醒了。“博兹杰赫中士，请立即到副官的办公室报到。”勤务兵中士对他说。

“什么，现在吗？我已经不当勤了，而且我昨晚执行了轰炸任务。”

“副官想在11点整见到你。”勤务兵中士看了看他的手表，“现在已经10点5分了。你最好快点准备。”

罗伯特匆忙地盥洗完毕，穿衣出发了。事情好像有点蹊跷。照理来说，上级应该不会剥夺一位昨晚刚执行任务的飞行员需要的睡眠，特别是他可能今晚又要执行一次任务。但是，太阳已经出来了，且有安蒂斯在旁边跟着他，罗伯特骑着自行车到基地时，心情也特别好。他经过了大门，并对那位正在站岗的警察愉快地喊了声“早安”。但是，罗伯特只从那位警察处得到一个冷笑和对安蒂斯不屑的眼神。

他朝着基地里的主建筑走去，进入装饰优雅的走廊，敲了敲副官的门。还有五分钟才到11点，所以他实际上提前到了。他被叫进办公室里，并立正站好。副官在椅子上坐得直挺挺的，双手抱胸，脸上带着严肃的表情。

“长官，您找我吗？”

“是的。”他瞥了一眼顺从地站在罗伯特身后的安蒂斯，“你的那条狗——必须离开。”

“长官，对不起，我不太明白。狗？我的狗必须离开？到哪儿去，长官？”

“它必须立刻从营地里消失！”副官恶声恶气地说。

“报告长官。但是，它是中队的吉祥物。为什么要赶走它呢？”

“很简单。我注意到，你并没有获得在营地养狗的官方许可。因此，它必须离开。”

“长官，皇家空军上校皮卡德从未跟我要过许可。他知道这里有狗并乐意……”

“皇家空军上校皮卡德已经不是这里的司令官了。”副官插话道。他是对的。皮卡德已经获得升迁，并调到别处了。

“但是皇家空军中校欧赛卡也是——”

“皇家空军中校欧赛卡目前不在基地里。所以我才得亲自出马，处理这个棘手的事件。”副官从办公桌上拿起一张纸，“这是一份来自航空部警察的报告，指出你的狗昨晚在基地大门口试图要袭击他。”

“这是我第一次听到这种事情。安蒂斯绝对不会伤害任何人——”

“你的意思是，一位英国警察对你的狗做了毫无根据地指控吗？”

“不是的，长官。但这完全讲不通啊。安蒂斯并不是一只生性凶残的狗。我能和空军中校欧赛卡谈谈此事吗？”

“我说过，他去访问航空部了，目前不在基地，但是我肯定，他一定会支持我做出的决定。你现在去找准尉，他有张公函给你，公函会给你进一步的指示。你得读完公函并签上你的名字，然后照着上面所说的执行命令。就这样。”

罗伯特动身前往准尉的办公室，脑子里一团混乱。他一点也不相信安蒂斯曾主动攻击过任何人。即便有的话，那一定事出有因，罗伯特绝不甘心就这样被污蔑。况且，这件事爆发出来的时间，恰好是欧赛卡离开基地的时候。欧赛卡曾答应过罗伯特，如果罗伯特在战斗中牺牲的话，他将会领养安蒂斯。

罗伯特感觉这件事就是个圈套。他收到那封公函后，更确定了他的担忧是正确的。公函上写着：罗伯特有48小时的时间替安蒂斯找到一个新家，如果48小时后，安蒂斯还在基地的话，它就会被“毁灭”。

这份公函是由副官亲笔签字的，仿佛他同时签下了安蒂斯的死亡证明一般。

第十四章 Chapter 14

罗伯特漫不经心地看着公函，好像他无法理解上面所写的文字似的。但是，他特别注意到了副官在页底的签名。罗伯特回到副官的办公室，试着对他讲道理。

“长官，我能否与您说句话？”

副官连头都不抬，说：“我现在没空，中士。你没看见我现在很忙吗？总之，你已经收到书面命令，请务必执行。”

罗伯特盯着副官那正在谢顶的头好一阵子。这男人是个懦夫。他是个只会耍笔杆子的官僚，从来没有经历过罗伯特和他的飞行员战友所经历过的危险。他自己不敢面对罗伯特，才让准尉把公函转交给罗伯特，这种行为便证明了他是个没勇气的人。罗伯特鄙视这个男人。

“长官，看看这个。”罗伯特大声地说。

副官惊讶地抬头向上看，罗伯特当着他的面，开始慢条斯理地、有条不紊地撕着那张公函，然后向前迈一步，把撕碎的公函放在副官的桌上。

“我从来没见过这样的抗令行为！”副官发怒地说。他睁大了双眼，看着罗伯特的杰作，“你难道不知道这种行为会有什么样的后果吗，中士？”

“我知道，长官。”

罗伯特的行为充满挑衅，而且是故意的。罗伯特是绝对不会在指挥官面前将上级的命令撕碎的。放马过来吧，副官，罗伯特会将这件事对欧赛卡说的。

“我有权将你逮捕。不过你今晚有飞行任务，所以我不会这样做。但是，请记住我的话，中校回来之后，我必定会请求他好好处置你。与此同时，即便你无礼地将函文撕成了碎片，但你还是知道我对于你的狗所下的命令，所以，请你坚决地执行命令。就这样。”

罗伯特带着跟在他脚跟后的安蒂斯，垂头丧气地来到了食堂。到这时候，大家都已经知道副官所下的命令了，于是一群愤慨不已的飞行员便来迎接罗伯特。

“我们应该派出一个代表团，好好教训那该死的暴君。”佛拉斯塔大叔大声地说。身为八剑客中年纪最大的人，佛拉斯塔过去从未失去冷静，但副官的命令果真激起了他的愤怒，“指挥官前脚一走，这件事就发生了——这根本就是个该死的圈套！”

“佛拉斯塔说得对，”欧赛卡的机尾枪手顾帕克补充道，“如果‘老家伙’在这里的话，这件事根本就不会发生！”

“安蒂斯是我们中的一员，”路德法接着说，“如果它发生什么事的话……”

所有在场的人都知道路德法要说什么。就像世界各地的飞行员一样，他们这群人是相当迷信的，每个人都会带一些幸运符或护身符，来保佑他们在空中平安航行。“西西利亚号”的驾驶员卡派卡至今都还保留着当时法国外籍军团发给他的紫褐色内裤，并且一次都没洗过。加斯塔夫有一组迷你的象牙制大象，如果没有把它们带在身边，他是不会上空的。安蒂斯不只是飞行中队的吉祥物，还是一个让他们安全在空中执行任务的幸运护身符。对八剑客中剩余几位捷克飞行员和许多听过他们故事的人来说，安蒂斯是一只奇迹之狗，让他们脱离饱受战争摧残的法国并存活下来。很难想象，一些如副官那样自视甚高的局外人，竟有权决定这样的狗的生死。

“拜托！”路德法大声地说，“我们还在等什么？我们走！人人为我，我为人人！安蒂斯是我们中的一员，没有人可以把它从我们身边带走！”

看着那一大片气得涨红的面孔，罗伯特可以猜想到，如果他们集体与副官对峙的话，将会发生什么事。本质上，他的捷克同胞们是一群可靠且成熟的人，然而一旦他们的愤怒被激起，他们可不会这么简单就善罢甘休。整体气氛非常激昂，罗伯特知道，他们的情绪一触即发。光是罗伯特一个人受军事法庭审判就已经很糟糕了，更何况是整个飞行中队！

罗伯特让大家的情绪平静下来。“我们会找到其他办法的。我们现在要做的，就是撑到指挥官回来，安蒂斯就会被解救。”他看了看手表，“好啦，有个安排的试飞测验。我们先把它搞定，然后再拟订拯救安蒂斯的作战计划吧。”

他们一起前往飞机场，安蒂斯开心地走在他们中间。他们经过由那位造成了现在这场麻烦的警察看守的大门时，那位穿着象征公权力的蓝色制服的警察便踏出他的小屋，挡住了他们的去路。

“你有带狗进入航空部地盘的许可吗？”他盘问道，“如果有的话，请交出来。”

“你知道我没有！”罗伯特反驳道，愤怒地握紧他的拳头。

“罗伯特，放轻松点。”佛拉斯塔叔叔告诫着，“他只是想挑衅你。”

警察伸出又短又粗的手指说：“如果有许可证，麻烦拿出来。不然，它无法通行。”

“听我说，”罗伯特用粗嘎的嗓门说道，“你也许觉得你是个尽责的警察，但实际上你完全是个傻瓜。我们是执勤的飞行员，执行着对抗敌军的飞行任务，但你自始至终都待在你那舒适的小屋子里。如果你识相的话，最好不要挡住我们的路，并且不要找我们的麻烦！”

“信不信你又要进一次水沟了？”路德法补充道，“不同的是，这次是你那该死的头先进去。”

“拜托，”卡派卡催促着，“我们走吧，不要理会他。”

他们匆匆地从那涨红脸的警察身边走过，安蒂斯则在人群中对着他低吼。

他们向飞机走去，约瑟夫低声地说：“我想我们会有大麻烦的。”

“或许有，或许没有。”罗伯特严肃地回应道，同时他心里有个点子开始萌芽。

到现在为止，罗伯特多少次成功地化解掉安蒂斯被抛弃的危机呢？一次是在无人地带的法国农舍，罗伯特悄悄地将瘦小的狗藏在飞行夹克里。还有一次是在直布罗陀的码头边，当时他用绳子和桶将安蒂斯成功地带到了身边。还有一次，为了躲避英国海关，罗伯特将安蒂斯藏到像山一样高的行李堆里。最后一次是在英国皇家空军霍尼顿基地，对抗一位非常讨厌狗的准尉。

罗伯特与安蒂斯同心协力，渡过了重重苦难。这次罗伯特又有一个好点子，要再次渡过难关。

罗伯特回到庄园农场，就立刻去拜访科利，他是一位住在农场附近小屋的老人。最近几个月，罗伯特和他建立了一段友谊。科利天生反骨，同时也是一位彻头彻尾的庄稼汉。每次拜访他，罗伯特总会带给他一盎司烟叶，听他说那“旧时光”的故事。科利年轻时，曾是一位盗猎者，曾在午夜与猎物看守人打群架，然后在月光照耀的田野上逃亡。罗伯特喜欢听这些故事。

科利同时也是安蒂斯的热情崇拜者。他确定安蒂斯一定会找到方法，对付副官那残忍无理的勒令。科利曾发现它在他家后花园里挖马铃薯。

罗伯特将事情解释一遍之后，科利惊呼道："他想要赶走你的狗啊！那是犯罪，一定是的。该死的愚蠢当权者。让我们想想如何整他们。"

科利对于能整到副官感到非常兴奋，更不用说整那位警察了。在他眼里，当权者就是要受到被统治者反抗的。他领着罗伯特来到他的小屋后方，那里有一道通往老旧地窖的阶梯。地窖入口被灌木丛挡着，看起来好像已经荒废好多年了。

"地窖还是干的。"科利告诉罗伯特，并举起钥匙插进暗门里，"我们在这里存放了大量马铃薯。等会儿，我们把地窖清理清理，你的安蒂斯待在这里将会非常安全。它饿的时候，我会带给它食物和水。晚上，我会让它出来几分钟透透气。而且，他们那些笨蛋绝对不会想到要进地窖查看的。"

罗伯特帮助科利清理了地窖的另一端，发现这地窖的面积似乎跟小屋一样大。接着，在飞行员同胞的帮助下，他带来了许多东西，他们认为安蒂斯待在地窖时可能会需要，其中包括一些罗伯特的私人物品，罗伯特希望这能让它有家的感觉。之后，罗伯特就回去将安蒂斯带来了。他领着安蒂斯来到它的新家，将它安置在毯子上，并花了一段时间与它说话，对它解释，他们现在身处一个大麻烦之中，它必须躲在这里，直到一切都平息下来。

罗伯特对安蒂斯解释，一切都取决于这个藏匿地点不被人发现。它似乎终于听懂了。罗伯特起身离开时，安蒂斯并没有跟上，而是趴在毯子上，用信任的眼神看着主人爬上木阶梯，直到他消失。

两天过去了，安蒂斯仍然待在地下躲藏处。罗伯特从夜袭行动回来之后，便在清晨趁机带着安蒂斯出来溜达溜达，卡派卡、约瑟夫、佛拉斯塔大叔和路德法则各就各位，替罗伯特站岗放哨，留意敌人——副官和航空部的警察。由于“西西利亚号”的机组人员周末不用执行飞行任务，那个周五，罗伯特便搬到了地窖，与安蒂斯待在一起。副官那48小时最后期限早就过了，下个星期一，中队的指挥官欧赛卡就会回到基地来了。

星期六下午，罗伯特和他的朋友接到通报，副官正朝这里赶来。副官在他的勤务兵和一位下士的陪同下，来到了庄园农场，罗伯特、佛拉斯塔、约瑟夫和路德法都坐在农场庭院的围墙上。捷克飞行员能清楚地听见他们在宿舍搜寻的声音：他们打开窗户，抬起床铺，大力地关上橱柜门。他们还看到副官那笔直的身躯，气冲冲地从一个房间大步地跨到另一个房间，不懈地搜寻着那只“叛逃犬”。

十分钟后，他回到了农场庭院，脸因愤怒而涨红着。他在门廊前一动也不动地站了一会儿，好像在想下一步该怎么做。接着，他一言不发，跺着脚离开，往空军基地的方向走去，他的随从则尾随其后。但几乎不到十分钟，那位下士又回来了。

“博兹杰赫中士，请您立即到副官的办公室报到！”他大声地说。

罗伯特滑下围墙：“请带路，下士。”

那位下士停了一会儿，四处张望，确定没有人偷听。“他们已经站出来作证了，”他压低嗓音说道，“全部四位。”

“四位什么？”罗伯特问道。

“四位飞行员看到那个该死的警察对你的狗做了什么。”

“那么，他们说了什么？”

“真相。他们说，你的狗的确受到了那位警察的挑衅。全部都是那位警察的错。”

“我的天啊，罗伯特，你可以洗刷冤屈了！”一位捷克飞行员惊讶地大声说道，“这是我们一直在等待的机会啊！”

“鉴于副官的为人……”罗伯特说道，“结果如何，有待观察。”

罗伯特朝副官的办公室走去，没有将希望抱得太满。他进入办公室时，那个男人的面容比深紫褐色还要沉重，比罗伯特想象得要糟糕。

“长官，”罗伯特向副官敬礼，“您找我吗？”

“那只该死的狗在哪儿？”副官大声地说。

“藏起来了，长官。”

有那么一段时间，罗伯特担心这个男人的心脏病会发作。“藏起来了！你什么意思，藏起来了！我下令要你将那只狗交出来，要不然就等着它被处理掉。”

“抱歉，长官，我无法执行这个命令。”

副官将拳头砸在他的办公桌上：“你知道你在说什么吗？我可以因你不服从指令，将你直接送到军事法庭接受审判！”

“长官，如果你觉得那是你该做的事，就让我接受军事审判吧。但我绝对不会遵从你所下的那道指令，特别是当我知道指挥官绝对不会同意你这样做的时候。”

“够了！出去！”

罗伯特动也不动：“听着，长官，如果你当时知道事情的原委，我相信你当初就不会草拟那份公函了。四位目击者已经……”

“噢，没错，我知道你有目击证人！”副官打断他说道，“我敢说，整个基地都会支持你和你那只狗的。看看它呀，是那么受人欢迎。但是，如果你认为我会因为一只狗，就去破坏我与警察之间的合作关系，你就大错特错了。现在，就像我说的，快滚出我的办公室！”

正如罗伯特所怀疑的，副官还不打算放过他。副官知道，罗伯特今天晚上9点有飞行任务，就打电话给地方警察部队，向他们报告有一条凶残的野狗在基地里游荡，要求他们于9点15分开始搜索，将到时候可能会出来溜达的安蒂斯抓个正着。

“西西利亚号”滑向飞机跑道时，待在地窖里的安蒂斯一定是听到了那熟悉的引擎声。因此，它兴奋地吠了一声，而罗伯特不在期间，那些陪在它身边的人则尽量让它冷静下来，避免它的叫声暴露自己的行迹。他们熄灭了地窖里的蜡烛，躲在黑暗的地窖里，静静地聆听靴子踏过碎石的声音，那声音代表他们也许已被发现了。

那天晚上，罗伯特的空袭目标是轰炸德国港口城市汉堡的码头。但在执行任务时，他一半的心思都在庄园农场的那个阴暗地窖里。不一会儿，那些被叫来搜查农场的警察发现，那只据报天性凶残的狗竟是安蒂斯。所有居住在东伦瑟姆的人都很了解安蒂斯，他们完全不相信安蒂斯会主动袭击任何人。于是，那些警察便草草了事，回去睡觉了。

星期一中午，空军中校欧赛卡终于回到了东伦瑟姆。罗伯特立即收到了消息，他短暂地探望了安蒂斯，告诉它被囚禁的日子就要结束了，然后就骑着自行车，朝着基地全速前进。他直接闯进了副官的办公室。

罗伯特向那个他已开始厌恶的男人敬礼：“长官，我请求拜见指挥官。”

“请求拒绝。”副官回应道，那双冷酷无情的眼睛盯着罗伯特，“他才刚回来而已，而且还在忙……”

“是那个浑小子博兹杰赫吗？”自指挥官的办公室传出一个友善的声音。他办公室的门呈半开状，“如果是的话，我的好朋友安蒂斯去哪儿啦？我给它带了礼物哟。”

“是的，长官，是我。”罗伯特回应。

“嗯，进来吧，带上安蒂斯。”指挥官喊道。

“感谢老天爷，你终于回来了，长官。”罗伯特脱口而出，同时利落地敬礼，“我遇到了大麻烦。”

“这已经不是第一天的事了。”指挥官笑了笑，“更重要的是，安蒂斯在哪里？我给它带了个新项圈呢。”

“我把它藏起来了，长官。”

欧赛卡突然抬起头来，看着罗伯特。“什么意思？你把它藏起来了？”手指转着那亮晶晶的新项圈，“如果你把它藏起来了，那我要怎么给它这个项圈？”

“我很抱歉，但是我不得不这样做，长官……”

一个僵硬的人影出现在罗伯特的身旁：“请容我解释，长官。迟早你都会听到的。你出差期间，这个男人的狗袭击了一位航空部的警察……”

欧赛卡摇了摇头：“不可能。安蒂斯连一只苍蝇都不会伤害，更不用说伤害一位军人。嗯，当然啦，我不是说它是人类，但是它是中队的吉祥物。”

“很遗憾，那位警察在报告中很清楚就是这么说的，”副官顽固地继续说着，“他是这样描述的：‘被一只凶恶的德国牧羊犬袭击。’我没有选择，只好下令将它赶出基地，或者将它处死。令人遗憾的是，博兹杰赫中士并没有按照我的命令去执行。事实上，他撕碎了我的命令……”

指挥官挥了挥手，示意副官安静：“是的，是的，那可能是真的，但是，那并不是我所关心的。我主要关心的是：我不在基地时，每天都和你通电话，为什么你不告诉我这件事？”

副官有点恼火了：“这是一件直截了当的事，长官。博兹杰赫中士并没有取得在营地里养狗的许可。我认为你不会对如此鸡毛蒜皮的小事——”

“你是我的副官。”指挥官插话道，“任何与我中队服役的人有关的事都与我有关，而将这些事向我报告是你的职责。”他转身面对罗伯特：“现在，让我们来听听你怎么说，中士，千万不要漏掉任何细节。”

罗伯特讲述事情的经过时，看到指挥官的表情越来越严肃。如果不是罗伯特在场的话，指挥官可能都想一枪毙了副官。整件事很清楚明白了，副官就是想要利用指挥官不在的机会，铲除中队的吉祥物。身为一位爱狗的绅士，欧赛卡认为，副官如此行为真是十恶不赦。

罗伯特讲完后，欧赛卡立即打电话，要来了一份副官的公函复印件。读到副官命令罗伯特48小时之内让安蒂斯消失、逾时就要处死311（捷克）战斗机飞行中队吉祥物的字眼时，欧赛卡再也压抑不住自己的愤怒了。他转过身，命令他的打字员用英文和捷克文各打一封公函。

公函上写道：“停留许可证：允许311（捷克）战斗机飞行中队吉祥物德国牧羊犬安蒂斯在英国皇家空军东伦瑟姆空军基地逗留。活动范围：不限。活动时间：不限。这只狗天性纯良，无须对其使用牵狗绳。”

“而这个，”欧赛卡郑重地说，“就是安蒂斯的许可证。”他转向副官：“就这样吧，副官。博兹杰赫中士，如果你能留下来的话，我有些话想对你说。”

罗伯特和欧赛卡聊了一会儿，主要是关于欧赛卡不在期间，中队发生了什么事。接着，罗伯特就告辞了，口袋里塞着一份珍贵的“犬只许可证”复印本，骑上自行车，用最快的速度回到了庄园农场。

他回来后做的第一件事情，就是将安蒂斯从地窖中放出来，并一再地感谢科利。安蒂斯跃上阶梯，吸了一口新鲜的空气，因为高兴而轻快地跳着它的战舞。

安蒂斯得到英国皇家空军东伦瑟姆基地的正式许可证不久，欧洲的战争版图发生了巨大转变。1941年6月22日，阿道夫·希特勒派遣国防军187个师进攻德国东边的邻国俄罗斯，在这场旨在建立千年帝国的战争中开辟了一条新战线。

德国入侵俄国的消息传到英国，311（捷克）战斗机飞行中队简报室的气氛立即变得异常紧张。俄罗斯就坐落在那些捷克飞行员祖国的东边。随着新战线的开启，德国现在同时面对东、西两面的夹击，但前提是，311（捷克）战斗机飞行中队和其他英国皇家空军的空勤人员驾驶的轰炸机能够持续地夜袭，给德国施加压力。

作为对德国入侵俄国的回应，311（捷克）战斗机飞行中队接到了任务，要轰炸德国西部城市哈姆市的火车站。英国首相温斯顿·丘吉尔相当热心地协助这场战争中的新盟友，愿意提供一切可能的帮助。德军的大量车辆都要经过哈姆总站，然后转道前往新开辟的东部战线。

当天晚上的天气并不太适合执行此类任务。大片大片的云层笼罩着基地上方，即使在地面上，能见度也不高。尽管如此，可靠的威灵顿轰炸机群，包括“西西利亚号”，都已经为即将到来的任务准备就绪。太阳西下之后，一架架飞机滑行到机场外围，等待着指挥塔台给予升空许可。“西西利亚号”跟随着那一列飞机，缓缓地爬上云端，那只在飞机停放区等待的德国牧羊犬完全不知道，在前方等待它的是什么。

安蒂斯凝视着那一望无际的夜空，阿达梅克安慰道：“他很快就会回来的，伙计。来吧，进帐篷来吧，不要担心，好吗？”

安蒂斯在阿达梅克后面跟着走，在帐篷门口趴下来。其他人在玩牌的时候，它偶尔会独自到空地走走，耳朵随时注意着周遭的声响。为了让漫漫长夜过得快一点，它已经养成了追逐兔子的习惯，但是，今夜似乎没有任何东西能让它放松警戒。

现在是1点整，威灵顿战机群应该在回来的途中了。安蒂斯仿佛受到惊吓一般，突然从一段小睡中醒了过来。它头抬得高高的，走出帐篷，站在外面，四肢微微颤抖着，鼻子对着南方。那是按照预期战机群回归基地的方向。

“它怎么了？”地勤人员库比切克焦虑地问，“是德国人又来拜访我们了吗？你们觉得呢？”

安蒂斯还是用刚刚那个雕像似的姿势站着，阿达梅克凑到安蒂斯身边，在它旁边蹲下：“怎么了，小家伙？是什么事让你烦心呢？”

作为回应，安蒂斯动也不动地站着，一声不响、全神贯注地望着远处的地平线。

阿达梅克转向其他人，说：“这不是它警告我们德国人来袭的方式，而对于‘西西利亚号’来说，现在回来也太早了一点。我不知道它是什么意思？”

“嗯，进来吧，”一位地勤人员回应道，“轮到你啦。”

阿达梅克摇了摇头：“你们继续玩，不要管我。事情有点不对劲。”他试着转移安蒂斯的注意力，但它似乎已经出神了：“听我说，小家伙，现在还太早了。进帐篷来暖和暖和吧。”

阿达梅克担心地看着它的一举一动，他发现安蒂斯开始打起哆嗦来。这是6月的一个晚上，天气并不特别冷。阿达梅克凭直觉知道，安蒂斯是因为恐惧才打哆嗦的。突然，这只德国牧羊犬猛地将头往上抬，凝视着漆黑的夜空，开始嚎叫。这种声音他们之前都没听安蒂斯发出过：极为空洞，充满失落的惆怅感，沉闷地回荡在空气中，令人背脊发凉。

阿达梅克本能地明白过来。“‘西西利亚号’有危险了！”他对着其他人大喊，“安蒂斯可以感觉到！天知道它是怎么办到的，但它就是有这种能力。”

帐篷门口挂着一面老式闹钟，它的指针正好指在凌晨1点整。

Chapter 15 第十五章

今晚对哈姆的空袭，轮到罗伯特操作“西西利亚号”的机尾机枪炮。探照灯扫过他们的飞机时，罗伯特感到一道强光刺进他的眼睛里。当时，他手表上的指针慢慢地指向凌晨1点，他们已完成轰炸目标的任务，正在返回基地，途经德军重兵防守的荷兰海岸。接着，“西西利亚号”便被困于炽烈的灯光中，罗伯特察觉到德军的高射炮一发比一发接近。

罗伯特可以看见，大约2000英尺的下方，还有两架威灵顿轰炸机也被困在致命的锥形光束中。德军高射炮手渐渐地向它们集中火力，一团团黑烟在机身周围爆开。正当罗伯特专心地观看下方的激烈战况时，一发发弹道轨迹像手指一般的曳光弹射向它们的机身。转瞬之间，下方一架威灵顿轰炸机开始发出诡谲的金红色微光，接着它的机身就遭到猛烈地炮火轰击。

几秒之内，该战机就已经被轰得支离破碎，冒着火的碎片在空中回旋，向地面坠落。片刻之后，第二架飞机也在他眼前解体，熊熊燃烧的飞机残骸向下翻滚。罗伯特尽量不去想那一瞬间就失去生命的十二位飞行员，他们很可能与他是同一个中队的。

在猛烈的炮火夹击中，“西西利亚号”继续笔直地向前飞行，这只能说明一件事情：他们一定已经被高射炮击中了，导致威灵顿轰炸机的部分控制性能受到损害。要不然，他们一流的驾驶员卡派卡一定会左右扭动或旋转机身，尝试甩掉探照灯的光束。但是，威灵顿继续“嗡嗡”作响向前飞，其引擎的运作声响和行进路线都没有改变，罗伯特开始纳闷，“西西利亚号”受到的损坏到底有多严重。

只有当他们陷入可能会坠机的危险时，卡派卡才会警告他们。他极为冷静，驾驶飞机时通常不太说话。

机身左右方的猛烈爆炸越来越近。每一声爆炸都好像有一只巨大的拳头重击战机的侧腹。罗伯特不时可以听到燃烧的金属碎片刺穿威灵顿机身的可怕声响。他绷紧了他的肩膀，紧握着勃朗宁机枪，害怕被流弹击中。

一颗炮弹在极近的距离爆炸——似乎就在机尾旁——几毫秒后，一块金属碎片射穿了炮塔的玻璃罩，刺进了罗伯特的额头。一道温热、黏稠的液体渗进他的眼睛，使他无法睁开眼睛。他感到一阵恐慌。“我看不见了！我看不见了！”如果他看不见，他就无法使用机枪保护“西西利亚号”了。

他弯曲手指关节，用力地擦拭他的眼睛，试图擦掉那恶心的液体。结果，他的双手沾满了鲜血，但至少他现在能看得清楚些。“西西利亚号”的后部是飞机上最孤独的位置。他扫视着天空，寻找敌机的踪影，兴奋感麻痹了他伤口的痛楚。此时，在他那血迹斑斑的手腕上，手表的指针正指着凌晨1点，因为他正全神贯注地观察着敌军的动向，没注意到时间。

然而，在他们现在位置的西北方200英里处，一条狗感受到了罗伯特那伤口的疼痛，仿佛是它自己受伤一般。安蒂斯抬起头，向着夜空嚎叫，将它的疼痛和悲痛倾泻而出。

“西西利亚号”的飞行高度逐渐下降。如果继续降低，它就会成为下方德军高射炮手的囊中之物。罗伯特已失血过多，濒临失去意识的边缘。飞机缓慢地穿过夜空，这时，一簇簇积云向他们飘过来。卡派卡意识到这是个大好机会，缓缓地将飞机向左侧飞，大片大片的云层浮现到他们面前。

凶猛的高射炮火试图将他们的战机从空中击落，而飞机缓缓地进到了云层中，探照灯发出的光束也在充满水分的空气中散去，接着就完全失去了“西西利亚号”的踪迹。几分钟后，“西西利亚号”飞出了云层，卡派卡发现自己就在北海上空。现在离英国不远了。

严重受损的轰炸机“嗡嗡”地向前飞，但随着威灵顿轰炸机的推进器马力越来越弱，似乎每前进一段距离，飞机就向海平面下沉几英尺。随着英格兰的海岸线浮现在眼前——一道黑线卧在颜色深深的地平线上——卡派卡才发现，他的飞行高度竟比悬崖还低。

他需要一个奇迹让“西西利亚号”活过来，要不然就要撞上悬崖了。

在东伦瑟姆空军基地，第一架照亮地平线的返航战机是“西尔维亚号”，它闪烁着招牌灯号，这样它能安全登陆，而不被误认为是敌机。其他战机陆续归来，最后一架是空军中校欧赛卡的“玛丽号”威灵顿轰炸机。那三架被派去空袭德国哈姆市的战机都还没回来，其中一架就是“西西利亚号”。

在飞机停放区旁的帐篷边，阿达梅克盯着东方的天空，第一线黎明的光芒正逐渐升起。“我们再等15分钟吧。”他喃喃地说，担忧地看了一眼罗伯特的狗。

安蒂斯用后腿坐着，一动也不动，它的目光盯着东边的地平线。有时，它会抬起一只脚掌，似乎指着“西西利亚号”应该会出现的方向，然后再放下，轻声地呜咽。阿达梅克将一只手放在安蒂斯的肩膀上，试图安慰它，却反而让它受到惊吓。安蒂斯瞥了这位捷克人一眼，然后转过头去，眼睛回到树林上方露出的那片黎明光芒，那里也是“西西利亚号”应该归来的方位。

现在，地勤人员已经收拾好自己的物品，准备去吃早餐了。面对一次空袭中失去三架战机——还有三组机组人员——的可能性，他们试着保持乐观精神。但是，不管阿达梅克多少次试图哄劝安蒂斯离开飞机停放区，它就是一动也不动。它下定决心要继续守着，耳朵努力地去听它希望出现的声音。

就在此刻，欧赛卡开着车子过来了。中校还穿着飞行夹克和靴子。车子在草地上颠簸而行，他将车停在安蒂斯旁边，打开车门请安蒂斯上车。

“来吧，伙计，”他喊道，“进来车里陪我吧。你在这里也不能做什么。”

一般来说，安蒂斯很喜欢搭着欧赛卡的车子逛基地。不过，今天它没那个心情。它用忧虑的眼神瞥了中校一眼，接着它的目光再次回到地平线。

“有‘西西利亚号’的消息吗？”阿达梅克问道。

欧赛卡摇了摇头：“我们很快就会知道了。”就这么一次，大家对于这次夜袭任务的情绪呈现出来了，更不用说可能会失去三架威灵顿轰炸机和三组机组人员了。

“他们可能在其他地方迫降了，对不对，长官？”阿达梅克问道。

“我也是这样希望的。不过，在这里等待下去没有任何意义。赶快离开这里，去吃早餐，试着放松点。我们听到任何相关的消息后，会第一时间让你知道的。”他用担心的眼神看着安蒂斯：“你也一样，小子。上车吧。”他用命令的语气说道，但安蒂斯只勉强动了一下耳朵，作为响应。

欧赛卡从车上下来，走到它身边。他拍了安蒂斯一会儿，试图移动它：“来吧，伙计。”他哄着，并把双手放在安蒂斯的背下面，试图推动它。安蒂斯却更加绷紧了它的四肢，并将爪子掘得更深。

欧赛卡直起身子：“好吧，随你了……我一直害怕这一刻的到来。我们只能先让它独自在这儿了，希望它感到肚子饿时，会改变主意。”

这时，路德法出现了。除了它的主人之外，也许没有人比路德法更亲近安蒂斯了，但他还是不能说服它。安蒂斯轻轻地哀鸣，抗拒着路德法——八剑客之一——搬动它所做的努力。

“该死的，我受不了了，”路德法嘀咕着，“这只狗比我们懂得多。我总是说，我会比罗伯特先走，这场该死的战争！”

飞行员和地勤人员渐渐走远了，安蒂斯独自留在飞机场的旁边。天空下起雨来。一位地勤人员急急忙忙地过来将防水布披在安蒂斯身上。接着，安蒂斯开始嚎叫。这是一种怪异且可怕的声音，在被拴住的战机之间回荡。每个在基地里听见的人都可以感受到安蒂斯的痛苦和悲伤，更不用说它对失去的恐惧了。

那一天阴沉沉的，飞行员和地勤人员多次前往探望安蒂斯，但它仍然不为所动。它的皮毛被雨淋得湿透了，而且它身体的颤抖明显可见，不过，它的颤抖主要是出于震惊，而不是寒冷。中午时分，阿达梅克和其他一些人决定在安蒂斯身边修建一个庇护所，让它不受雨淋。他们用木材和几张防水布，建了一顶临时帐篷，但安蒂斯似乎不喜欢，又走到帐篷外面，任风吹雨打。

“我想，可能这样子它能听得更清楚些吧，”阿达梅克咕哝着，“它不想要任何东西挡住它的视觉或听觉吧。”

他们还从厨房拿了一盘安蒂斯最喜欢的菜——烤肝。但是，安蒂斯对放在身旁地面上的食物置之不理。

那天下午，东伦瑟姆基地收到了关于那尚未归来的飞行员的一些积极消息。“西西利亚号”的确降落了，但机身严重受损。显然，“西西利亚号”在卡派卡的操作下，取得了足够的引擎动力，飞越了悬崖，之后左舷的引擎就熄火了。于是，他们便紧急降落在最近的机场，正好是英国皇家空军科提肖基地。这架饱受煎熬的飞机一停妥，罗伯特就马上被抬上救护车，送往最近的医院。

对大家来说，这是天大的好消息，但没有人能够想出办法，如何将此喜讯传达给安蒂斯。当天晚上，安蒂斯仍然孤独地守着夜。到了三更时，安蒂斯似乎振作了一点。黎明到来，就意味着飞机群返回基地的特定时间的到来，安蒂斯一定推测，“西西利亚号”会是其中一架。但是，该中队当天晚上没有值勤，所以没有一架威灵顿轰炸机出现在天空中。

破晓过后一个小时，安蒂斯又开始嚎叫了。这个声音听起来相当骇人，对带给它当天第一顿饭的路德法来说特别心痛。这是另一份烤肝，但与第一份一样，安蒂斯连碰都没碰。路德法用尽一切方法告诉安蒂斯，罗伯特现在正安全地待在诺福克郡的诺维奇医院休养，除了头部受伤外，身体大致无恙。

安蒂斯将目光转向路德法，自“西西利亚号”未能成功返航的那刻起至今，它第一次与人类有了真正的接触。它的睫毛上满是露水，它的皮毛因还在下的毛毛雨而顺滑光溜，它现在的样子就是一幅充满不幸的画面。但它的尾巴对着地面做了几下微弱地拍击，以表示对路德法的感激之情。路德法是除罗伯特之外最爱安蒂斯的人，而且他也与它经历了许多难关。罗伯特实际上已经安全地回来了，只是回到了不同的地点而已。所以，看到安蒂斯如此愁苦和绝望，什么都不想要，路德法也是相当难过。

他在安蒂斯旁边潮湿的草地上跪下："来吧，小家伙。让我带你进去。我们去找罗伯特。让我们去找他。"

听到主人的名字被提起，安蒂斯的耳朵竖了起来，但是，它没有发现罗伯特的踪迹，就又回头继续进行它那不可动摇的坚守。路德法想要移动它，但安蒂斯低吼了一声：**"谢谢你的安慰，朋友，但我是不会离开的。"**

与路德法一样，中校欧赛卡似乎对安蒂斯那极为倔强的忠诚感到相当苦恼。当天下午，他在跑道周围的轨道开着车，决定尽全力让安蒂斯动起来。他在安蒂斯身旁停了下来，坐他旁边的是基地的随军牧师。

"你能看看它吗！"他愤怒地喊道，"为什么就是没有人能够移动它？这就是为什么值勤的士兵不应该养宠物。你可以看见，它主人没有平安返回对它造成了多大的痛苦。"

欧赛卡愤怒地爆发，掩盖了他对狗的可怕困境的痛苦。随军牧师镇静地把手放在中校的手臂上。

"当然，长官，但这不正是我们对基督教的奉献精神吗？没有人能找到比它还忠诚的伴侣，我们之中很多人都能从中受益。"

"路德法，从我的车上取一条毯子，"指挥官命令道，几乎忽略了随军牧师的话，"将安蒂斯包着，让它保持暖和。我免除你今天的一切任务。你把安蒂斯带回到你和罗伯特的房间，和它待在一起，直到它恢复体力。并确保——"

“如果硬搬它的话，会伤了它的心，”随军牧师插话道，“而且，它会像魔鬼一样嚎叫，让所有空勤人员有觉睡不得。”

“好，那么请问你有什么高见？”欧赛卡恶声恶气地说。

一直唠唠叨叨地引用关于基督教的例子是没有什么问题的，但是，罗伯特很可能得待在医院数天，而“西西利亚号”同样也得停飞修理。如果安蒂斯一直拒绝进食，或受风吹雨淋，它很可能会死的。

“凭着上帝的恩典，我有个点子也许行得通，长官。”随军牧师回答道，眼睛闪烁着，“你告诉过我，罗伯特的身体状况还算良好。那我们为什么不打电话给医院，说服他们让他出来几个小时，这样一来，他就可以亲自来基地，将他的狗带走了？”

“该死的，他妈的！这就是解决方式！为什么我当时就没有想到？”

随军牧师耸耸肩：“主以神秘的方式……”

“但是，你认为医院会配合吗？”

事实上，医院护士长很乐意让罗伯特出去短短的几个小时，但是，只有当罗伯特的身体状况适合旅行才行。因此他们必须再等待24小时，罗伯特才能出去。安蒂斯再次开始了它那漫长的守夜。它的朋友再次试图为它建造庇护所。但是，庇护所刚建完，它就用那僵硬的四肢爬出来，虽然因寒冷而痉挛，但是只有这样，它才能清楚地看见天空。

因为缺乏食物和睡眠，再加上寒风侵袭，安蒂斯重重地趴了下来，它将目光投向了地平线。即便非常担忧，它的朋友们也不知道他们还能为它做些什么。

第二天早上天刚亮，欧赛卡的车就再次开到跑道周围的轨道。由于没有可用的救护车，随军牧师便与欧赛卡想出了一个办法，自己开车接罗伯特回基地。随军牧师用中校的车赶了一整夜的路，现在他们终于到达基地了，车后座坐着一位缠着绷带、四肢僵硬并伤痕累累的捷克飞行员。

车辆熄火之后，围在安蒂斯周围的人都安静下来，在一片沉默之中，你几乎可以听到那些呼吸声。车门打开了，罗伯特下了车，由足智多谋的随军牧师搀扶着。他一见到安蒂斯，几乎朝它直接冲了过去。他跪在安蒂斯旁边。

泪水夺眶而出，遮住了视线，罗伯特说道："安蒂斯，你这个傻瓜，你为什么不进去？你为什么不让你的朋友照顾你？"

安蒂斯朝着声音的方向投下目光，它那疲惫且惊吓过度的双眼试图看清，是谁在和它说话。虽然这位拜访者的声音很熟悉，但是他的气味却很奇怪——一种消毒剂和医院病房味道的混合物，更不用说还有那煮烂的医院食物的味道了。罗伯特再次开口，低声地在安蒂斯的耳边说安慰的话。

"安蒂斯，我的孩子，是我，是我。我是罗伯特。我来接你了。"

那双呆滞无神的眼睛，长时间地盯着它身边这位散发着陌生气味、头裹着绷带、一半脸被遮起来的人。**"难道真的是你吗，爸爸？真的是你吗？"**

"是我，小家伙，是我。"

声音终于起到作用了。一条舌头轻弹出来，试探性地舔了舔罗伯特的脸。隔着纱布和碘液，安蒂斯还是察觉到主人熟悉的味道和气味。所以，这是真的。罗伯特已经回来了。它以为已离它而去的主人，已经死而复生，回来找它了。安蒂斯想爬进罗伯特的怀抱，但它实在是太疲惫了。

取而代之的是，受伤的飞行员抱起他的狗，轻轻地将它拥在怀中，带着它，登上了那辆正在等待的车。

第十六章 Chapter 16

随军牧师开车载着罗伯特，回到了诺福克郡的诺维奇医院。在医院，罗伯特和安蒂斯的身体痊愈得特别快。维修“西西利亚号”则花了较长的时间。罗伯特所受的伤只给他的额头留下了一块粉红色的疤痕，但“西西利亚号”似乎受到了长期损伤。从此以后，飞行高度超过10000英尺时，飞机的暖气设备就会自动关闭。在未来，高海拔的轰炸任务将会带点凉意。

现在是6月下旬，这是“西西利亚号”迫降在英国皇家空军科提肖基地之后的第一个飞行任务。这架飞机已经停飞好几天了,机组人员都等不及要再次在空中翱翔了。当晚的目标是非常关键的不来梅，这是一座位于德国西北部且在威悉河岸设有重要工业和港口设施的城市。该港口距海岸线37英里，备有强化过的潜水艇庇护所、福克-沃尔夫飞机制造厂、维悉造船厂和不来梅沃尔根造船厂。

这是一次非同寻常的空袭任务。为了这次袭击，轰炸机司令部派遣了所有能用的一千多架战机，包括哈利法克斯、斯特林、兰开斯特、布伦海姆、惠特利、蚊式轰炸机等。但是，此次空中舰队中绝大部分是威灵顿轰炸机，共计有470架，包含东伦瑟姆基地311（捷克）战斗机飞行中队的所有战机。

然而，不为大家所知的是，一只狗也要参与这场千机大空袭。安蒂斯见到满载着炸弹的拖车被推出来，作为“西西利亚号”空袭时用的炸弹，它就意识到，又有飞行任务在计划中了。上一次“西西利亚号”执行袭击未果的任务，它经历了与主人的分离，如此痛彻心扉甚至危及性命的焦虑感之后，这只战犬下定决心，将不再在基地里留守，孤独地承受等待主人归来的煎熬。

11点17分，“西西利亚号”飞向天空，但是没有哪位机组人员知道，有位偷渡者也登机了。大规模的战机队形出现在英吉利海峡上空，朝着目标前进。但是，“西西利亚号”向上爬升到10000英尺以上时，它的供暖设备就失灵了。坐在机鼻炮塔里的罗伯特，咀嚼了几把葡萄干，好让他的血糖上升，以帮助他抵御开始渗入飞机的冷空气。

不论如何，罗伯特还有比外面的冷空气更令他担忧的事。他们完成了起飞前的检查，在起飞期间，有史以来安蒂斯第一次没有出现。卡派卡也察觉到了它没有出现，所以罗伯特便派阿达梅克去搜寻安蒂斯，但他四处都找不着。在庄园农场的房间里，罗伯特拿他的飞行装备时，还与安蒂斯待在一起。它也陪着主人与其他机组人员做出行前的点名。但是，就在点完名和飞机起飞前的那段时间，安蒂斯好像消失了。

罗伯特试着不去想这件事。毕竟，经过那段充满创伤的守夜之后，安蒂斯也许会有这样的行为，这也是可以理解的。毋庸置疑，它一定觉得受够了。但是，别的不说，像其他动物一样，安蒂斯也有其固有的习性。没看见它待在阿达梅克的帐篷边，等着“西西利亚号”起飞，并满心期待着“西西利亚号”归来，真是让人觉得不对劲。但现在什么也做不了，罗伯特理智地想。他相信，这次夜袭任务结束回到基地后，答案就会揭晓。

罗伯特将他的注意力集中在前方黑暗的夜空。他们很快就会抵达德国的海岸线上空，而那里只有危险等着他们。罗伯特感觉到好像有人碰他的手肘，心想应该是领航员要找他说些事，转头一看，却发现他正弯着腰看着图表。罗伯特百思不得其解，扫视飞机漆黑的机舱，在身旁的橙色灯发出的微弱光线地照明下，他看见了一个熟悉的身影——一只德国牧羊犬俯卧在地板上。

罗伯特摇了摇头，又看了看，不敢相信他所见到的。这一定是因为身处高空而产生的幻觉。然而，安蒂斯真的出现在他面前。它一定是以某种方式悄悄地爬上了飞机，并小心翼翼地躲着，直到“西西利亚号”几乎快要抵达目标地点。罗伯特回过神来，设法解决眼前这一切。安蒂斯的胸腔两侧不断地起伏，它的肺脏急需氧气，这可能就是它为何提醒罗伯特它在飞机上。“西西利亚号”正爬升至16000英尺的高空，在这空气稀薄、氧气不足的大气中，安蒂斯的呼吸变得越来越困难。

罗伯特深深吸进一大口空气，然后从脸上脱下氧气面罩，蹲到安蒂斯旁边，把他的氧气面罩牢牢地按在它的口鼻上。他焦急地看着安蒂斯深深地吸进几口供给生命的氧气，直到他的呼吸最后平稳了下来，恢复了正常。安蒂斯的力量渐渐恢复，它明显地感到自己做错了事情。它摇摇晃晃地站了起来，伸出一只脚掌跟罗伯特握手。

罗伯特无视安蒂斯求和的举动，严厉地指着地板：“孩子，趴下不要乱动，我还有工作要做。”

罗伯特拿出他的备用无线电耳机，这样一来，安蒂斯用他的氧气面罩呼吸时，他还能与其他机组人员保持联系。但是，主要的无线电接收功能还是在氧气面罩里，所以，在后续的航行中，他不得不和安蒂斯共享氧气面罩了。过了一会儿，他听到了耳机中静电的噪音，表示有人要用无线电交谈。

“罗伯特，你在下面睡着了吗？”驾驶员卡派卡问道。

“没有，为何这样问呢？”罗伯特回应道。

“听起来好像你打呼噜打得头都快掉了。如果你不是在打盹儿的话，那你在做什么？”

罗伯特突然明白卡派卡指什么了。安蒂斯那费力的呼吸声，听起来就像是一位值勤中的男人睡着了；而且通过氧气面罩的麦克风，所有机组人员都已经听到了。

“嗯，我们刚好有一位不速之客。一位有着四条腿的——”

“搞什么鬼？是谁呀？不要告诉我是安蒂斯！这就是为何我们在基地里看不到它……”

对于任何牵扯到311（捷克）战斗机飞行中队吉祥物的事情，“西西利亚号”的机组人员都已经见怪不怪了。而且，看起来他们好像新增了一位额外的成员，虽然可能有点违法。顺其自然吧。至少就这场轰炸不来梅的空袭任务来说，安蒂斯已经成为编号1958-C轰炸机的第七名空勤人员了。

“让它待在你脚边。”卡派卡警示罗伯特，“我们就要抵达不来梅上空了，而且敌军防空炮的火力越来越猛烈了。因此，我需要采取闪避飞行的动作，机身可能会稍作摇晃。”

他们开始在15000英尺的高空投下炸弹，在这种高度，安蒂斯得用氧气面罩来呼吸。罗伯特别无选择，只能自己不戴面罩了，因为他无法一直和安蒂斯交替使用面罩。罗伯特需要他的双手来操作机枪。刚开始，他似乎还能够应付，但不久，他的心脏开始加速，汗珠也开始从他的额头滑落下来。

他向下伸手，一把将氧气面罩抓起来，急忙地吸了几口氧气，这时，机身下方一连串的爆炸划破了夜空。下方爆炸所产生的冲击波让“西西利亚号”剧烈地晃动着。敌军的探照灯扫过天空，在月光映衬下，黑夜被渲染成一整片不真实的蓝白色光芒。正下方，不来梅码头已成了一片火海，表示他们前方的飞机已经成功地投下了炸弹。

在飞机群与其目标之间，有一系列伪装过的防空气球。这些气球被牢牢地拴在地上，如果战机不小心撞到气球或者缠到缆线，后果将不堪设想。但是，不来梅的天空被强光笼罩着，使得防空气球与它的目标一样明显可见。这时，炸弹舱门打开了，“西西利亚号”在不来梅的炼油厂上方投下它所搭载的所有炸药，然后转身，准备回基地。没有了那重达4500磅的炸弹，威灵顿轰炸机的航行速度似乎变得更快，卡派卡操作起来也更得心应手。

但是，德军的炮手仍持续不懈地对着空中机群轰击，“西西利亚号”四周尽是高射炮的炮火。为躲避炮火，卡派卡将飞机驶入最安全的路线，“西西利亚号”也跟着震颤，左右侧滑。罗伯特把安蒂斯牢牢地夹在双膝之间，眼睛盯着天空，寻找敌人夜间战斗机潜伏的踪迹。

探照灯扫过“西西利亚号”的飞行路线，安蒂斯的脸被强光照得变成了刺眼的白色，但它那盯着主人的脸的眼神却是出奇得冷静和不为所动。只要它的主人保持冷静，安蒂斯就会有样学样。至于罗伯特，他发现自己能从他双膝之间的那只德国牧羊犬处得到额外的力量和决心。

突然，一架双引擎梅塞施密特Bf-110战斗机，又称轰炸机驱逐机，出现在空中。它火力全开，机枪炮口冒出炽热的火花。罗伯特立刻认出了这款战机，因为它是德国空军最重要的夜间战斗机，同时也是一位难缠的对手。但罗伯特同样反应迅速，他那受到刺激的感官使他能够快速地操作机枪炮塔，加以还击。驱逐机反复用它那20毫米机关炮扫射威灵顿轰炸机，罗伯特则用勃朗宁机枪向它发射了两发带着鲜血般红色尾迹的曳光弹。

就在一瞬间，“西西利亚号”因受到驱逐机的火力重击而剧烈震晃，但罗伯特还是瞄准目标持续地开火。片刻之后，梅塞施密特战机优雅地转个身，便消失在黑暗之中了。罗伯特眼睛紧盯着天空，担心它会再度出现，同时伸出一只手，安慰地摸摸安蒂斯。安蒂斯立即做出回应，它靠近主人，将温热的口鼻靠在他的膝盖上。

遭受夜间战斗机、地面防火网和防空气球阵的危险而幸存下来——当然包括那位偷渡者——“西西利亚号”安全地返回了311（捷克）战斗机飞行中队的东伦瑟姆空军基地。伴随着飞机跑道尽头出现的第一道黎明曙光，威灵顿轰炸机重重地着地，“砰”的一声，在凹凸不平的草地上弹了几下，缓缓地在跑道另一侧停了下来。

地勤组长阿达梅克已经站在飞机停放区等着，他担心了一整个晚上，想着他要怎么告诉罗伯特有关那备受中队宠爱的狗的下落。安蒂斯从来不曾错过“西西利亚号”的起飞和着陆，阿达梅克和他的同事花了晚上大部分时间来找它。他们确信，311（捷克）战斗机飞行中队的吉祥物一定发生了什么糟糕的事。

威灵顿轰炸机的引擎还没有完全停止，机身的侧门就打开了，第一个出现的是一个四条腿动物的毛茸茸身影。安蒂斯首先跳了下来，着陆之后，它被威灵顿轰炸机的推进器所释放的向后气流喷得失去平衡，跌了下去，站起来之后，就直接跳进阿达梅克的怀抱里。由于喜悦，它蹦蹦跳跳、兴高采烈地表演了战舞，绕着“西西利亚号”疯狂地跑了好几圈，因为这次它真正成为“西西利亚号”机组人员之一了。

罗伯特和他的飞行员同胞走下扶梯，看到安蒂斯那疯狂的滑稽动作，忍不住笑了出来。安蒂斯像个苦行僧一样在原地旋转，用背部滚到地上像蛇一般扭动，接着又开始不停歇地绕圈，杂草在它的四肢间飞舞，于晨曦中扬起一片雾霾。毫无疑问，能自这次任务平安归来真的具有特别意义，尤其是对安蒂斯来说，因为它差点儿就要在世界的屋顶上窒息而死。

从罗伯特的笑声中，安蒂斯知道，他已经原谅了它鲁莽地偷偷登上飞机的行为，但是，阿达梅克会原谅它在漫长的夜袭任务期间在基地失踪的行为吗？这位矮壮的捷克下士迈着重重的步伐，向罗伯特走去，抓住他的手臂。

“原来这个小魔鬼一直待在你身边啊！”他大声地说，“你始终都把它藏在威灵顿飞机里！为了找这个讨厌鬼，我们花了半个晚上，翻遍了整个基地。”

罗伯特耸耸肩：“我们也不知情呀，直到需要向我要些氧气时，它才出现的！”

安蒂斯从阿达梅克的语调分辨出，与其说他是生气，不如说是如释重负。这时，安蒂斯向阿达梅克跳了过去，用后腿站着，好好地舔了一下阿达梅克的脸。作为回应，阿达梅克用一个大大的熊抱欢迎它回家。

“你这可怜的小家伙，”他说，“我把我能想到的地方都翻遍了。”他看了罗伯特一眼：“它在上面还好吗？”

罗伯特耸耸肩，说：“它状况还不错。但飞机爬升到执行空袭任务的高度时，它就有点快要窒息了，所以我只好与它共享氧气面罩，这意味着我也差点窒息了……”罗伯特突然不说话了。他看到空军中校欧赛卡的车正沿着飞机场驶向他们。

“别看了！”罗伯特喃喃地说，“我想我一定又要受到处罚了吧。违反了英国皇家空军的什么规定之类的……”

大家都知道，英国航空部规定，严禁携带动物到飞机上，尤其是在敌人的领空上执行战斗任务的时候。车子停了下来，欧赛卡下了车。安蒂斯跳着过来，直接扑向中校，它现在似乎知道，在这空军基地里，它最大的粉丝非欧赛卡莫属。欧赛卡瞥了安蒂斯一眼，对于它奇迹般的再现惊讶地转了转眼睛，接着又再看了罗伯特一眼。

“安蒂斯回到营地了，我明白了。”他大声地说，“那就不要去想它晚上到哪儿去了，对吧。”

罗伯特从中校的声音里，感觉到了一种不祥的音调。他也许是安蒂斯在东伦瑟姆基地最大牌的保护者，但欧赛卡也一定有他不能触犯的界限。他是个很棒的领导者，经常亲自与完成任务归来的飞行员交流，了解战况，借此提高他们的士气。但是，罗伯特怀疑，他这次在这里出现，一定有其原因，也就是说，他是要调查安蒂斯为何整夜失踪，却能以飞行战犬的姿态回归。

欧赛卡转向驾驶员卡派卡：“任务执行得怎么样？”

“任务执行状况良好，长官。”卡派卡回答，“我们机尾被驱逐机袭击了一下子，但罗伯特向它轰了几发炮弹之后，它便转向离开了。”

欧赛卡看着罗伯特：“你有没有击中它？”

“一点儿机会都没有，长官。”罗伯特诚实地说。

欧赛卡扬起一边的眉毛：“毫无疑问，你太担心你脚边的那只狗了。”他拍了拍安蒂斯的头，目光转向另一位炮手约瑟夫：“你怎么样，嗯？我想你不会那么容易分心吧？也许你替我把它打跑了？”

约瑟夫还没回答，罗伯特就插话：“长官，请容我解释一下。我们都不知道安蒂斯……”

中校举起一只手，示意要罗伯特沉默，“英语有一句很好的名言：眼不见，心不烦[1]。对于昨夜的越轨行为，我想这句话也是适用的。”

---

1 原文为“What the eye doesn't see the heart doesn't grieve over”。

“长官，请放心吧，不会再发生了……”

欧赛卡再次举手，示意沉默。他弯下腰，这样能看着安蒂斯的眼睛，用双手捧着它的头，调皮地将其从一边摆到一边。作为响应，安蒂斯也戏谑性地低吼了一声，并轻轻地咬住了指挥官的手腕。

“你知道吗，安蒂斯，有时候你的主人笨笨的。”欧赛卡若有所思地说，“他该保持沉默时，却说太多话了。我的手边已经有够多关于两条腿的烦恼了，四条腿的我就不管啦。眼不见，心不烦。对吧，孩子？”

安蒂斯吠了一声，仿佛与之达成了协议。欧赛卡笑了起来：“这才像话嘛！”中校将目光转向卡派卡：“陪着我走回车里，再跟我说说你在荷兰海岸遭遇到的新型移动型防空炮。”

这两名男子渐渐走远，安蒂斯则跟在他们身旁。

“你还真幸运，我们有个如此随和的指挥官。”领航员兰斯克说道，这时欧赛卡已经走远，再也听不到他们的谈话了，“这件事就这么轻易过去了，我们真是太幸运了。”

罗伯特点了点头：“的确。但是，他刚才说的话好像还有别的意思。眼不见，心不烦。我想他同意了，乐于见到安蒂斯与我们一同执行飞行任务。你怎么觉得？”

“这么说来，安蒂斯也要成为我们的机组成员了？”兰斯克耸了耸肩，“让我们听听队长的意见。”

事情这样发展，不仅仅只是因为他们对安蒂斯的情感或者依恋。就像所有的飞行人员一样，“西西利亚号”的机组人员总是在寻找一些对他们有特殊意义的护身符。执行飞行任务时，有些飞行员会将他们爱人的丝袜缠绕在自己的脖子上，当作围巾；有些则会带着照片、耶稣受难像或是幸运三叶草。每个人都会发誓，这些东西就是保佑他们能在空中安全航行的护身符。

平安地完成昨晚那趟挑战死神的轰炸任务之后，“西西利亚号”的机组人员已开始将安蒂斯视为他们的幸运护身符了。

第十七章 Chapter 17

与指挥官聊了很长一段时间后，卡派卡便回到罗伯特和其他人身边。他们提出了最想问的问题：欧赛卡同意他们随时带着安蒂斯一起执行任务吗？

“今晚幸运女神肯定在眷顾着我们，”卡派卡告诉他们，“而且女神很可能是以一只非常英俊和勇敢的狗的样子现身。没错，欧赛卡会睁一只眼闭一只眼。他认为安蒂斯已经有过一次经验了，应该能够应付接下来的状况。但是，罗伯特，你必须带着它到车间，让他们帮安蒂斯量身打造一副氧气面罩。仅仅因为与一只不该出现在飞机上的狗共享氧气面罩，结果他的一位机枪手缺氧昏厥，这是欧赛卡不能接受的！”

两天之后，“西西利亚号”接到了下一个战斗任务，战争的脚步仍未稍作停歇。德国入侵英国的威胁可能已经消退了，但纳粹的力量仍然处于优势地位，因此，威灵顿轰炸机无法长时间停留在地面上。现在，安蒂斯有了东伦瑟姆装配工为它特制的氧气面罩。这个面罩不同于适合人类较为平坦且方正的脸的面罩，而是由一个标准的飞行员面罩，依照德国牧羊犬较为细长的口鼻部裁切而来的。

这个氧气面罩有着一组特殊的带子，能绕到它粗壮有力的脖子后方，加上额外的扣件固定到它的项圈上，可以牢牢地戴在它头上。安蒂斯并不是特别喜欢这个面罩，但只要罗伯特戴着他的面罩，它也会非常乐意戴着面罩的。这一点非常关键。假如罗伯特和安蒂斯未来要一起执行飞行任务的话，无论是在空中飞行还是受到敌军攻击时，安蒂斯必须表现得无可挑剔——尽管在这些情况之下，大部分人都早已失去了冷静，甚至崩溃。安蒂斯需要证明，它对主人的情感将会超越它固有的恐惧，即使在极端的情况下。

他们今晚的目标是汉诺威，该城市是最危险的目标之一。起初，罗伯特叫它跳上梯子，进入飞机机舱里时，安蒂斯完全不敢相信。然而当它意识到这是真的，它伸出了一只脚掌，与阿达梅克和其他地勤人员握手，接着就爬上通往飞机机头的梯子，待在机枪炮塔旁主人的脚边。随着“西西利亚号”升空起飞，在英格兰再也找不到一只比安蒂斯更快乐的狗了。

这次在汉诺威上空的航行基本上还算平静，不过，这次任务可以证明安蒂斯是否适合与主人共同执行飞行任务。罗伯特穿戴他的氧气面罩时，安蒂斯也会让他帮它戴上面罩，接着便在主人脚边打起瞌睡来，只有当飞机为躲避敌人的猛烈防空炮火颠来颠去时，它才会变得有点骚动不安。但只要看了自信又冷静的罗伯特一眼，安蒂斯就会有样学样：如果他能做到，我也能。

“如果他能做到，我也能。”在很大程度上，这种感觉是互相的。不仅仅只有罗伯特而已，其他机组人员也从陪着他们飞向死亡中心的狗身上，取得了一种额外的安全感。这几乎就好像是，比起担心自己，他们更担心安蒂斯的安危，而这种想法让他们对执行任务的焦虑感一扫而空。那天晚上的任务是“西西利亚号”第32次出击，这意味着，他们的第一任役期不久就要结束了。但在未来几天或几周，他们将需要他们的幸运护身犬来帮助他们渡过难关。

罗伯特的下个飞行任务是至关重要的一次。311（捷克）战斗机飞行中队再次接到了任务，袭击德军的“欧根亲王号”重巡洋舰。在上次311（捷克）战斗机飞行中队的袭击中，这艘军舰侥幸地躲过沉船的命运。可惜的是，由于“西西利亚号”的引擎故障，安蒂斯无法跟着罗伯特执行这次任务。这次罗伯特加入了编号3221-O威灵顿轰炸机的机组人员，不是每一位飞行员都乐于违反制度，让一只毛茸茸的大狗加入机组成员。

威灵顿战机群静静地通过一片黑暗且宁静的海洋之后，飞到了位于法国最西端的布雷斯特。他们缓缓地向目标靠近时，港口显得格外安静，而且一点照明都没有。只有当领航的那架战机进入投弹的航径时，港口的探照灯才亮了起来，搜索着夜空，防空炮也开始疯狂地向他们开火。

那艘重达19000吨的巡洋舰就停靠在栈桥东侧的八号码头。现在，布雷斯特的防御性烟幕已启动，目的是将码头覆盖于浓烟之中，以模糊轰炸机的轰炸目标。但是，他们对风向的判断出了差错，导致烟被吹往内陆，码头和巡洋舰反而赤裸裸地暴露在轰炸机面前。在漆黑的水域上，“欧根亲王号”巡洋舰上的灯光全部关闭，一片漆黑。尽管如此，威灵顿轰炸机的机组人员根据执行任务前的情报，还是知道“欧根亲王号”确切的停泊位置。

在如火山爆发般猛烈的防空炮炮火中，威灵顿战机群沿着海岸接近码头。随着他们稳健地前进，罗伯特看到领航的那架编号1015-L飞机投下了第一批炸弹。接着，一连串1000磅和500磅重的炸弹便朝着军舰的位置落下。第一枚炸弹直接命中了码头栈桥，随之而来的炸弹则都落在巡洋舰周围，爆炸所产生的熊熊烈火照亮了黑夜。

罗伯特的飞机也跟着加入，在德军最优秀军舰所在的位置投下了一连串炸弹。罗伯特心中油然升起一股快感，他每次打击敌人时总会感觉到，只可惜安蒂斯此时不在他身旁，无法与他分享这一刻。八架飞机全都安全地返回了东伦瑟姆基地，而且不久后，法国抵抗运动组织传来报告，巡洋舰的确在这次空袭中被击中。

7月的头几天，311（捷克）战斗机飞行中队忙得不可开交。罗伯特和安蒂斯发现，他们每隔一天就要出一次任务。“西西利亚号”在德国埃森、明斯特、科隆、不来梅、汉堡、曼海姆以及法国布雷斯特等地点均执行过轰炸任务，如此密集的出勤任务也让飞行员们付出了巨大的代价。罗伯特首次来到东伦瑟姆基地时，就注意到了飞行员老兵们的面容有多疲倦和灰暗。现在他终于明白了这是为什么。

在执行漫长的夜袭任务期间，飞行员们必须不断地处于警戒状态，承受着恐惧和莫大的压力。长期下来，飞行员个个心力交瘁。在机枪的扫射和炮弹的碎片中存活下来，这类有惊无险和死里逃生的行为，已俨然成为311（捷克）战斗机飞行中队飞行员的“常态”。飞行员们在食堂里边喝啤酒边聊天，以舒减压力，但对这些事也都很少提起。

在他们面对的所有危险之中，那朝着笨重的威灵顿轰炸机扑过来的战斗机，在某种程度上，是对他们威胁最小的。通常，在轰炸机与战斗机的死亡对决中，胜负取决于哪一位驾驶员的操作技术更胜一筹。说到底，最可怕的还是探照灯和防空炮，因为驾驶员和机组人员几乎无法做出行动来躲避它们。因此，飞行员的死活很大程度上取决于运气，不要在错误的时间出现在错误的地点。既然运气扮演着如此举足轻重的角色，“西西利亚号”的幸运护身符——飞行战犬——就成了鼓舞士气的无价之宝。但是安蒂斯在空中是否沉着冷静，是否会成为主人罗伯特的羁绊，将受到极端考验。

“西西利亚号”下次的空袭目标依然是汉诺威。随着机组人员一次次圆满地完成任务，他们也越来越紧张，担心好运迟早会用完的。但是，安蒂斯似乎完全没察觉到任务潜在的危险；每次飞机起飞时，它所带来的喜悦似乎也让“西西利亚号”机组人员的决心更加坚定。

身经百战的威灵顿轰炸机再次缓缓地在英吉利海峡上空爬升着。在海拔要超过一般人会感到呼吸不适的10000英尺时，罗伯特将他的目光短暂地自天空移开，伸手下去将氧气面罩戴在安蒂斯头上。罗伯特恪守着一条准则：安蒂斯的面罩要最先戴上最后脱下，以防因发生意外，自己昏迷不醒，而让安蒂斯窒息而死。

“西西利亚号”达到了它的巡航高度，15500英尺，开始驶向同盟国眼中极具战略意义的那座德国城市。汉诺威处于重要的交通枢纽处，设有铁路终点站和工厂，是德国士兵和军需物资运往东部战线的中枢点。今晚任务的主要目标即是破坏这些设施，丘吉尔希望借此声援位于东部战线的新盟友。希特勒闪电般地进攻已经重挫了俄军的反击能力，而俄军撤退的速度让战况变得更不乐观。显然地，他们肯定需要能够得到的一切帮助。

今晚的目标是位于格斯堡的纽伦堡机器制造公司的坦克工厂，它是德国最重要的生产履带式装甲车的工厂之一，包括令人闻风丧胆的黑豹中型主战坦克、坦克杀手猎豹式驱逐战车。威灵顿轰炸机群以莱纳河为视觉标记，“轰隆隆”地朝着该城市的工业区驶近，但出现在他们面前的，是迄今为止最猛烈的高射炮火。高射炮弹在飞机群前面爆炸，如燃烧的地狱被抛到了高空，四处都是阵阵爆炸的黑烟，并夹杂着曳光弹所发出的刺眼橘光。

如前头的飞机群一样，“西西利亚号”驾驶员卡派卡被迫采取闪避飞行，将满载的飞机急转了好几个弯，试着小心翼翼地穿过看似无法穿透的密集火网，并达到目标地上空。随着威灵顿轰炸机机身剧烈摇晃，罗伯特伸手抚摸安蒂斯的耳朵，试图让它安下心来。他的眼睛紧盯着上方的天空，以对突然向下俯冲的敌机做好防范，尽管只有极少数德国飞行员会在防空火力这么强的时候冒险袭击。

罗伯特不知道他们是如何毫发无伤地穿过高射炮火网的。投下炸弹之后，驾驶员卡派卡便侧驶，飞离那爆炸物和金属碎片撕裂着四周天空的枪林弹雨。但是，为了躲避袭来的炮火，“西西利亚号”做那些旋转和转弯时，已经被迫驶离了原来的航道，且此时燃油表的指针显示，飞机燃料已所剩无几。一般来说，用正常的航行速度直飞，威灵顿轰炸机的燃油消耗量是可以控制的，但是被迫用接近最高的航行速度连续地转弯，卡派卡已将燃料消耗殆尽了。

“西西利亚号”抵达英国海岸线时，已经比预计的抵达时间迟了45分钟，这意味着他们确实远远驶离了预定的航线。用“西西利亚号”的双引擎每转一次弯，他们就离基地更近一些，但与此同时，剩余的燃料也越来越少。卡派卡必须用最快、最直接的航线将飞机着陆在东伦瑟姆基地上。但这时一个大问题出现了：他们向北移动时，宽阔的东英格兰竟整片被浓雾笼罩住了。

黎明的第一道曙光从那薄薄的地平线冒了出来，机组人员向下瞧，看见了在不同的场合下会显得特别迷人的场景。太阳的金色光芒照亮了海平面上的雾阵，将一缕缕雾气闪耀成具有浅色调的粉色和橙色。但是，没有哪位成员有心思玩赏这美丽的夏日晨雾：这片雾距地面有600英尺，持续地朝地平线的各个方向蔓延。他们无法降落在英国皇家空军东伦瑟姆基地——甚至任何视线范围之内的基地——而且燃油表的指针正在零的位置颤动。

卡派卡的声音回荡在飞机的对讲机里，他平静地通报他们目前的困境。其实，即便机长不告诉他们，大家也非常清楚他们目前的窘况。罗伯特看了一眼在他脚边安稳睡觉的安蒂斯。随着安蒂斯渐渐习惯这种飞行任务，一旦他们的飞机投光了炸弹、往基地驶回，它似乎就意识到，今夜最糟糕的危险部分已经过去了，于是它就放心地睡了。

“我要进入椭圆形盘旋的飞行模式，并试图与控制塔台联络。”卡派卡告知他们，“请做好准备。”

罗伯特几乎感觉不到威灵顿轰炸机在改变航道，但他知道卡派卡正将飞机缓缓地转弯。20分钟过去了，飞机还盘旋在空军基地上空，卡派卡则一直用无线电联络东伦瑟姆。在晨光的照耀下，卡派卡知道这阵雾可能会在地面上散去，接着就可以尝试着陆了。麻烦的是，他联系不到任何人。黎明和黄昏是无线电通信讯号最差的时候，因为此时是一天之中大气状态变化最快速的时刻，而这些变化会干扰无线电通信。

卡派卡终于与控制台联系上，得知气象预报——天气不会有变化，至少接下来的一个小时之内不会变。东伦瑟姆基地的天气观察室已持续地发射照明弹一段时间了，如果“西西利亚号”的机组人员都没有发现一点照明弹的踪迹，恰恰证明了这场雾多么浓厚、多么难以驱散。不幸的是，所有邻近飞机场的天气状况都一样糟。

因为“西西利亚号”所有机组人员都有收听飞机上的对讲机，他们不仅听见这些坏消息，还听到了卡派卡收到的最后命令。

“爬升到海拔10000英尺，让飞机朝着海岸飞，你们弃机逃生。祝你们好运！”

这命令背后的逻辑很简单。因为10000英尺是最佳的弃机高度：第一，威灵顿轰炸机会有足够的滑翔高度，确保它可以在北海海域坠毁。第二，这也是机组人员可以无须使用呼吸设备而跳伞的最高高度。如果他们弃机的话，所有飞行员会有很大的存活机会，但是他们的飞机就会牺牲掉。新的威灵顿轰炸机每天都会由生产线制造出来，真正的麻烦是得找到能驾驶它们的飞行员，特别是对于人员流失率如此高的311（捷克）战斗机飞行中队来说。

弃机这项选择是最合理的，但有一件事没被考虑到，那就是他们有一个犬科的机组人员，没有人想过要为安蒂斯——一只狗制作一个降落伞。

Chapter 18 第十八章

“西西利亚号”的机组人员都没有跳伞的经验。根据英国航空部的政策，轰炸机司令部的飞行员只需要了解跳伞的基本知识即可。早些时候，罗伯特请东伦瑟姆基地的技师为安蒂斯的氧气面罩做了些改进，因此安蒂斯现在佩戴的氧气面罩非常服帖，但是他开始郁闷，或许他当时应该帮安蒂斯问问有关狗狗降落伞的事情。

无论如何，现在考虑这些已经太晚了，而且罗伯特不可能不带着他的狗就弃机跳伞的。如果要走的话，他们一定会一起走。现在的他只能想，自己等会儿得双手紧抱着吓坏的安蒂斯向下跳，不过他不知道，双手抱着安蒂斯的他，该如何使用降落伞。

在他所有的飞行经历中，罗伯特从来没有感到如此紧张过。至于安蒂斯，它则趴在冷冰冰的金属地板上，头靠在前脚爪上，打着瞌睡，完全不知道现在的状况有多危险。

“开始爬升到10000英尺高度，”卡派卡向控制台报告，“我正朝着正东方海岸前进，燃油表目前正处于最低的读数。”

回复中出现了一个新的声音。“不要担心，乔。”他们的中队指挥官拖长声音说。即使面对这种紧急情况，指挥官欧赛卡还是显得非常冷静。这真是鼓舞人心，“即使你的燃油表指针在零的位置，你的油箱里其实还有20加仑的燃料。这样的油量应该够你将飞机驶近海岸，并将其爬升到10000英尺的高度。没有必要在这样的浓雾中尝试紧急着陆，你们最好还是弃机跳伞吧。”

“我能试着降落。”卡派卡建议道。

“决定权在你手上，”欧赛卡回应道，“但我不会建议你这么做。”

卡派卡小心翼翼地将轰炸机向上爬升时，无线电的信号变得断断续续。在炫目的曙光里，罗伯特发现一道飞机的反光在他右方划过。霎时间，他紧张地绷紧了肩膀，准备将机枪炮塔面向那架飞机，这时，他认出了那是一架搭载着四个引擎的斯特林重型轰炸机。正当他看着那架飞机时，七顶降落伞自飞机下方展开，那是第一批弃机跳伞的机组人员，“西西利亚号”的机组人员也将这么做。那架进入自动航行的斯特林重型轰炸机则继续稳定地向东边大海飞去。

约瑟夫的声音出现在对讲机里：“右舷有一架斯特林重型轰炸机，机上人员都跳伞了。”

“他们一定也收到了与我们类似的命令。”卡派卡冷静地说。

“我已经设定好一条向东的航路，但你们决定要怎么做？”

好几个声音出现在对讲机里——第一个是罗伯特的声音——大家的意见都一致。

“试着紧急着陆吧，机长。”

他们非常了解他们的驾驶员，除了“老头”欧赛卡，卡派卡是中队里最出色的飞行员。如果有人能让他们安全降落，那就非卡派卡莫属了。此外，他们也不愿意就这样抛下与他们出生入死的“西西利亚号”。

“卡罗先生？”卡派卡问道，“你觉得我们能成功吗？”

鉴于他们的领航员卡罗·兰斯克的军官身份，中士卡派卡常常用“先生”称呼他。“西西利亚号”的机组人员由三个军官和三个中士组成。

“试着紧急降落在霍尼顿基地，”卡罗冷静地回应道，“我们与霍尼顿基地的距离只有五英里远，所以我们应该办得到。如果有必要的话，最后的一段距离可以用滑翔的。此外，你对霍尼顿基地的地形了如指掌，而且那边的雾气也许没那么浓。”

“这计划也许可行。”卡派卡说道，“卡罗先生，那方位角数据是多少？”

卡罗正在计算前往英国皇家空军霍尼顿基地的方位角，罗伯特则想到了那个大家都知道存在着却又刻意将其忽略的事实——安蒂斯的存亡。没有人对这件事发表意见，但六位机组人员都知道，如果他们跳伞的话，罗伯特和他的狗就不得不一起跳伞；如果跳伞期间安蒂斯有一点恐慌的话，他们两位的生存概率可能就不高了。就像他们一样，罗伯特从来没有练习过跳伞，更不用说练习过一只手抓着这只飞行战犬跳伞了。

“燃油即将耗尽的警示灯亮了，”卡派卡肃穆地说，“算出方位角了吗？”

“零八七度。”卡罗回复道。

“零八七。”卡派卡确认道，“各位，准备好即将到来的紧急着陆，可能会有点颠簸。还有，罗伯特，把安蒂斯放在你的大腿上，并抓紧它。我们一着陆，所有人都要尽快离开，包括狗在内——”

“我联络不上霍尼顿基地，”副驾驶员插话道，“试试通过东伦瑟姆联络他们。”

“我正试着在霍尼顿登陆，”卡派卡打无线电给欧赛卡，“你可以通过无线电给他们一个警告吗——”

“知道了，”欧赛卡打断道，“这事就交给我吧。你就专心准备如何安全地降落吧，狗跟全部的人都要做好准备。”

在紧张且安静的气氛中，时间一秒一秒地过去了。罗伯特能感觉到，威灵顿轰炸机转着弯，到了一个新方位，而且飞机正在失去高度。罗伯特怀疑，他们现在的燃油量是不是连点个烟都不够了，但是正如卡罗所建议的，从这样的高度应该能用滑翔的方式落到基地里。此种方式的主要麻烦是，驾驶员完全没办法对飞机做任何操控。即便在能见度很好的情况下，此种方式也有一定的风险。当处于能见度奇差、接近什么都看不见的状况时，这样的方式就几乎是自杀行为了。

罗伯特伸手抓着安蒂斯那厚实的金属项圈，并且摇了摇它的头：“安蒂斯！安蒂斯！醒醒。”

安蒂斯睁开了一只睡意惺忪的眼睛，听见了那令人心安的引擎低鸣声，便打算再趴回去继续睡。

“醒醒！”罗伯特又摇了它几次。罗伯特往后靠，身体远离机枪炮塔，露出他的大腿，“上来！”

安蒂斯困惑地盯着他看了一会儿。它知道在机上待着应该遵守的规则。飞行是一件非常严肃的事情，与主人嬉闹是最禁忌的，但现在主人却要它坐到他的大腿上！或许罗伯特是要教它如何使用那又长又吵且尖尖的东西去吓跑敌人吧？不管怎样，安蒂斯已经接到了站起来的命令，于是它就站了起来，起身一跃，落在罗伯特的大腿上，并坐在那儿，这差点让它喘不过气来。

“霍尼顿基地的状况不太好，”欧赛卡的声音自无线电中传了出来，“那雾浓得跟豌豆汤似的。但是，如果你想试一试的话，他们会尽其所能配合你的。他们在那条你可能会降落的唯一跑道的起点设置了一道红灯，请留意。祝你好运！”

“收到，”卡派卡确认道，“我们会试着紧急降落。”他切换到内部通话系统。“正如你们所听到的，我们要着陆了。各位，做好准备，并牢牢地抱紧那条狗。”

过了一会儿，威灵顿轰炸机急速坠落至雾中，四周渐渐变暗。罗伯特的机枪炮塔四周被湿漉漉的灰白色物体笼罩着，就像是一个被棉花团团包裹的鱼缸。他将安蒂斯抱得更紧了，以防撞击力道过大，安蒂斯会一不小心从他的手臂上飞离，并撞到机枪炮台。罗伯特懊悔地想，如果之前帮它特制个航空用的安全带，他们就可以将安蒂斯安全地绑紧了。

罗伯特感觉到，卡派卡开始让威灵顿轰炸机做最后一次回旋，将其对准基地的飞机跑道，他知道，这是卡派卡的最后一步了，术语称作“最后进场”。但对他们来说，这次比最后还要最后，因为燃料箱里几乎没剩半点燃料了。罗伯特左边的一只引擎因吸入烟雾而开始“噼啪”作响。这时，他看见左边雾里有一道微微的红光，将周围的雾气照成怪异的粉色光芒。过了一会儿，矮墩墩的飞机棚在浓雾中显现，就在罗伯特紧抓着安蒂斯时，机场跑道马上就浮现在他们的眼前了。

飞机着陆时，一股沉闷的重击巨响和轮胎与地面因摩擦所发出的阵阵刺耳声传出，过了一会儿，威灵顿轰炸机便沿着霍尼顿基地的跑道“轰隆隆”地快速滑过。卡派卡紧紧地握住操纵杆，直到“西西利亚号”完好无损地停了下来。在没有燃料、只剩一个引擎能运作、能见度几乎为零的情况下，卡派卡仅靠机上的仪器就做了一次完美的紧急降落。

“西西利亚号”由一辆在旁等待的曳引机拖到机棚旁的空地。完成着陆后，卡派卡不用关掉引擎，因为两侧的引擎早已因没有燃料而熄火了。一群钦佩不已的围观者立刻围住了飞机。

卡派卡打开驾驶舱的窗户，一名长官说道：“干得好。你们是今天第一组这样成功降落的。你们到底是怎么做到的？”

“嗯，长官，这真的没有什么，”卡派卡腼腆地微笑着，“我一看见你们基地的光点，便将操纵杆轻轻地向后扳，接着闭上双眼，开始祷告！”

“那只狗代表什么意思？”长官问道，对着“西西利亚号”侧面机身上的德国牧羊犬图案点点头。

卡派卡笑了笑：“噢，那个……那个是我们的幸运护身符。每队机组人员都有自己的幸运护身符。”

“所以，这只狗真的存在吗？它看起像是个帅小子……我们听过关于它的很多传闻，但是没有人见过它。”

卡派卡认为没必要隐瞒有关安蒂斯的事实，因为他们迟早都会离开这里，霍尼顿空军基地里的人似乎都知道它的事。安蒂斯就在一场差点以灾难收尾的任务中幸存下来，因而受到该基地所有人的宠爱和款待。

飞行战犬和威灵顿轰炸机奇迹般地在受浓雾笼罩的基地降落的事迹很快就传开了。不知怎么回事，一位国家级报刊的记者得知了此消息。英国的新闻出版业非常渴望报道有关这场战争的正面故事，借此提高国人的士气，因此对他们来说，这是个绝佳的机会。在“西西利亚号”被添加燃料，并返回东伦瑟姆基地之前，报刊摄影师和记者就出现在霍尼顿基地了，他们想要寻找那位曾参与过轰炸德国的英国皇家空军的吉祥物。

中队指挥官对安蒂斯违反法纪参与飞行任务的行为睁一只眼闭一只眼，是一回事；而如此明目张胆地让国内媒体大肆报道此种行为，则是另一回事了。记者想给“西西利亚号”机组人员——包括安蒂斯在内——拍一张照片。照片中，安蒂斯领着其他机组人员，匆忙出击，朝飞机跑去。但是令人费解的是，就在大家准备好要拍这些照片的前一个小时，安蒂斯就神秘地消失不见了。到处都找不着这只狗，摄影师最后只好拍了些“西西利亚号”与其余六位机组人员的照片，便回去交差了。

在大家吵吵闹闹地围绕着威灵顿战机拍照期间，安蒂斯就藏匿在“西西利亚号”黑暗的机舱里，重温它之前为了躲避一位讨厌狗的副官和他请来的警察而躲在地窖里的日子。就像罗伯特命令它的那样，安蒂斯静静地躲着，不发出一丁点儿声响。对于距离飞机起飞还有一大段时间就被命令进入“西西利亚号”，安蒂斯感到相当困惑，但是对于主人所下的命令，安蒂斯从不质疑。

正如预期的那样，报纸上刊登了他们的照片，在渐浓的暮色中，机组人员站在身经百战的“西西利亚号”旁，下方的文字写着“准备再次出击，勇敢地袭击敌人”。那只据称曾与该轰炸机机组人员共同执行任务且来无影去无踪的动物，也被描述为忠贞不渝、坚不可摧的“战犬”。

到目前为止，难以置信的好运和友善的命运之手持续地眷顾着“西西利亚号”的机组人员，让他们出任务时没有受到太大的损失。但是，这种好运是不会长久的。7月10日，编号1958-C的战机被指派对科隆进行轰炸，这是德国第四大城市，同时也是同盟国在这场战争中的主要目标之一。科隆位于德国领土的西边，是一个重要的军区总部，同时也是第211师步兵团和第26师炮兵团的基地。

时值8月中旬，311（捷克）战斗机飞行中队派遣10余架威灵顿轰炸机和几架护航的战斗机前往科隆进行轰炸。科隆上方的防空炮火极其猛烈，有好几次，罗伯特不仅感觉到，还听到破碎的金属裂片划破威灵顿轰炸机机身腹部和侧面的声音，每次他都做好了受伤或者“西西利亚号”受到致命伤害的准备。但是，威灵顿轰炸机由航空学工程师巴恩斯·沃利斯设计，其独一无二的测地流线型机身让“西西利亚号”即使受到猛烈炮火的袭击，依然能在天空翱翔。

威灵顿轰炸机的机身，是由爱尔兰亚麻布包住的铝制横梁栅格结构与木制支柱交错制成的。亚麻布的表面经过特殊处理后，便成了结实的外皮。因此，即便机身框架已被轰烂、刺穿或烧毁，威灵顿轰炸机还能维持在空中，并“一跛一拐”地回到基地。

近几个月来，“西西利亚号”机组人员都已经习惯了那高温的金属碎片划破强化亚麻布的怪异爆炸声，除非有人或重要的机械零件被击中，他们基本上都不以为意。在今晚的空袭中，“西西利亚号”飞到目标上空，投下炸弹，便转向回基地了。尽管机身破了几个大洞，阿达梅克和他的团队还是能轻易地将它修好的。直到飞机停妥了，安蒂斯跳下飞机，跳起战舞时，罗伯特才注意到，它的脚好像有点瘸。

“到我这里来，孩子，”他大声地说，“你的脚怎么了？你受伤了吗？”

安蒂斯举起它的左前脚，让罗伯特检视。他发现，它的脚有一道很严重的割伤，一道标准的弹片伤。伤口早已停止流血了，但如果要伤口顺利地复原，安蒂斯最好到基地的医务室做一下伤口清洁和包扎，因为犬只的爪垫是全身上下最敏感的地方之一。罗伯特弯下身子，将安蒂斯全身检查一遍。他的手掠过安蒂斯的头，它突然向后缩了一下。安蒂斯的左耳有着大小与脚掌的伤相似的撕裂伤，而且它的口鼻部有一道不深但流了很多血的伤口。

罗伯特不知道到底多少块弹片击中了安蒂斯，看起来至少有两块：一块击中脚部，一块击中头部。但是，不管怎样，在整个飞行任务中，这只勇敢且坚忍的狗连一声微微的呜咽都没发出，若不是安蒂斯那一跛一跛的走姿露了馅，罗伯特很难发现它受伤。

“你有了第一道战伤了，我的孩子，”罗伯特直视着它的眼睛告诉它，“我想这是迟早的事，对吧？”

作为响应，安蒂斯伸出它的舌头，用力地舔了罗伯特一下。罗伯特回想起安蒂斯所拯救过的生命：首先，在逃离法国的时候，它救了他们自己；接下来，它像空袭预警系统那样，总是提前警告大家敌军空袭的来临，可能救了不少人；后来，在利物浦挖出那些埋在瓦砾堆下的受害者。现在，安蒂斯除了是一位救星，还证明了自己是一位顽强且坚毅的空中斗士。

“让我带你到医务室吧，我的孩子，至少让他们给你做一次全身检查。下次‘西西利亚号’出击之前，我们一定会让你康复的……我们不能丢下你独自上阵，对吧？”

在前往医务室的途中，罗伯特发现他的飞行靴上好像卡着一个东西。他停下来，弯下腰，将一块锋利的弹片拔了出来。

他将那块碎片放在安蒂斯面前：“孩子，是这东西伤到你的吗？是这东西割伤你的吗？那我们就将这当作你第一道战伤的纪念品，好吗？”

安蒂斯的身体状况正处于巅峰期，所以它复原得非常快。但是，在往后的几年里，它那受伤的左耳将渐渐地向下垂，垂吊在头颅左侧比右耳低得多的地方。现在，安蒂斯与敌军作战时受伤的消息，又将镁光灯的焦点带到了英国皇家空军的飞行战犬身上。

8月21日，英国有声电影新闻公司拍完新闻短片之后，英国广播公司（BBC）也来到基地做一些电台采访。接着，在基地的海陆空三军合作社，上映了一部很特别的电影。对英国皇家空军东伦瑟姆基地的官兵们而言，这很难得，因为他们每天的生活就是反复地执行危险的空袭任务。这部电影不像之前在这里播过的电影，这是一部由安蒂斯和311（捷克）战斗机飞行中队飞行员主演的电影。

《今夜的轰炸目标》是一部写实纪录片。影片记录着中队长皮卡德驾驶“佛尔迪号”飞机对德国进行夜间空袭的过程。这部描述英国皇家空军英勇与敌军作战的影片，深受英国广大观众的喜欢。这部电影证明，在捷克等国家的勇敢飞行员们和一只英雄狗的帮助下，英国能够直接击中德国装甲兵团的要害。

但是，那坚韧不拔的反抗精神，加上那不间歇的飞行任务，将会让一位飞行员和他们的狗付出惨痛的代价。

第十九章 Chapter 19

“西西利亚号”机组人员看完根据自己的英勇事迹拍摄的电影的几天后，就再度回到战场上。这次的目标是曼海姆，这个城市坐落于德国的莱茵河与内卡河的交汇处。与科隆或汉诺威相比，曼海姆是个小城市，但它是纳粹德国的工业中心，而且该城市的规模掩饰了其在这场战争中的重要性以及其防空设施的完备性。“西西利亚号”的机组人员付出了惨痛代价才得知这一点。

身经百战的威灵顿投下了它那4500磅的烈性炸弹，但是炸弹全都落在曼海姆工业设施的南边，并未击中目标。但在今晚的任务中，他们的领航员兼投弹手收到投弹指令时毫不吃惊，因为“西西利亚号”已经在敌军的防空火网间穿梭一阵子了，而且机身也因各方袭来的爆炸而剧烈晃动。

飞机因机身负载减轻而突然向前蹿动，并开始笨重地转向基地的方向，这时，灾难便来袭了。“西西利亚号”在侧转时，一颗炮弹恰好在它的机腹爆炸，爆炸的力量几乎将整架飞机翻转了过来，差点让它在半空中失去平衡。与此同时，一阵爆炸所产生金属碎片旋风一般擦过飞机的底侧，撕裂了那薄薄的亚麻布机身，并将一些金属碎片射进了威灵顿的机舱内。

“西西利亚号”的机身剧烈地抖动了起来，卡派卡努力让机身正平，并保持控制。这架受损的战机摇摇晃晃、蹒跚而行了好一段距离，好像它就要从空中坠落下来。卡派卡尽量将飞机损伤所带来的影响降至最低，但其他机组人员都非常明白，只要驾驶员有一步操作错误，灾难必定会随之而来。受损严重的“西西利亚号”似乎悬在城市上空，一动不动地，更多的防空炮弹在它四周爆炸。若机身再受到上次那样猛烈地轰击的话，他们就完蛋了。

卡派卡轻轻地、但坚定且灵敏地操作着，缓缓地将受损的轰炸机移至水平的飞行路径。他维持着“西西利亚号”的高度，调整着角度，直到他可以设定出一条回基地的路线。但是，跟其他机组人员一样，卡派卡也非常明白，现在要“西西利亚号”做出闪避动作是不可能的。“西西利亚号”受到严重损伤，几乎都快要飞不起来了。只有那对引擎发出的“隆隆”声让驾驶员和机组人员心安，让他们对安全回航还保留一丝希望。目前，“西西利亚号”仍然僵硬，它反应迟钝，根本无法操作以绕过或闪避敌人的炮火。

因此，在机尾炮台，罗伯特紧盯着他们后方的天空，现在只能靠枪炮手来保卫“西西利亚号”了。

“睁大眼睛，注意敌机，”他对蜷缩在他脚边的狗喃喃地说，“千万要注意。”

经历过刚才的袭击，安蒂斯似乎异常冷静与乐观，对于它的勇气与坚强，罗伯特已经不是第一次感到惊讶。

“大家还好吗？”卡派卡的声音从对讲机中传来。

自对讲机传出一连串肯定的回答。

那阵划过威灵顿轰炸机的金属碎片旋风似乎没有伤到哪位机组人员。但真的是这样吗？罗伯特可以感觉到安蒂斯正仰望着他，但是，他没有让自己的视线离开这片危险的天空。如果罗伯特能回头看看他的狗，他就会看见，它脸上出现了一种从来没有过的表情。从安蒂斯的眼神、紧绷的面貌和颤抖的身躯可以看出，它正在忍受巨大的惊恐和痛苦。

但是，罗伯特的注意力都集中在他们后方的夜空里；在月光中，曼海姆上空的战火风暴如噩梦般慢慢褪去。该死的月亮，罗伯特心里想。月光会让德国战斗机轻易地找到他们。他的目光依旧盯着前方的天空，他伸出手，拍拍安蒂斯结实的脑袋。

“好孩子，”他安慰安蒂斯，“睁大你的眼睛，注意德国人。”

毫无疑问，有了安蒂斯的陪伴，罗伯特更容易忍受这样的任务。机尾炮手的位置是整架飞机上最孤单的，因为他与机上其他成员相距60英尺之远。同时，这也是敌人最有可能尝试偷袭的地方。罗伯特俯身靠近那对0.303英寸口径的勃朗宁机枪，处于备战状态。

过了一会儿，他发现自己突然头晕目眩。德军的探照灯扫过天空，一道刺眼的强光掠过飞机。探照灯操作者发现“西西利亚号”之后，又将光线照回到机身上。德军用的是雷达控制的探照灯，这种探照灯仅仅依靠飞机的雷达信号，就能算出其飞行路径，并持续追踪。刺眼的蓝白强光锁定了他们，罗伯特不禁暗自咒骂着。他们现在就像是一座被点燃的烽火台，成为德军战机群的完美攻击目标。

十几道探照灯光束汇聚在“西西利亚号”上。尽管飞机被集中的光锥逮住，卡派卡却一点儿办法也没有，只能硬着头皮继续前进。如果他试图摇摆机身以躲避那致命的光芒，他可能会失去对飞机的控制，从空中坠下。一列列探照灯陆续接手照亮威灵顿轰炸机的任务，罗伯特加强了对空中的警戒。“西西利亚号”现在就是瓮中之鳖，所有人都相信，敌军的战机就要来了。

罗伯特低下身子，透过炮塔向外瞧，试图避开那炫目的光线，看清敌人的动向。防空炮火仍然在飞机周围轰炸，很少有德军飞行员会冒着这样的风险来袭击“西西利亚号”。他估计，几分钟后，敌方战机就会到来。突然，炮弹的爆破声停止了，取而代之的是一种不祥的沉默。敌军的战斗机到底去哪儿了，罗伯特纳闷着。

现在，四周只有寂静，只能听到风涌入被刺穿的机身所发出的怪异的声音。突然，一阵可怕的声音打破了沉默——一阵短促不连贯的声响，这是战斗机的机枪炮火击中机身的声音。炮弹撕裂“西西利亚号”时，罗伯特感觉到，机身猛烈地震颤。但是，飞机后方的天空却看不到一架敌机，因此，他只能推测，他们从机首或侧翼进行了攻击。他四处摆动着勃朗宁机枪，寻找着敌人，手指急不可耐，他想开火，但是就是找不到德国战斗机的一点儿踪迹。

在飞机前头，烟雾和令人作呕的火药味弥漫了整个驾驶舱。一摊热油喷洒在挡风玻璃上，让卡派卡和他的副驾驶看不清前方的状况。冷空气从机首枪炮手与领航员兼投弹手之间地板的破洞灌入，发出一阵怪异的呼啸声——这就是“西西利亚号”的损伤有多严重的证明。但是，涌入的空气至少清除了驾驶舱里弥漫的呛人烟雾。卡派卡努力让受损的飞机维持在空中，而其他人则努力阻止漏油。

又一阵机枪炮的射击撕毁了飞机的侧翼，然而，就在卡派卡认为“西西利亚号”再也撑不下去就要坠机时，敌机的射击却突然停止了。不知什么原因——抑或是他们的弹药用尽了——德军战机离开了。“西西利亚号”仍困在锥形的光束里，缓缓地向前进。机组人员个个都做好了面对下次攻击的准备，那将是终结“西西利亚号”的最后一击。罗伯特的心思突然转向安蒂斯，想着他们两个要如何共同摆脱这次困境，就像上次因浓雾笼罩在东伦瑟姆基地而导致他们无法降落那样。

好吧，放马过来吧，他不会让安蒂斯离开他身边的。如果他们弃机跳伞成功，却被德军抓到，罗伯特很可能会像其他捷克机组人员一样，直接被处决。但他不得不假设，因为狗没有国籍，德国人也许会对安蒂斯手下留情，但是失去了主人的安蒂斯要如何活下去，罗伯特非常担忧。他伸出手，揉揉安蒂斯的皮毛。让罗伯特感到奇怪的是，在如此猛烈的炮火袭击之下，安蒂斯仍能保持镇定和安静。

“做好跳伞准备，孩子。”他轻声地说，“如果德国人回来继续攻击，我想我们就要弃机逃生了。你和我一起坚持到最后，好吗，孩子？”

罗伯特再次感觉到安蒂斯的眼神在他身上徘徊，但是，他无法将他的目光从夜空中移开。他可以感觉到，敌人正躲着准备进行下次袭击。他需要做好准备。

突然，卡派卡发现飞机前方有一团厚厚的云层，这将是他们躲避追击的大好机会。他小心翼翼地移动受损的飞机，祈祷它还能撑下去。威灵顿轰炸机不断震动，并“轰隆隆”地向前飞行，至少现在它似乎还坚持着，不打算放弃。云层渐渐地靠近。“西西利亚号”的机组人员屏住呼吸，祈祷他们能够做到，一秒一秒地倒计时数着。一缕阴沉的灰色自飞机的窗户边一闪而过，威灵顿轰炸机便驶进了那厚厚的一层水蒸气。

由于受到云层里乱流的影响，威灵顿轰炸机开始晃动得更加猛烈，但对“西西利亚号”的机组人员来说，他们非常乐于接受如此颠簸的航行。“西西利亚号”进到云层里的那一刻，德军的探照灯就跟丢了它，因此，至少现在“西西利亚号”是安全的。“西西利亚号”继续“嗡嗡”作响地前进。它的引擎似乎再次找到了自己的节奏。六位渴望回家的人偶尔会听到一两声不安宁的“噗噗”或“劈啪”声，除此之外，就是厚厚的云层传回令人心安的“嗡嗡”声。

在机尾炮塔处的罗伯特允许自己稍稍地放松。毕竟在云层里，他也看不见敌人的飞机。

罗伯特放开机枪的握把。“感觉如何，小子？”他低声地说。他伸手下去摸摸安蒂斯，“我们撑过敌人的炮火，渡过难关了，对不对啊，而且只要我们能平安回到家……”

罗伯特的话只说了一半。自从他们在曼海姆上空受到防空炮火袭击，这是罗伯特第一次能好好地看着安蒂斯。安蒂斯的头保持着奇怪的角度，用呆滞的目光回望着他。这不像它刚睡醒的样子。不管怎么说，安蒂斯不可能打瞌睡度过刚刚的那一小时。

罗伯特心中感到一阵恐慌。他打开机枪塔旁的灯泡，看见了一幕令人作呕的景象。他的狗躺在一摊血里。他伸出颤抖的手指，解开了它氧气面罩上的带子，用双手捧住安蒂斯的头，轻轻摇晃着它。他一个字都说不出来，温热的眼泪在眼眶打转。他完全不知道安蒂斯受的伤有多重，他们距离英国皇家空军东伦瑟姆基地还有足足40分钟的路程。

罗伯特松脱自己的氧气面罩和飞行安全带，弯下身子去检查他的狗。他必须知道它的伤情有多严重。他摸遍它的身体，直到找出流血的原因。安蒂斯的胸前有一道深深的伤口，看起来像是一大块炮弹碎片造成的。但至少罗伯特可以确定，安蒂斯并没有被子弹击中，所以它的体内器官应该没有伤到。

不管怎样，它似乎已经失血过多了。他们需要让他们受损的飞机尽快降落，护送安蒂斯到医护室。对罗伯特来说，现在只要能救他们的战犬，什么事都无所谓了——要是安蒂斯死了，他们的护身符也就没了。而且据传闻，任何一位失去护身符的空勤人员一定会在劫难逃。

安蒂斯很有可能是在飞越曼海姆上空时受伤的，如果是这样的话，那它已经在自己的血泊中躺了好几个小时，并承受着剧烈的疼痛。然而，它没有哭叫，也没有呜咽过，更没有让罗伯特在他那捍卫“西西利亚号”的任务中分神。它用过人的毅力，忍耐着一般人无法想象的痛楚。但愿最后上苍不要让他们失去他们的战犬。

罗伯特将目光从受伤的狗身上移开，才意识到他们已把云层抛到身后。“西西利亚号”已渐渐地降低高度，正在飞越英国乡村，黎明的太阳染红了东边的天空。这架伤痕累累的威灵顿轰炸机看来似乎就要平安抵达基地了，但他们的犬科机组人员的命运还是未知数。

卡派卡的声音自对讲机传出：“我无法将轮子放下来。做好紧急着陆的准备。一旦飞机停止移动，就马上出去，并小心着火。”

罗伯特一度想着，自己是否应该提醒大家，他们有一位受伤的机组人员。但这好像没有什么必要。为了让损坏的飞机安全降落，卡派卡的手边已有够多的事要处理了，而且飞机停稳之后，每个人的责任就是在威灵顿轰炸机着火或爆炸之前，尽快地离开飞机。

他们靠近东伦瑟姆基地时，副驾驶员从驾驶舱发射了一颗红色照明弹，警示基地：有一架飞机要紧急降落。罗伯特将安蒂斯夹在双膝间，用安全带捆好自己，为即将来临的事做好准备。卡派卡关掉引擎之前，罗伯特做的最后一件事，就是伸出手护住安蒂斯的头。左右两边的推进器“啪啪”地停了下来。就在与地面撞击前的那令人毛骨悚然的最后几秒，唯一能听见的声音就是那透过战机裂缝灌进来的风声。

“西西利亚号”与地面撞击的声音震耳欲聋，它的机腹陷进了跑道上柔软的草地里。伴随着可怕又尖锐的金属扭曲的声音，那受伤的空中巨兽向前滑行，剧烈震动了好几秒钟才终于停下。消防车和救护车加速驶近飞机，来救助它。

机尾炮塔刚好降落在地上，因此罗伯特便踢开了紧急逃生门，跳了下来，然后身体再探进去，将受伤的安蒂斯抱出来。罗伯特双手抱着这只体重不轻的动物，直接跑向救护车。据罗伯特所知，安蒂斯是“西西利亚号”上唯一受伤的机组人员，所以他觉得，直接抢走一台在旁等待的救护车是没问题的。

救护人员见到他们311（捷克）战斗机飞行中队吉祥物的状态——毛发被血浸湿，头无力地低垂——就知道了事态的严重性。他们动身加速离开，载着受伤的机组人员去医疗站。它直接从救护车被送到手术台上。一名男护士举起安蒂斯的爪子，让它两腿张开，方便医生检查它胸前的伤口。罗伯特不忍心看。一块弹片在安蒂斯的胸口撕开了一道三英寸长的伤口，医生不确定是否还有更多的碎片留在它体内。

“它很幸运，弹片并没有击中它的心脏。”医生说着，伸手去拿手术器材，“抓住它，安慰它，博兹杰赫中士，因为我没办法在狗身上使用任何麻醉剂。”

医生在清理、检查和缝合伤口时，罗伯特双手抱住安蒂斯的头，不断地跟它说话。尽管很痛苦，他的狗一定能感觉到，它周围的人都是来帮忙的，因此，不论它现在受到怎样的对待，一定都是活命的关键。一小时之后，手术快要结束了。医生从他的任务中抬起双眼，牢牢地看着罗伯特。

“我很想给它输血，但是，当然喽，我们没有给狗的血。即使如此，它会撑过去的，它是一只强壮的狗，身体状况还不错。”医生停顿了一下，“但是，不要误会，罗伯特，它现在需要在地面上修养一段时间。短期内，安蒂斯不能再有飞行作战任务。它需要时间来疗养，而且它的伤口可能会在任何飞行海拔的压力下裂开。”

罗伯特告诉医生，他理解，从现在开始，这只飞行战犬禁飞了。

幸运的是，最初八剑客之一，有着一头红发和火爆脾气的路德法，也在最近对德袭击的任务中受伤，刚从医护室离开。这样一来，安蒂斯在庄园农场的寓所休养时，至少还有一位“人人为我，我为人人”的成员陪伴着它。安蒂斯显然非常讨厌被禁飞，但它更讨厌被禁止进入飞机场。不过，罗伯特觉得自己别无选择，因为他害怕安蒂斯会再次偷偷溜进“西西利亚号”并藏起来。

每次罗伯特与机组人员离开住所，准备执行任务，安蒂斯就会摆动它的尾巴，哀鸣乞求着，努力地游说，希望它能一起去。每次它都被拒绝。对飞行战犬而言，这是个梦魇；同时，这让它很莫名其妙。它是“西西利亚号”的固定成员，在空中的表现也很有职业精神，而且它是机组人员中唯一受重伤的——然而它所得到的回报却是被抛在后头。

对安蒂斯而言，这并不容易。

由于受到不公正的对待，它开始绝食，进行无言的抗议。罗伯特温柔且耐心地对安蒂斯说话，因为他了解安蒂斯认为不公平的地方在哪里。

“听着，孩子，这是为了你好。我们不想把你抛下：全部机组人员都不想。但你需要时间恢复健康，这是医生的命令。要有耐心。身体要赶快好起来。你等着看，你马上就会回到我们身边。”

安蒂斯再也听不到“西西利亚号”升空的引擎声，这至少减轻了不能陪着机组人员出任务对它的折磨。“西西利亚号”由于在曼海姆受到严重的炮火袭击以及紧急降落所带来的损伤，也停役了9天。因此，罗伯特、卡派卡与其他机组人员被迫驾驶另一架威灵顿战机“厄休拉号”，这意味着安蒂斯根本不可能听到它心爱的“西西利亚号”飞上天空所发出的引擎声。

安蒂斯除了不用受此折磨之外，罗伯特也帮它找到了一个属于它自己的任务，一件让它从停飞中分心的事——杰奎琳行动。杰奎琳是一个漂亮的四岁小女孩，住在庄园农场一端的小屋里。她的父亲在撤离敦刻尔克时被杀害，跟八剑客——包括罗伯特和安蒂斯——从饱受战争蹂躏的法国逃脱时有着相似的时间点。杰奎琳的奶奶在村子的尽头经营一家杂货店。捷克飞行员们亲昵地称她为“妈妈”，因为她用她的方式让他们觉得，待在英国感觉就像待在家乡一样。

杰奎琳的母亲在农场忙碌地工作着，而她的奶奶也一样在杂货店里忙着。罗伯特让安蒂斯担任小女孩的保姆，陪伴并守护她。很快，安蒂斯与孩子之间形成了一种不言而喻的默契。安蒂斯似乎能读懂她的心，它每天一大早就去找她，一起进行她所计划的探险。杰奎琳总是用她的小手指勾住它的项圈，安蒂斯便会带着她穿过村庄，去她的奶奶的店铺，或到附近的田野玩耍。它比她高几英寸，浓密的黑色皮毛刚好衬托出她那狂野的金色卷发。

安蒂斯和杰奎琳在一起时，它只知道，她不会受到任何伤害。他们两个的照片出现在当地报纸上，报道的标题写着“小红帽”，内容谈到了他们独特的友谊。这只战场经验丰富、在任务中两次受伤的战犬却有着一颗金子般的心。

他们最喜欢去的地方，是农舍附近的河边草地。杰奎琳将自己做的雏菊花环戴在安蒂斯那强壮的脖子上时，安蒂斯总会乖乖地趴着。罗伯特曾警告过安蒂斯，千万别让小女孩靠近那流过草地的溪流。有时她为了寻找花朵做花环，与溪流靠得太近，它会用牙齿轻轻地咬住她裙子的边缘，温柔地将她带走。

他们玩了一上午，准备回到农场。这时，安蒂斯总会在路边停下来，杰奎琳则会用手指紧紧抓住它的毛发。安蒂斯会静止不动地站着，用它那敏锐的听觉检查从任何方向接近的车辆。直到它确定道路是安全的，才会带着杰奎琳横穿道路。有着安蒂斯的细心保护，小女孩是相当安全的，因此，她妈妈很快就完全信任了安蒂斯，把女儿托付给它照顾了。而对安蒂斯来说，杰奎琳也是个合适的分心源，因为它现在又能听到“西西利亚号”飞向天空的引擎声了。

直到8月下旬，“西西利亚号”才通过检测，确认能够安全航行。但是，它在复出后的第一次任务以及后面的三次任务中，引擎都发生了严重故障。在一次任务中，它的状况如此糟糕，机组人员不得不提前在英吉利海峡丢掉它所搭载的炸弹，尽力让病恹恹的轰炸机返回基地。

如果一切进行顺利，罗伯特的第一次役期将会在9月初结束，那时他们就达到200小时的飞行时数了。但是，最后几次作战任务总是最让人担心的。目标看似如此之近，却又如此之远。那时，他们的疲累达到极致，在阴郁的迷信笼罩之下，他们的身心都变得非常脆弱，因此，许多机组人员都在役期的最后几次任务中丧失了性命。有些机组人员甚至在完成役期的最后一次出勤中被击落在敌军阵地，没有回来。

罗伯特与“西西利亚号”其他机组人员在面对这些决定命运的最后几次轰炸任务时，发生了极大分歧。一方面，他们迫切希望他们的幸运护身符能在飞机上陪伴着他们；另一方面，罗伯特坚持认为，飞行战犬安蒂斯不应该被带到空中。它的战伤是让它留在地面上的最好借口。至少这样，如果“西西利亚号”被击落，安蒂斯还能活下去。

9月1号，罗伯特·博兹杰赫晋升为空军上士。当晚，他与他的机组人员再次出发行动，但由于“西西利亚号”有机械故障，他们只得再次驾驶编号8784-U的“厄休拉号”威灵顿轰炸机。这次，他们的目标是科隆。两个晚上之后，他们再次被派去攻击布雷斯特港，这次目标是强大的德国战斗巡洋舰“格奈森瑙号”和“沙恩霍斯特号”。

他们的飞机从布雷斯特港的袭击行动中返回时，东伦瑟姆再次被浓雾所笼罩。因此，“厄休拉号”转移降至英国皇家空军威特灵基地，所以对禁止进入飞机场的安蒂斯而言，这是极佳的消息，因为这只狗最近受了伤，它最不应该在寒冷的9月夜晚在飞机跑道上逗留，等待着主人所乘坐的飞机归来。

9月的第二个礼拜，罗伯特、卡派卡和其余机组人员将要执行役期内的最后一项任务，但安蒂斯仍得乖乖地留在地面上。这是“西西利亚号”命中注定的最后几次飞行任务之一。他们这次的空袭目标是德国首都柏林，非常配得上他们事业中的最后一次出击。但是，一如往常，“西西利亚号”又发生了严重的引擎问题，卡派卡只好提前掉头，返回基地。因此，他们选择了一个临时目标——德国港口城市基尔的码头——投下了炸弹。

一个多小时后，“西西利亚号”降落在东伦瑟姆基地。尽管飞机的侧翼再次被敌人的炮火撕出了一道道裂缝，但至少他们平安地回到了基地，他们的旅程终于结束了。这真是历史性的一刻。在众多原因之中，最主要但也最悲剧性的是，他们是第一组完成整个役期且没有失去任何机组人员的捷克飞行队。截至最后一次任务，罗伯特已经累积了206个作战飞行时数，其中，许多是他与安蒂斯共同完成的，而且他们俩都在执行任务时受过伤。

对311（捷克）战斗机飞行中队来说，人员的损失是不胜枚举的。“西西利亚号”安全着陆，结束最后一次飞行时，罗伯特感到一股偌大的解脱，同时也深感遗憾。一方面，他对自己活了下来感到欣慰；但另一方面，他感到遗憾的是，他将要离开——至少暂时的——那些需要继续飞行的捷克同胞。在这场战争中，311（捷克）战斗机飞行中队已经遭受了极大的损失，但他们同时也成了一群非常了解彼此的人。每次中队里有人殉职，都意味着他们失去一位至亲的好友。

结束最后一次任务的第二天，罗伯特和安蒂斯搭上公交车，前往当地火车站，打算好好放松一下。路德法也跟着他们一起去了。安蒂斯受伤时，路德法也受了伤，他们一起在庄园农场休养。当时他们逃离法国时，为了偷一辆车，路德法在一场卖国贼所开派对的屋外，几乎将一个卫兵勒死。他们三个一同经历了那么多难关，无疑是最亲密的好朋友。

不用多说，罗伯特和安蒂斯与路德法在车站深深地道了别，他们硬挤出开朗的微笑，压抑着内心真实的感受。但是，罗伯特和安蒂斯一点也不知道，这竟是他们最后一次看到活着的路德法了。

但是，在他们受到路德法阵亡的打击之前，还有更多糟糕的事在等着他们。

Chapter 20 第二十章

在这段假期里，罗伯特和安蒂斯要去的地方只有一个：伍尔弗汉普顿，一座与英国皇家空军科斯福德基地近在咫尺的小镇，潘梅拉在那里等着他们。在这极为幸福的14天里，罗伯特和潘梅拉重燃了恋情，安蒂斯也和潘梅拉重建了亲密的友谊。人与狗因旅程中的共同存亡而彼此更加亲密；击败敌人前，未来种种磨难的不确定性，都是让他们感情快速升温的关键所在。

在这不可多得的两个礼拜里，罗伯特和潘梅拉漫步在秋天的乡间小道上，谈论着未来、和平以及爱情，做着不可能实现的梦。至于安蒂斯，它则再次沉浸在追捕兔子的天堂里，即使伤势未痊愈，也似乎毫不影响它的速度。

很快地，人和狗又回到了现实。罗伯特与安蒂斯回到东伦瑟姆基地，向飞行员战友告别。罗伯特收到一道命令，要他在圣诞假期结束后，到位于苏格兰高地的英国皇家空军埃文顿基地射击训练学校报到。这项命令是他最不想执行的一个任务，因为不管有多危险，他还是渴望与飞行员同胞们一同在战场上杀敌。但是，总得有人去训练新的轰炸机飞行员，而且不管什么原因，罗伯特就是被选中的那位。再者，命令就是命令，他要离开311（捷克）战斗机飞行中队了，可能是永远。

10月下旬的早晨，罗伯特整理着他那为数不多的私人物品，为他们的离开做准备。安蒂斯发现它的饭碗、项圈还有睡觉用的毛毯都被打包起来了，就意识到这次的离开与平常不同。它趴在房间门口，耳朵向前竖起，紧盯着主人的一举一动。

罗伯特对它瞥了一眼，说道："抱歉，伙计，谁都不想这样……但我们已经接到了指令，只得去了。"

安蒂斯用尾巴重击着地板，发出"砰砰"声，好像在说：**怎么会有人想要离开这个地方**？罗伯特扫视了房间一圈，还有窗外那片秋天的乡村景色。风阵阵吹起，将树上轻飘飘的叶片吹落，他能感觉到冬天已快来临。壁炉内的火光闪烁着，庄园农场是度过刺骨寒冬的好地方，再说，还有什么地方能有这么好的捷克飞行员伙伴呢。不过，这是不可能的。

罗伯特和安蒂斯前往空军基地，向卡派卡、路德法、阿达梅克等人告别。但是那里却有一个令人震惊的消息等着他们。他们向来珍惜的威灵顿轰炸机未能从它的最后一次任务中返回。"西西利亚号"与它的新机组人员，在第二次飞行任务空袭柏林时惨遭击落。同行的飞行员看着这架受人尊敬的老兵轰炸机从空中起火坠落，回天乏术。至于飞机上的六名机组成员，恐怕都在这次行动中阵亡了。

对罗伯特来说，这是个沉重的时刻。他从安蒂斯垂头丧气的表情，就料想他的狗也知道，灾难已降临在"西西利亚号"身上，它的飞行战机已经不复存在了。罗伯特伴随"西西利亚号"完成了四十多次飞行任务；相比之下，它的新机组人员连两次都没能完成。这就是一个令人心寒的警告，提醒我们生命是多么短暂，尤其是对那些在敌军猛烈炮火下执行任务的飞行员来说。

罗伯特心情沉重地向剩下的机组人员道别，许诺在圣诞节于伦敦再相会。接着，他就去见指挥官欧赛卡。罗伯特在欧赛卡的办公室看到他；罗伯特正要向欧赛卡表示感谢，谢谢他为其所做的一切，欧赛卡却挥手示意他保持安静。

“我听说你们要离开这里，果真如此。”欧赛卡对着罗伯特和安蒂斯说道。安蒂斯朝欧赛卡跳过去，他伸手揉了揉它的耳朵。接着，欧赛卡用锐利的眼神看着罗伯特：“告诉我，被派去偷闲片刻，你有什么感受？”

“报告长官，告诉你实话，我宁愿留下。”

欧赛卡点了点头：“对于你们要离开，我们也很难过。311（捷克）战斗机飞行中队以后就没有吉祥物了，对吧，安蒂斯？有什么建议吗？博兹杰赫？”

罗伯特耸了耸肩：“报告长官，我毫无头绪。”

“真他妈的一点也没错。谁能取代安蒂斯呢？”他若有所思地盯着罗伯特，“说真的，虽然我们很希望将你留下，但是我们也只能照着命令走。航空部很清楚他们在做什么。”他停顿了一下，用手拍拍脚边的安蒂斯，逗着它玩，“有没有可能把安蒂斯留给我？”

罗伯特笑着回答说：“报告长官，绝对不可能。”

“果然不出我所料。好啦！我现在唯一能做的就是祝你好运。你要在哪儿庆祝你的圣诞节？”

“报告长官，我计划和潘梅拉一起过圣诞节。一个短暂的伦敦之旅也许是个不错的选择，还可以跟老朋友聊聊天。”

欧赛卡笑了笑：“你有一个天使般的女孩，一只忠心耿耿的狗，还有一帮好兄弟。你就要离开去训练部队了……东伦瑟姆基地没有太多让你怀念的，对吧？好了，不管怎样，去吧！上士。”

罗伯特转身离开，吹口哨要安蒂斯跟着他。他想着欧赛卡的问题。答案很简单。对他而言，最重要的、他唯一会想念的，就是这群一同携手奋战、出生入死的飞行员兄弟。

事实上，罗伯特和潘梅拉共度圣诞节的计划并未如期进行。基于某些理由——或许是对失去"西西利亚号"的震惊，或许是离开中队那些兄弟们后的孤单——罗伯特觉得烦躁不安，脾气很差，仿佛生活失去了重心。结果，他第一次与潘梅拉吵架了，感觉到没心情在一起过圣诞节，罗伯特决定他们俩还是先分开为好。于是他便带着安蒂斯，搭火车前往伦敦了。

罗伯特在捷克政府大楼旁的旅店订了一间房。捷克政府大楼是几个月前捷克流亡政府总统贝奈斯博士开设的。果然，他在酒吧遇到了一些老朋友，包括佛拉斯塔大叔、吉查和很多死党。罗伯特一度无法对他抛在后头的潘梅拉放下心来，但是随着白兰地一杯接着一杯下肚，他发现自己早将所有烦恼抛之脑后了。

罗伯特开始唱歌的时候，安蒂斯变得越来越担心他。之前在东伦瑟姆当地的酒吧，它就目睹了许多如此嘈杂的夜晚，而且它知道，当罗伯特对着酒杯哼唱时，他就是真的喝醉了。

安蒂斯蜷曲着身体，趴在角落的椅子上，紧紧地盯着主人。派对结束时，已经是深夜了。罗伯特继续唱着歌，决定护送他的朋友到附近的地铁站。他与朋友告别后，发现自己忘记了之前预订的旅店的名称及其所在位置。带着信心，还有酒气，罗伯特仍继续朝大致的方向走，安蒂斯则愉快地小跑着，跟在他身旁。

一个小时后，他们依旧在塞满了派对人群的大街上游荡。最后，冷冽的12月寒风开始让罗伯特的大脑清醒了一些。他意识到，他们俩现在迷路了，但他不想对他的狗承认。安蒂斯对主人投以怀疑的眼神，因为他们已经多次路过同样的伦敦地标。罗伯特知道，安蒂斯已经意识到他们迷路了，但他就是不想坦白认错。

罗伯特的个性很倔强，就是这种性格特质，让他在圣诞节抛下潘梅拉，还不打算与她和好。他的倔强性格甚至殃及他的狗。罗伯特发现他们已经在同一条街走了三次之后，才终于投降了。他靠在墙边，安蒂斯露出骄傲的狂喜。

“好啦！该死的，我服输。”罗伯特说道，“那就让我们看看，你是否能办得到吧。”

安蒂斯抛出个自鸣得意的回应，好像在说：**“就看我的吧！老兄，等着看吧！”**

安蒂斯马上就知道罗伯特想要它做什么，他们俩之间的默契真是让人惊讶。然而，对他们来说，这种心灵感应就像是第二天性一样，完全不需要特别的沟通。

他们俩经历了横跨半个欧洲的漂泊，也因工作需要而频繁在各个空军基地之间调动，因此安蒂斯学会了时刻仔细注意周遭的环境。即便这城市的环境对它来说有些陌生，但在它的脑中仍然保留了一张气味地图。无论它身处何地，这些气味对它来说都是熟悉的，比如它自己身上的气味，还有主人的气味。

安蒂斯低着头，边移动边像吸尘器般地嗅着气味。他带领罗伯特横穿街道，开始折回他们刚刚走过的路。五分钟后，它停在一座巨大的爱德华时代风格的建筑前，这是一排几乎相同的建筑物中的一间。它站在那里，凝视着这栋建筑物，然后头歪向一边，看着罗伯特，激动地摇着尾巴。

“我们找到了，”它的表情好像在说，**“这也不是很难，对吧？”**

整个城市街道一片漆黑，罗伯特几乎看不到东西。他点燃了一根火柴，疑惑地凝视着该建筑的黄铜招牌。

“哇！我真糟糕。”他大声喊道，“圣玛格丽特酒店……我想起来了。”他转过身，有点不好意思地轻拍安蒂斯的头，“好啦！伙计，你赢了。总之，谢天谢地，我们之中有一个是清醒的。”

几天后，他们离开了伦敦，但是在他们前往苏格兰的训练基地前，罗伯特必须先受训，让自己成为一位合格的训练师。于是，他便转调到英国皇家空军圣安森基地，它位于南威尔士，是英国境内最大的皇家空军基地。在圣安森基地，他和弗拉基米尔·朱帕克同住。弗拉基米尔是一位捷克籍飞行员，他曾在311（捷克）战斗机飞行中队服役过，并在那时与罗伯特和安蒂斯结识。一切都进行得很顺利，直到罗伯特被派到英国皇家空军切尔维斯顿基地，参加炮兵教官的课程。

众所周知，训练指挥部的规章制度非常严格，特别是对于教练员饲养宠物的问题。因此，罗伯特请托弗拉基米尔在未来的几天帮忙照顾安蒂斯。他到了切尔维斯顿基地后，会申请许可证，让安蒂斯和他在一起，然后他们才能一同前往英国皇家空军埃文顿基地，因为那里才是他们要长久待下去的地方。罗伯特估计只需要几天的时间，就能拿到许可证，所以他和安蒂斯只是短暂分别而已。

星期天，罗伯特与安蒂斯、弗拉基米尔在附近的车站告别。果不其然，他抵达切尔维斯顿几天后，就获得许可证了。罗伯特打电话给弗拉基米尔，告诉他周末自己要回去接安蒂斯。

“稍等一下，”罗伯特正要说话，就被弗拉基米尔打断了，“我们有麻烦了，很大的麻烦。安蒂斯在追一只羊时中枪了。”

一瞬间，罗伯特感觉他的心跳好像停止了：“你说它中枪是什么意思？它死了吗？”

“不，它只是受伤而已，已经在慢慢康复中。但那还不是主要的问题，安蒂斯已经被警察羁押，而且它即将接受审讯。”

“什么意思？接受审讯？安蒂斯现在被关在监狱里？”

“不，不是，他在基地的看守室里。但情况还是挺糟的……”

罗伯特要求知道事件的原委。

“今天早上，我带安蒂斯去散步，但是它想要四处跑跑。”弗拉基米尔开始说道，“自从你离开后，它的举止就变得异常，所以我想，让它好好跑一跑，说不定对它有益处。我解开牵绳，这时，它发现一些羊——”

“它发现那些羊又怎样？”罗伯特插话道，“它曾经看过数百只羊。它之前从未追捕过羊。”

“嗯，就像我说的，自从你离开后，它的行为就变得很怪。不知怎么，它直接冲向羊群，无视我的呼唤。它越过篱笆后，我就听到了一声枪响。安蒂斯摇摇晃晃地朝我走过来，但接着它又中了一枪，之后它就倒地了。它马上又站了起来，但我看到农场主人追在它后面。他铁青着脸，径直朝我走来，宣称安蒂斯在过去的几周里已经杀了他三只羊。他请求赔偿，并要求将安蒂斯杀掉……”

“安蒂斯怎么可能杀死他那该死的羊？”罗伯特怒斥着，“它从来没有离开过我们的视线。”

“我知道。但是，那位农夫马上就向警察投诉了。基地指挥官命令，地方法院传唤安蒂斯之前，一定要锁好它。”

“那么它要接受审讯吗？”

“是的，这就是为何我说我们麻烦大了。”

“那么它现在状况如何？”

“还不算糟。他们从安蒂斯身上取出了36颗铅弹，还有一些没有清理出来。每隔一个小时，我就要给它受伤的眼睛擦药，而且我可以每天带它散步两次。除此之外，它就只能关在看守室里。”

“但是，它一定厌恶这样的待遇吧！”罗伯特停顿了一下，“那么它的案件什么时候开庭？”

“好像没人知道，但听说会在考布里奇开庭。你觉得你能让这件事有挽回的余地吗？指挥官已经尽其所能帮助我们了，但是，那位农夫威廉姆斯先生坚持要求赔偿，所以指挥官有点进退两难。”

“该死的威廉姆斯先生！我会竭尽所能挽救安蒂斯的。”

当天晚上，罗伯特无法入眠。当天，他曾请假离开基地，但被拒绝了，主要是因为他才刚开始接受训练。他现在束手无策了。他们在敌人手中历经无数次磨难，难道安蒂斯的生命最后竟要栽在那位发怒的威尔士牧羊人手上吗？罗伯特决不会让这件事发生的，绝对不会。

黎明的曙光划破了冬日的天空，罗伯特也从绝望中看到了一丝希望。空军中校欧赛卡和他以前的上司空军上校皮卡德都曾答应过罗伯特，如果安蒂斯遇到麻烦，他们一定会鼎力相助。那么，现在正是需要他们帮忙的时候了。皮卡德是有一定地位的战斗英雄，他的名字尤其有分量，可能会影响法官的判决。

罗伯特亲笔给两位上司各写了一封信，简述了安蒂斯的困境，并请求他们的帮忙。他将信用快递寄出，焦虑地等着他们的回复。

第二天下午，罗伯特收到一封电报。“我会看看我能帮上什么忙，祝好运。皮卡德。”

欧赛卡也以大致相同的内容回复，因此，罗伯特的精神渐渐振作起来。日子一天天地过去了。罗伯特不禁想象着：安蒂斯被关在看守室里，与主人和朋友隔绝，心理状态一定很不稳定吧。他的狗会不会精神崩溃。

到了开庭的日子，罗伯特必须强迫自己坐在课堂里，听着枪炮技能的课程，假装很专心地听课，但他的心思全都在考布里奇的法庭里，那里决定着他爱犬往后的命运。

一过中午，他便接到了电话。

“好消息！”弗拉基米尔大声喊着，“安蒂斯无罪了！我们只要支付些费用，补偿那位农夫，并担保安蒂斯以后会被适当地管控，就没问题了。除此之外，它现在就是自由之身啦！”

罗伯特惊讶得不知说什么才好。安蒂斯又一次从死神那里逃过一劫。很幸运的是，开庭不久，欧赛卡中校和皮卡德上校的信就被宣读出来。皮卡德在信中指出，安蒂斯陪伴英国皇家空军执行过无数次飞行任务，勇敢地对抗德军，它所属的中队希望它能尽快归队，好让它能“再次执行任务”。欧赛卡赞扬了安蒂斯英勇坚毅的性格，希望311（捷克）战斗机飞行中队的吉祥物赶快回来坚守岗位。

这些信大大影响了法官的判决。在法院听证结束前，当地警察决定放弃对狗进行镇压的诉讼。当地法官做了一个判决，坚决否决了结束这位经验丰富的战争英雄生命的要求。法庭上的记者也充分注意到了关于这只狗的惊人的故事。尽管英国皇家空军百般阻挠，英国媒体终于有了证据——具有法律效益的文件——证明飞行战犬确实是存在的。只要与安蒂斯有关的信息，他们通通欣然接受。

报刊为安蒂斯撤销刑罚而欢呼：“飞越德国的狗——它的生命因更多的飞行任务而得以延续。”他们现在需要的，就是这只狗的名字和它飞行员主人的姓名——他们至今都无法得到——只有这样，他们身为大英帝国战争英雄的声望和名气才会完整。罗伯特本名是瓦茨拉夫·博兹杰赫，但是到了英国之后，他就采用了罗伯特这个名字。不过，目前没有哪家报社知道他和安蒂斯的名字。

尽管判决获胜了，安蒂斯的考验和苦难尚未结束。安蒂斯不仅因为枪伤而身体虚弱，也因为想念主人而憔悴潦倒。弗拉基米尔曾在法庭上郑重承诺，他会严格管理安蒂斯。但是，现在安蒂斯的心里只想着一件事：如果主人不来找它，它就自己去找主人。

弗拉基米尔与安蒂斯重逢的第一天早晨，他让安蒂斯睡在它的毛毯上，还将罗伯特的东西散布在它周围，陪伴着它。接着，弗拉基米尔便前往食堂吃早餐，但在返回小屋的途中，他被基地指挥官谢菲尔德中校拦住问话。

“中士，你把你的狗留在什么地方了？”他愤怒地盘问道。

“报告长官，在我的房间里。”

“你确定？”

“报告长官，非常确定。我要去吃早餐，就把它留在那儿了。”

“但我发现它在村子里的火车站附近，这件事你又该如何解释？”

“那不可能是安蒂斯。”弗拉基米尔反驳道，“报告长官，请你允许我回房间将它带出来。”

指挥官嗤之以鼻：“不用麻烦了。跟着我走就行了。”

指挥官谢菲尔德拽着弗拉基米尔，来到他的办公室。他大力地推开门，果然，安蒂斯被氧气面罩的带子牢牢拴在指挥官桌子旁。它脸上露出像是有罪的表情，而指挥官接着斥责弗拉基米尔的语气，更让安蒂斯觉得愧疚。

“你应该知道，你对地方法官允诺会适当管控这只狗的，对吧？这就是你恪守承诺的方式吗？要是再发生一次相同的事件，这只狗就会被枪决。我非常乐意帮忙，但如果你不恪守承诺，我就不管了。现在就给我出去，以后不得再发生类似的事件！”

弗拉基米尔就是想不通。他将安蒂斯锁在房间里，它究竟是怎么逃出去的？他们回到房间之后，他就找到答案了：他忘了将钥匙拔掉。安蒂斯在东伦瑟姆基地时，就已经学会如何用下颚去转动门把开门，这样夜间它要小便时，就可以自由进出。很明显，它一定运用了这些技巧，去转开门锁的！

弗拉基米尔发誓，他再也不会犯下这种错误。罗伯特星期六就要回到这里了——还有四天的时间——他下定决心要让安蒂斯远离危险，直到罗伯特归来。星期五的傍晚，弗拉基米尔决定去看一场电影。离开前，他反复确定，安蒂斯已被系牢。安蒂斯被坚韧的皮绳绑在主人的床边，门窗都闩上或锁住了，钥匙也确实放在弗拉基米尔的口袋里。

弗拉基米尔离开后，安蒂斯一定在黑暗中俯卧许久，冥思苦想要怎么逃出这个困境。在这个房间里，它可以闻到主人的东西，显然它还没有被遗弃。但是，他究竟在哪儿？他已经离开好几个礼拜了，他们俩从来没有分开过这么长的一段日子，即便之前因为飞机被炮弹击中，导致他受了伤。安蒂斯感觉，一定有什么可怕的事发生在主人身上了，于是，它决定去帮助他。

因最近受伤的关系，安蒂斯发出哀鸣的声音，还试图咬断束缚它的皮绳。但是，那粗厚的皮绳使它的努力受挫。有时，它会听到营地卫兵在基地周围来回走动时，靴子所发出的重击声。等周围再次变得安静，它就继续它的任务，用它有力的下颚继续咬着皮绳。最后，“砰”的一声，皮绳断了。

安蒂斯跳上主人的床，从那里它能碰到窗户。它开始担心窗闩，但那扇窗子的闩并非那么牢固，它用力地咬过几次之后，窗闩终于打开了，接着，安蒂斯就用鼻子顶开了窗户。它把口鼻部钻向窗外，仔细地嗅着空气。附近有没有卫兵经过呢？判断窗外空无一人后，它从窗户跳出，奔向草地，消失在阴暗处。

它穿过空旷的田野，到达村庄，朝火车站方向行进，那里是它最后一次见到罗伯特，并和他道别的地方。那里是它唯一想到的可以寻找主人的起点。它飞奔过一个接着一个灌木丛，离目标越来越近。抵达之后，它就埋伏在阴暗的角落里，等着火车进站。在安蒂斯心里它知道，其中一辆喷着烟的蒸汽火车载走了它的主人，所以只要跟着它的脚步，它就能找到他。

它耐心的等待终于有了收获。一辆火车发出长而尖的刹车声驶进了车站，门打开后，一些乘客走了出来。安蒂斯犹如一道灰色的闪电，快速地越过月台，冲进火车。它展开了寻找主人的旅程。现在在火车上，它必须要从众人的气味里找出属于主人的味道，并循着线索，追踪到主人。

弗拉基米尔从电影院回来后，几乎无法相信他所看到的。他组织了他能找到的所有人，分头进行搜寻。一些人骑着脚踏车到火车站，其他人则搜索附近的田野，尤其是那些有羊群聚集的地方。眼看太阳即将升起，弗拉基米尔担心着新的一天的到来。到时，他别无选择，只能去报告狗失踪了，之后，指挥官很有可能就会下令将安蒂斯枪杀。

黎明到来时，彻夜搜索安蒂斯的飞行员们陆续回到了营区。所有人都空手而回。所有希望看来都破灭了。没有发现半点安蒂斯的迹象，它现在身处任何地方都是有可能的。弗拉基米尔和他的一位朋友对附近的田野进行了最后一次失败的搜索之后，返回了基地。他们是最后一批返回的。

他们拖着沉重的身躯，走在通往圣安森基地的道路上。弗拉基米尔不敢想象即将到来的惩罚。

Chapter 21 第二十一章

他们俩快走到基地门口时，一辆巴士靠边停了下来，一些军人下了车。弗拉基米尔垂头丧气地走着，而他的朋友发现，其中一位下车的乘客，用一条已经磨损的绳子，牵着一只样子很好看的德国牧羊犬。

“看！那个可爱的小杂种！”他大喊着，“那是安蒂斯，不是吗？我就跟你说过，我们一定会找到它的！”

“真是感谢上帝！”弗拉基米尔大声地说道。他不敢相信，安蒂斯就这样凭空冒出来了。

拿着安蒂斯那断掉的绳子另一端的是捷克空军拉扎尔中士。弗拉基米尔知道，拉扎尔刚休假回营。

他们急忙奔向拉扎尔。“你到底在哪里找到它的？”弗拉基米尔问道，“我们花了整夜时间找这只野兽！它到底去哪儿了？”

拉扎尔忍不住笑了：“你一定想都想不到……当时，我在卡迪夫车站等火车，突然注意到，有一只狗在人群中嗅着鼻子，好像在找什么似的。它越靠近我，我就越确定它就是安蒂斯。我知道罗伯特还在受训，所以我就把它抓回来了。我看见那条断掉的绳子，就知道发生什么事了。当然啦，它不想跟着我，但我不让它走，它就只好跟着我了……”

这天剩余的时间里，弗拉基米尔让安蒂斯寸步不离地黏在他身边。当天下午，罗伯特回到了基地，弗拉基米尔便非常乐意地将安蒂斯交还给了它真正的主人。这场重逢对双方都很愉快。对安蒂斯而言，这意味着寂寞又折腾的寻找主人之旅终于结束了；对罗伯特而言，这意味着这只任性调皮的狗终于又平安地回到了他的手中。

对于安蒂斯在这期间的所作所为，罗伯特并不忍心去惩罚它。罗伯特知道它的行为为何会如此反常。这次事件唯一证明的，就是它完全无法离开罗伯特。但有一件事确实需要改变。在当地一位友善农夫的帮助下——不是那位威廉姆斯先生——罗伯特要教导安蒂斯如何戒除追逐羊群的坏习惯。

他把安蒂斯带到那位农夫的农场上，要它坐在母羊群旁边。罗伯特确定安蒂斯会乖乖留在原地后，就离开了。罗伯特一直重复着这个训练，让它跟羊群待在一起，而且时间一次比一次长。这三天里，罗伯特训练安蒂斯如何与这种动物共处，并尊重它们。每天的训练接近尾声时，安蒂斯总会累得趴在草地上数个小时，羊儿们就会好奇地围过来，并嗅闻着它。如果安蒂斯之前会对羊群感到烦愁的话，那它现在一定已经被治愈了。

就某方面来说，这也是罗伯特能想出的对安蒂斯的鲁莽行为最严厉的惩罚。羊群用傲慢的眼神盯着它看，想着这只狗，虽然与主人分开了，但却没有胆量去追逐它们。因此，这种惩罚对安蒂斯的尊严造成了极大的打击和羞辱。对安蒂斯来说，被羊——那种智力与它相比简直微不足道的动物——讥笑是非常难以忍受的。但是安蒂斯相信，罗伯特一定自有他的主张，而且主人的话就是命令。

第三天训练结束之后，罗伯特便大步奔向农场，将安蒂斯带回。对安蒂斯来说，有了罗伯特的笑容和拥抱，它这几天所受的磨难也就值得了。

“来吧，”罗伯特说道，“折磨已结束了！我想这次你一定很难忘记的，对吧，孩子？”

他们一起走回基地，经过那位威廉姆斯先生的冬日农场——安蒂斯差点就在这里丧生了。比它上次到德国执行轰炸任务时中弹受伤，这次更接近死亡。它的散弹枪伤还在复原中，有些铅弹还残留在体内。不过，基地里的医生认为，它很快就会好起来。但是，鉴于它那被德军防空武力炸伤的耳朵、鼻子和胸口，以及被愤怒的威尔士农夫射伤的躯干，这只战犬似乎被敌人四面包围。

罗伯特的新派驻点——英国皇家空军埃文顿基地——风景优美，这大大振奋了他的精神。该基地坐落于苏格兰东北部的海岸边，被高低起伏的山峦、深深狭长的海湾以及黑色茂密的森林包围着，这一切都让他想起了自己的家乡波希米亚。而且，他把安蒂斯安顿好之后，便开始有了回到家的感觉。至于安蒂斯，它则像置身天堂一般。罗伯特完成规定的授课后，就利用休息时间带着安蒂斯到基地四周的丛林里，在山谷中寻找野蘑菇。对于这只受了伤、与主人长期分开、接着又被威胁处死的狗而言，现在能够和主人待在一起，真的是太好了。

由于拥有在轰炸机司令部服役的丰富经验，罗伯特发现，他在埃文顿基地受到年轻学员的敬重和爱戴。他是一位获颁过勋章的老兵，执行过无数次突击任务，因此这些没有实战经验的学员对罗伯特相当敬畏。他们发现，罗伯特的英雄犬安蒂斯更容易亲近，而安蒂斯很快便成为大家的好朋友。罗伯特也很乐意在大家面前展现安蒂斯对他的顺从和它所会的一些花招。罗伯特曾教过它如何用脚掌熄灭香烟而不会烫到自己，还有如何用牙齿打开各式各样的门。

生活在遥远的苏格兰高地，完全感受不到英格兰那正进行得如火如荼的战争氛围。离基地最近的城市是因弗内斯，该城市的社交情景几乎让罗伯特忘了他们现在正处于一场战争中。身为一位帅气的外国飞行员，有着充满异国风情和英雄气概的身材，还有那只随身在侧的战犬，罗伯特受到了极大的欢迎。

罗伯特带着安蒂斯参加了附近丁沃尔镇举行的一场狗狗选美比赛，赢得了一个奖项，这大大提升了他们的名气。这件事也被当地的报纸报道："获奖的狗曾服役于英国皇家空军。"这是罗伯特与安蒂斯的名字首次出现在报纸上。他们的故事被国内的报社接连转载——首先是《星期日邮报》（*Sunday Mail*），接着陆续出现于其竞争对手的报道中。似乎没有哪家报社注意到，带一只狗执行英国皇家空军的飞行任务是严重违反规定的，而且社会大众对这项报道的反应都是非常正面的。

但是，在飞行任务结束后，度过了那充满罪恶感但快乐无比的几周，罗伯特发现自己非常想念潘梅拉。为了填补这空虚感，他开始与当地的苏格兰姑娘约会。好几个夜晚，罗伯特都外出跳舞，使得他与安蒂斯晚上几乎都没待在一起。安蒂斯在基地如此受欢迎，以至于它几乎变成了大家的狗，这意味着它并不只是罗伯特一个人的责任了。

一个夜晚，罗伯特决定到因弗内斯的影剧院去看电影。他坐上巴士，将安蒂斯留给他的学员们照顾。但是，他走到帝国影剧院时，很惊讶地听见身后传来熟悉的爪子与地板的摩擦声。原来，安蒂斯趁学员们不注意离开了营区，搭上罗伯特所搭乘巴士的下一班车，追了他好几条街，最后终于赶上了他。

此时此地，罗伯特无法训斥安蒂斯。他不想错过电影，就说服影剧院的收银员，让安蒂斯坐在办公室，好让他可以待在影厅里享受电影。但是电影开始没多久，坐在罗伯特下方的女士尖叫了一声。她觉得有一个湿湿黏黏的东西正在闻着她的腿。随之而来的一阵骚动之中，有人踩到一只偷偷溜进影剧院的神秘动物。

安蒂斯发出了疼痛的叫声，罗伯特马上就知道，是他的狗造成了这一切的混乱。他从椅子上跳起来，直接往下冲，靠着附近手电的照明，将安蒂斯抓住了。罗伯特尴尬得面红耳赤，抓着安蒂斯的项圈，把它拖到外头，而守卫和影剧院经理都已经在那里等他了。

罗伯特急忙解释发生的一切，收银员也在一旁帮忙解释。收银员解释道，当时，安蒂斯趁收银员转身不注意，就偷溜出了办公室，安蒂斯一定是去找罗伯特了。影剧院经理很明显是个爱狗人士，因为他一直都站在安蒂斯的立场说话。

“老实说，你也不能责备它。”经理抗议道，“很明显，它在陌生的地方感到失落与寂寞，所以才来影厅里找你。如果换作我的狗的话，它也会这样做的。”

“都是我的错，”收银员打岔道，“我应该紧盯着它才是。”

“不是这样的。”经理反驳道。他看了罗伯特一眼：“是这只狗要得到适当的照顾。对了，它叫什么名字？”

“安蒂斯，”罗伯特回答道，“平常它不是那么不守规矩的。”

经理若有所思，似乎在想着什么，突然他嘴角扬起：“我想我认得它！它不就是曾在新闻媒体和报章上出现过的那只狗吗？会飞的那只！？”

“是的。”罗伯特肯定地说，“它跟我一起在311（捷克）战斗机飞行中队服役。”

安蒂斯一直在注意他们的谈话，并感觉到空气中的紧张氛围，同时它也知道一切麻烦都是它惹出来的。一提到关于安蒂斯的飞行冒险经历以及它的名气，经理的语调似乎变得更加缓和。安蒂斯抓住这个机会，伸出它的脚掌，要和经理握手。

经理笑了起来："啊，我可不是每天都能和名人握手哟。它常来影剧院吗？"

这回轮到罗伯特笑了："不，这是第一次，很可能是最后一次了！"

"既然都来了，为什么不让它留下来，看完电影再走呢？"经理建议道，"只要你能好好看着它就行了，我们不在意。"

走廊后方有两个位子，通常是留给服务员的。安蒂斯坐在罗伯特的旁边，倚靠在他的身上，看着电影。它竖起耳朵，眼睛紧盯着屏幕，仿佛看得入了神一般。其中有一幕，一个人带着一个号啕大哭的小孩走过银幕，安蒂斯的身体便不安地扭动，并发出防卫性的嚎叫声。几分钟后，银幕出现了森林大火，"噼啪"作响，安蒂斯身体颤抖不已，并发出哀鸣，将身体挤在罗伯特身上。

让安蒂斯崩溃的一幕是，一群受惊吓的动物从森林大火中逃窜出来，看起来就像是穿过银幕向它直奔而来。安蒂斯由于害怕自己要被乱窜的动物群碾过，绷紧肌肉，惊慌地想要跳起来，罗伯特赶紧伸出一只手臂，抱住安蒂斯，将它稳在椅子上。这一幕很快就过去了，紧接着出现了静谧的乡村风景，安蒂斯又再次平静下来了。

虽然影剧院之旅一开始很糟糕，不过他们运气不错，碰巧影剧院的经理是一位爱狗人士，从而出现转机。否则，事情恐怕就不会以圆满结局收场。安蒂斯那喜欢乱跑的习惯需要纠正，但是，主要问题出在他们现在被指派的职位。之前所待的基地里，他们因执行战斗飞行任务而耗掉体力，而且还有感情深厚的飞行员同胞们伴着他们度过每个夜晚。但是，在埃文顿基地，上述两项都没有，对此罗伯特和安蒂斯都感到强烈的失落感。

不用再承受高强度的殊死飞行任务的压力，脱离了311（捷克）战斗机飞行中队里结交的那群兄弟们，罗伯特和安蒂斯感到十分迷茫。他们完成了史诗般的大逃亡：首先，罗伯特先逃出捷克；接着，他和安蒂斯从无人地带逃出；最后，他们离开受战争蹂躏的法国。这些行动的目的只有一个，就是要给德国敌人一些颜色瞧瞧。训练别人来消灭德军，也是相当有意义的，但还是无法安抚他们的报国之心。

罗伯特花时间在教导炮击技术时，知道他的捷克籍、英国籍以及其他同事每天都冒着生命危险在空中与敌人搏斗。他极度渴望回去与他们一起行动。对安蒂斯来说，它已感觉出主人的不安，这也让它感到心神不宁。飞行战犬与主人之间的纠纷在逐步酝酿中。

影剧院事件发生数周后，罗伯特决定到离基地不远的丁沃尔镇去跳舞。安蒂斯曾在那里参加过狗狗选美比赛，还赢了一个奖项。在比赛中，罗伯特认识了一位名叫贝蒂的当地女孩，他们约了今晚一起去跳舞。由于对没机会直接打击敌人感到沮丧，同时又很想念潘梅拉，罗伯特决定冒险离开安蒂斯一夜。

罗伯特动身前往火车站，留下安蒂斯无忧无虑地在阳光下伸懒腰。他交代营区里的学员要照顾好它。但是主人消失没多久，安蒂斯便起身行动了。它溜到最近的树林里，假装要撒尿，然后抄近路穿过基地。它沿途嗅着罗伯特的气味，一路追踪到车站，刚好碰到一辆火车停站，并亲眼看见罗伯特上了车。

这次，安蒂斯死命地冲向最近的车厢，却被高度警觉的行李员逮住了。这个行李员抓住它的项圈，将它往后拖，直到火车离站。行李员认为安蒂斯应该没办法了，只能乖乖回基地去，就放了它，但是安蒂斯是不会那么容易被打败的。它跳到铁轨上，转头开始追向火车。即便身上有一堆伤口，但安蒂斯的体能仍处于最巅峰的状态，不到一会儿，它就追上了火车。

距离丁沃尔车站只有七英里远，列车吐着烟雾到站了，安蒂斯也实时赶到，距离最后一节车厢不过几码而已。它迅速跳上月台，在一片穿着空军蓝色制服的人海中努力寻找主人，并很快就嗅到了罗伯特的气味。它穿过丁沃尔镇一条又一条街道，终于看见了罗伯特，这位年轻捷克飞行员正挽着他的约会女伴在散步。安蒂斯知道，主人在追求异性时，它最好不要去干涉。于是，它便退到后面，保持距离，等待时机。

第一眼看来，这位苍白、骨瘦如柴的贝蒂实在无法与潘梅拉相比，但主人既然与她约会，一定有他的道理。毕竟，潘梅拉好像完全从他们的生活中消失了，这一点也让安蒂斯很伤心，因为潘梅拉对安蒂斯的爱就像对罗伯特一样浓。舞会是在丁沃尔镇礼堂举行的，和安蒂斯获奖的那次狗狗选美比赛地在同一条街上。因此，它还算是知道这个地方。但是，它错过了罗伯特拐的一个弯，最后，安蒂斯迷失在迷宫般的走廊里。

安蒂斯顺着音乐声和笑声寻找，小心翼翼地嗅闻着，通过了一面厚厚的紫褐色窗帘。面前出现的奇怪且惊悚的画面震住了安蒂斯。它身处于舞台的后方，乐团正在舞台前方演奏。震耳欲聋的音乐响起时，它正警觉性地准备离开舞台后方，突然，它看到了乐团前方的景象——一群人挤来挤去，似乎正在宽阔的地板上斗殴。

安蒂斯能看见许多穿着英国皇家空军制服的人，他们好像正和穿着各种不同颜色礼服的人扭打着。就像之前在影剧院没有经验一样，安蒂斯从来不曾看过类似这样的情形。它动也不动地站着，刺耳的音乐使它心里更加烦躁不安，甚至害怕。更让它心烦的是，它找不着自己的主人了。但不一会儿，它就看见他了。安蒂斯看见罗伯特正处于互相斗殴的人群中，他似乎被人近距离掐住了。

安蒂斯深信它的主人快没命了，便马上采取行动。它带着一阵低吼，伸出爪子，从舞台上跃入拥挤的人群中。它怒发冲冠，拼命地向罗伯特和攻击它主人的人冲过去，将其他人推到一边。受到惊吓的罗伯特还没来得及阻止它，安蒂斯就已经朝贝蒂扑过去，试图要将她从罗伯特身边推开，安蒂斯的爪子抓住她的衣服，不一会儿就将她的衣服从肩膀处撕破了。

贝蒂充满错愕与惊恐，礼服散落，堆在她脚边，全身上下只剩下内衣。这时罗伯特冲了过来。他急忙将他的上衣脱下，帮忙盖着贝蒂。同时，他也抓住安蒂斯，避免它继续胡闹下去，但伤害已经造成。贝蒂的母亲大发雷霆，怒气冲冲地走过来，带着令人畏缩的眼神，把受尽惊吓、倒在舞池的贝蒂带走了。

对罗伯特和贝蒂而言，他们短暂的罗曼史就这样结束了。贝蒂和她妈妈都不再搭理罗伯特了。丁沃尔镇成了罗伯特不愿来访的少数地方之一，而他与安蒂斯的关系也陷入紧张。罗伯特天生就是个动物爱好者，他对野生的东西或者天生就具有野性的物种都有情感。他知道，驱使着安蒂斯这般的是动物本能。即便已驯化的犬科动物身上，还是有着它的老祖宗，狼的天性。他从来没有打过安蒂斯，但是这次，他要让安蒂斯知道它做错事了。

罗伯特需要用耐心、坚定和爱让安蒂斯学习应有的纪律。因此他不采用体罚，而选择他认为最有效的惩罚。整个星期，他都不和安蒂斯说话，也不带它去散步。安蒂斯感到相当羞愧。它当时想的只是要保护主人的安全而已，但这竟然是它得到的回报。如果它有一个最希望能和主人说话、解释事情经过的机会，那就是这一次。

但是同时，安蒂斯也知道，它没有服从主人的指令。主人要它留在营地，但它不予理睬，却选择了跟踪。归根结底，它的动机也许是对的，但它仍旧做错了。它看着主人在床上读着书，在屋里走动，却对自己不闻不问、不理不睬，真是伤心到了极点。

在顺从主人和保护主人两者之间，它陷入了两难处境，过去的一切麻烦事都是因此而引起的。

Chapter 22 第二十二章

1942年9月，罗伯特收到英国皇家空军的军官任职令。他在空军射击训练学校的工作还是跟之前一样，而在他的生活里，唯一明显的改变就是他与安蒂斯的用餐场所移到了军官食堂。罗伯特在学校授课时，安蒂斯总会到营区附近的郊外游荡，享受乡村生活。有时候，安蒂斯在离开基地、去享受郊野生活之前，会徘徊在教室门口，探出头看它的主人。

到目前为止，安蒂斯最喜欢闲逛的地方就是那条冰冷的小溪边，小溪从附近的山丘滚滚流下，流过他们营区里的小屋旁。小溪的另一边是黑压压的一片森林，在那片令人生畏的林地上方是荒凉贫瘠的艾尼斯高地。安蒂斯总会花很长时间趴在小溪边，看着野鸭妈妈每天带着它的七只小鸭，上游泳课滑稽的样子。

刚开始，鸭妈妈被这位有着庞大健壮体形的陌生者给吓到了。但几周过去后，鸭妈妈似乎也放下戒备，终于感觉到安蒂斯不会对它们造成伤害。不久之后，小鸭子还会游到安蒂斯的鼻子旁边，安蒂斯便会有趣地动动它的鼻子，并友善地看着小鸭子，而鸭妈妈则急忙将离群的小鸭子聚拢到它身后。

安蒂斯对那些野鸭子所表现出的行为，是它天性的典型代表。安蒂斯会带着狩猎的本能和强烈的欲望去追猎兔子，因为它似乎感觉到这是一场公平的游戏。的确，安蒂斯很少跑得赢兔子，因此它们逃脱的机会很高。但是，对于那些无助的、弱势的小鸭子，安蒂斯就会表现出保护的本能，也不会想要去伤害它们。

1942年的圣诞节结束了，随之而来的是凛冽的1月。冰冷的强风吹过整个艾尼斯高地，带来了第一阵强烈的风雪。寒冷的风雪扫过了英国皇家空军埃文顿基地，降下了厚厚的积雪，所有的飞行训练因而临时停止。那被大雪覆盖的军官食堂设有双层墙壁，并提供了温暖的暖气，罗伯特对此感激不尽。

1月初的傍晚，罗伯特和安蒂斯静静地待在房间里。他看着书，安蒂斯则在他的脚边香甜地睡着。天空开始降雪，将屋外的声音完全隔绝，风的呼啸声也几乎快听不见了。万籁俱寂。除了听到安蒂斯在梦中追兔子而发出奇怪的抽鼻声和颤抖，一切都很安静。至今，罗伯特和安蒂斯在一起已经三年了，不管他们之间最近有什么摩擦，罗伯特都能感受到，他与安蒂斯比以前更加亲近了。

终于，罗伯特睡着了，书从他的手上掉落下来。他突然醒了过来，完全不知道自己睡了多久。一个遥远的声音将他从睡眠中惊醒。他再一次拉长了耳朵，仔细听那个声音。在外面寒冷的野外某处，有一只狗在嚎叫。安蒂斯竖起它的耳朵。它也听到了。

一声不响地，连看都不看主人一眼，安蒂斯突然站了起来。它走向了房门，耳朵向前竖立，身体和头绷紧了起来，并面向着那可怕的声音。罗伯特想着它肯定是想要去小便，于是就起身将房门打开。房间的门通到一条走廊，走廊的尽头有一扇门通往外头。

正常情况下，安蒂斯会快步走向走廊尽头的那扇门，停下来等着罗伯特将门打开。但是，现在它完全停在他们房门的门槛边。由于走廊尽头的那扇门没有关紧，一道月光透进来，映在地板上，外面的积雪在月光之中反射着神秘的蓝白光。

安蒂斯盯着半开的门，月光在它眼里闪烁着。

接着，安蒂斯抬起头，用一道嚎叫声回应那道来自野地的嚎声。

这声音震耳欲聋，尤其是在这狭小的空间里。许多军官都将房门打开，想弄清这吵闹声的来源。但是，他们还没来得及说话，安蒂斯就离开了。它飞奔着通过这狭长的走廊，跳进雪地里，消失在尽头。罗伯特跟着它到了门口，注视着外头。他有一种接近恐慌的怪异感觉，似乎已经意识到安蒂斯有点不正常——至少，不像罗伯特认为的那样。

安蒂斯的脸向天空上仰，僵硬地站在旁边的山丘上，漆黑的身影映在洁白的雪上，它的身体紧绷，像是一座雕像。虽然罗伯特离那里只有20码远，但他可以感觉到，他与安蒂斯的心却隔得那么遥远，并感觉到有要失去安蒂斯的危险。

“安蒂斯，来这里，孩子，”他喊道，“来这里。”

他看见，它的耳朵轻弹了一下，因为它认出了主人的声音，但是它的头却一动都没动，还是紧盯着远处的山丘。

罗伯特又叫了一声，声音中带了一丝命令的语气：“安蒂斯，过来！快点，孩子！”

以此为响应，安蒂斯踢出它的后脚，然后便快速地跑开了。随着安蒂斯穿梭于树林之间，阵阵积雪被扬起，它那粗厚的尾巴在它后方飘动着。在遥远的艾尼斯高地上，有一只母狗在呼喊着，寻找配偶，安蒂斯便响应了母狗的呼唤。

第二天，安蒂斯依旧没有回来。很多学员对基地和周边做了一次全面搜索，没有找到它的踪迹，于是提出要到艾尼斯高地去搜索。在新雪降下掩盖安蒂斯在雪地上留下的爪痕之前，罗伯特已经尽可能地跟着安蒂斯的爪痕，寻找它的踪迹。但是，罗伯特对安蒂斯离去的方向相当清楚——安蒂斯朝着那积雪的酷寒高地去了。

又一天过去了，还是没有安蒂斯的任何消息。罗伯特只要不忙于教学，或者不到外面的雪原搜索，就会绝望地到处询问，有没有人看见安蒂斯。那神秘的嚎声会不会来自某个邻近住宅里的一只母狗？安蒂斯会不会现在就安居在那里，虽然想念着主人，但至少是安全的？

罗伯特知道谁最有可能是拐走安蒂斯的罪犯之后，心情变得相当沉重。几年前，一只母的德国牧羊犬被流放到野外，它就一直住在附近的森林里。后来，这只母德国牧羊犬被猎场看守人打死了，但是当时它有一群四个月大的幼崽，其中一只幼犬活了下来，继续在林地里游荡，以狩猎为生。如果安蒂斯响应了那道呼唤的话，那么那声嚎叫便是那只活下来的母狗发出的。

在某种程度上，如果安蒂斯选择了雌性伴侣，而没有选择自己的主人的话，罗伯特也没有什么可抱怨的。罗伯特不也选择了潘梅拉，然后是安小姐，接着是贝蒂，还有其他一两个女孩，而忽视过安蒂斯吗？再者，多少次安蒂斯出于保护主人的本能，忠诚地跟在罗伯特身边，换来的却是一顿责骂与惩罚？

如果安蒂斯——为了一只母德国牧羊犬就要抛弃罗伯特的爱和人类的陪伴——要永远离开，那就让它离开吧。不过，这不是最糟糕的部分。最让罗伯特感到不安的是，安蒂斯得在那环境恶劣且白雪皑皑的荒野中求生存，不知它的命运会如何。尽管安蒂斯知道如何追捕兔子、监视鸭子，但它毕竟不是一只以狩猎本能为生的狗。它在严寒刺骨的冬日荒野里有多大的生存机会？

更重要的一点是，安蒂斯和一只出生在荒野中的野狗联手，但是它自己却是一只对人类友善到无可救药的狗，安蒂斯可能会无法与闯入其领地的人类保持距离。任何猎场看守人只要看见安蒂斯，很有可能就会毫不留情地射杀它，不会像农夫威廉姆斯先生那样只是保护他的羊而已。

罗伯特很清楚地知道，他没有办法拥有安蒂斯的灵魂。到头来，安蒂斯还是一个无拘无束的自由个体，而且如果这真的是它所想要的话，那就这样吧。但是，罗伯特相当清楚，安蒂斯对人类的羁绊可能最终会害死它，对此，罗伯特焦急万分。

安蒂斯离开的第五个傍晚，罗伯特开始放弃再次看见安蒂斯的希望。那天晚上，他独自回到房间里休息，安蒂斯的毯子折叠整齐，放在他床边。在一起这么久了，这是罗伯特第二次伸出手，希望在床边触摸到安蒂斯的毛发。但是，它已经离开了。在那浅浅的睡眠里，罗伯特一直做着噩梦。

第二天，一群学员吃完午餐回来时，他们看到一个四条腿的身影朝着他们前进。在埃文顿英国皇家空军基地，没有谁不知道安蒂斯失踪的消息，因此，他们瞬间就意识到，那只狗一定是安蒂斯。他们曾花了许多时间和罗伯特一起寻找安蒂斯，但是一无所获，因此他们不敢相信那就是它。但是，那在荒野生活的习惯还是留在安蒂斯的脑子里，因此，学员们冲过去抓它时，它跃过了旁边的围栏，试图逃跑。

但是，在荒野中那几天的旅程削弱了安蒂斯的体力，因此，它错估了跳跃的时间点。它的腹部先是触碰到铁栏杆，然后摔下来，就被尖钉刺穿了腹部。学员们将它轻轻地抬起，立即送到医务室，其中一位直接跑去告知罗伯特。等罗伯特到达医务室，埃文顿基地的医官已经在帮躺在手术台上的安蒂斯做检查了。

医官摇了摇他的头，忧心忡忡地说："对不起，罗伯特，我真的无能为力了。我能告诉你因弗内斯基地最好的兽医的名字，但我必须提醒你……"他面带痛苦地看着罗伯特，"我对安蒂斯的存活机率不抱太大的希望。"

医官解释道，一根尖钉刺穿了安蒂斯的胃，这种伤需要专业的兽医来治疗。罗伯特无法相信发生在安蒂斯身上的事。忠诚的安蒂斯最后还是选择回到他的身边，但却在他们基地边上的一排栅栏上遭受了明显危及生命的损伤。这真是最残酷、最让人心碎的讽刺。

罗伯特将受伤的安蒂斯轻轻放在大腿上，用朋友的车急速开往因弗内斯基地。这位兽医头发灰白、慈眉善目，可是甚至连兽医自己都不能确定，他是否救得了这只狗。

"当然，我会尽我所能，"他告诉罗伯特，"但是，它现在的处境极为危险。不过，它的体能状况对它还是有利的。它很强壮、很健康，也很年轻。但是，我不要你抱太高的期望。现在就先把它交给我吧，我明天可以跟你说得更详细一些。"

经过一个不眠之夜，罗伯特早早就来到了诊疗室。但是，他一看到安蒂斯，心脏病几乎发作。那场景真是不堪入目。空气经由那个破洞进入它的胃里，结果它的身体膨胀得像个气球。罗伯特弯下身，抚摸着狗的头，并在它耳旁轻声地说着使它安心的话，他担心兽医将要对他说的关于它病情的话，但不管怎样，他还是需要知道。

"现在说还是太早了点，"那兽医对罗伯特说，"但还是不要放弃希望。它看起来很糟，但我看过……"

"拜托，我宁愿你告诉我最糟的情况。"罗伯特打断他的话，说，

“我的狗对我来说至关重要，我不到最后不会与它分离的，如果这就是最后的话。”

兽医停顿了一下，仔细想着要如何确切地告诉罗伯特安蒂斯的状况：“就如同我说过的，它是一只很健康的狗，有一颗健康的心脏。至少，我认为它会有很大的机会活下来。你留下来并不会有什么帮助，如果它情况恶化的话，我会打电话给军营的。”

至少现在，罗伯特必须安排好这一切。

两天之后，罗伯特接到了他期待已久的电话。“你可以过来把狗带回去了，”兽医告诉他，“它很虚弱，需要人照顾，但它不会有事的。”

罗伯特将安蒂斯带回埃文顿基地，在那里，它花了很长一段时间休养。在医官的帮助下，安蒂斯渐渐恢复了健康。现在，时间到了4月，空气中充满了春天的气息。渐渐地，罗伯特开始带着安蒂斯做它最爱的活动：绕着基地散步。做些温和的运动和呼吸新鲜的空气，对于恢复身体的健康极为重要。有时，罗伯特会让他的狗躺在基地旁那片森林对面的河堤边，沐浴春天的暖阳。

对罗伯特来说，安蒂斯对于野性的呼唤已经感到满足了，而且不会再渴望回到这片古老的森林里或是山丘上了。但是，6月的某一天，罗伯特惊讶地看到安蒂斯竟越过小溪，到另一端去了，并兴奋地在树丛里嗅闻着。到现在，小鸭们几乎全部长大了，而且安蒂斯平常并不会涉水而过。它总是会趴在河畔这边，用鼻子向着小溪，看着鸭子玩水。

一定发生了什么事情才让它越过小溪的，罗伯特推论着。他静下心来看着。安蒂斯压低身子，臀部提高，沿着林地边缘嗅闻着，仿佛是要向前扑过去一样。它的耳朵向前竖起，它的头微微歪向一边，它的眼睛紧盯着距它前脚掌几英尺远的地方。有时，它会拖着腹部向前行，因此，罗伯特只能想象，它可能只是试着跟躲着的朋友玩玩而已。

问题是，它在跟谁玩？玩什么？不可能是跟小鸭在干燥的欧洲蕨丛中玩吧。也不太可能是跟兔子宝宝玩。安蒂斯通常都会忽视兔子宝宝，而去追逐已经成年的兔子。但偶尔，罗伯特可以看到有东西在树丛里面钻动。那动物会试着探出头来，但安蒂斯会假装要扑向它，于是那动物又会快速地躲回去，只敢再探出树丛一点点。无疑，安蒂斯在跟一只动物玩，但那是什么？

安蒂斯改变自己的位置，那神秘的野兽便快速穿梭于树丛中，之后安蒂斯便兴奋地叫了一声。它们在欧洲蕨丛旁跳上跳下地玩，后来罗伯特终于瞄到了那个动物的庐山真面目。那小巧又潮湿的黑色鼻子、下垂的V字形耳朵、与短胖躯干不成比例的爪子以及那又小又短又秃的尾部。这小家伙，跟当初罗伯特在无人地带那座被炮火猛轰的法国农舍里第一次偶然遇见的安蒂斯的外表，如出一辙。

罗伯特感到十分惊奇，静静地看着他们两个玩。毋庸置疑，罗伯特正在看着一对父子玩在一起，那条小狗背部的黑色条纹就是最好的证据。罗伯特用温和的哨音呼唤安蒂斯，尽力地哄着那一小团毛球跟着父亲一起走出灌木丛。但是，它从妈妈那边遗传到的野性血统显然让它裹足不前。小狗没被诱惑，太阳下山之后，它溜到后面的林地，便消失了。

当天傍晚，安蒂斯和罗伯特在他们的小屋外休息，罗伯特从心里恭喜他的狗当上了父亲。安蒂斯现在的年龄就好比人类的三十五六岁，所以对它来说，也差不多是时候当父亲了。

第二天早上，小狗回来了。接下来的几天里，罗伯特想办法用温和的话语引诱小狗，并在树林的边缘放了一个装有食物的碟子。罗伯特持续引诱了一个礼拜，那小狗终于被诱惑到罗伯特和安蒂斯小屋的门口处，但是它并未踏进他们的小屋。安蒂斯站在那儿，试着激励自己的儿子越过门槛，进入它的势力范围，但野性基因让小狗就是无法踏出那一步。

至于罗伯特，他则是屏气凝神地看着这一切。基地的一位教育军官非常欣赏安蒂斯，他知道，如果罗伯特能让小狗足够驯服的话，那位军官一定马上就会认养它。罗伯特很肯定，他和安蒂斯最后一定能成功驯服小狗。

但是几天后，一群年轻小伙子来到林地附近，用弹弓猎兔子。他们看见一团毛球在那儿耐心地等待着它的父亲，就向它射了几颗石头，小狗痛苦地嚎叫着，便离开了。转瞬之间，小狗刚刚勉强建立起的对人类的信任，就这样破灭了。它逃入了森林深处，在荒野中寻求庇护。罗伯特和安蒂斯找了很多天，但是再也没找到安蒂斯的儿子。

那年秋天，安蒂斯的伤口似乎已经完全复原了。它很幸运，因为英国皇家空军埃文顿基地10月就要关闭了，罗伯特和安蒂斯就要离开这个坐落在山脚下的野外仙境了。他们的下一个目的地是他们期盼已久的地方。现在已是空军少尉的罗伯特，与依旧十分具有代表性的中队吉祥物安蒂斯，将会重返他们原来的部队——311（捷克）战斗机飞行中队。

现在，最初的那八位捷克飞行员（八剑客）已经所剩无几了，而且没有人还留在311（捷克）战斗机飞行中队里。但是，至少还有一位老战友——与罗伯特一起飞行并被精心照料的“西西利亚号”——待在那里，而且他们的地勤组长阿达梅克还待在中队里。

311（捷克）战斗机飞行中队现在搬到了马里湾北部的英国皇家空军泰恩基地，距离埃文顿基地只有几十英里远。中队不再使用威灵顿轰炸机了，他们已经配备了美国四引擎远程重型轰炸机，而且起了一个相当合适的名字：“解放者”。现在311（捷克）战斗机飞行中队是英国皇家空军海防司令部的一部分，他们的任务是飞到一望无垠的北海上空，寻找敌军的船只，尤其是威胁着那片海域的德国潜水艇。

罗伯特再也等不及了：他和安蒂斯终于能开始第二次战斗之旅了。他们将再次飞入战场，对抗敌军。

Chapter 23

第二十三章

到英国皇家空军泰恩基地报到之前，罗伯特与安蒂斯必须先到林肯郡的克兰威尔基地第一通信学校完成训练课程。空军少尉博兹杰赫被安排在“解放者”轰炸机中担任无线电与雷达操作员，因此他需要学习操作很多种类的高科技仪器。与克兰威尔层峦叠嶂的丘陵和田园风情相比，罗伯特更喜欢苏格兰那充满野性的壮丽乡村自然风景，但是他在通信学校遇见的飞行员同行——大部分都是像他这样经验丰富的老兵——弥补了这个缺憾。有了他们的陪伴，罗伯特重新燃起了冒险精神和寻找乐趣的兴致。

罗伯特和安蒂斯与最近才抵达英国的一位加拿大籍空军少尉辛普森共用一个房间。这两位非英国籍飞行员很快建立了感情，特别是因为辛普森是一位无可救药的爱狗人士，他跟安蒂斯一样有搞笑细胞和幽默感。当了父亲之后，安蒂斯似乎变得对恶作剧越来越有信心。好像在苏格兰的山丘生下了小狗之后，安蒂斯不知怎么就脱胎换骨了。

辛普森寻找乐趣的想法变得越来越有创意，不过，他那些搞怪的想法是因为一件事激发了他的灵感。一个晴朗的下午，两个女孩在基地里晾晒洗好的衣物，安蒂斯刚好路过。它把握了时机，从篮子里抢了一件衣物，拔腿就跑。安蒂斯嘴里叼着一件胸罩，跑进了军官的住处，女孩们在后面追着。辛普森看见安蒂斯带着的东西，就把它藏在旁边的房间里，直到危机解除。

女孩们到了罗伯特和辛普森的房间，没有发现那只狗的踪迹，于是就翻遍整个房间寻找胸罩。与此同时，安蒂斯又被辛普森派回去，继续偷篮子里的衣服。之后，它骄傲地叼着五颜六色的内衣裤回来了，接受辛普森真诚且热切的赞美。

两天后，食堂里举办了一个派对。罗伯特邀请了一个当地的女孩作为他当晚的女伴。她来自附近的斯利福德镇，为了去车站接她，罗伯特在晚上9点左右就离开基地了。因此，辛普森自告奋勇留下来照顾安蒂斯，但那并不是他真正的目的。正当罗伯特的约会进行得很顺利的时候，一位军官突然要他们两个出来。

“你们两个，过来！”他喊着，“外面有一场你们不应该错过的表演。”

食堂入口前聚集了许多人，他们有说有笑的，好不热闹。罗伯特跟他的女性朋友挤到前面，想要搞清楚是怎么一回事。原来是安蒂斯在表演个人时装秀。它穿着蓝色丝质女式内裤和塞满棉花的胸罩，大摇大摆地晃来晃去。罗伯特心里做好最糟的打算，瞥了他的女伴一眼，但幸运的是，她跟着大家一起哈哈大笑起来。

罗伯特用勉强可以听见的口哨声和一些手势，吸引到了安蒂斯的注意力，并用手指示它回他们的住处。他希望辛普森——相信他就是幕后黑手——至少能为安蒂斯脱掉那些衣物。之后，在他的同事作下流的评论之前，罗伯特直接抓住女孩的手，以最快的速度离开，回到了酒吧里。

幸运的是，女孩并不知道安蒂斯是他的狗。至少今晚罗伯特不打算告诉她这件事。然而，其他长官显然另有打算。在食堂的入口，罗伯特被空军中校拦住。这次，他可不能掉头就走，置之不理了。

“我一定得说，少尉，那真是一场精彩的表演。”空军中校兴奋地说，“我已经很久没有这样笑过了。”

“是的，长官。”罗伯特低声含糊地说，想赶快进去，但中校伸手挡住了他。

“的确，真是一只格外聪明且有趣的狗，不是吗？但有一件事情困扰着我，少尉。我希望你不要介意我问眼前这位年轻貌美的小姐。你的狗身上的衣物，是从哪里来的呀？”

中校问问题时，上下打量着罗伯特的女伴。没过多久，挽着罗伯特手臂的女孩终于明白了，她的脸渐渐变红。

她面向罗伯特，“你的意思是说，那条狗是你的？”她质问道。

罗伯特知道，现在否认也无济于事：“没错，我很抱歉，它是我的狗。都是我的错。但是，有时候，我真后悔自己是它的主人。”

罗伯特的女伴生气地瞪着这两个男人，直接朝着更衣室走去。之后，罗伯特就再也没见过她了。

“少尉，我是不是说错了什么？”中校问道，尽量不笑出来，“如果我冒犯到任何人的话，我很抱歉。”

“没事，长官，”罗伯特回答道，“只是你的感觉错了，那些衣物并不是她的……”

晚些时候，罗伯特回到了他的房间，打算要好好教训安蒂斯一顿，但这并不容易。尽管罗伯特的约会被搞砸了，但他就像中校和其他人一样，觉得安蒂斯的表演是如此滑稽。而且，他们现在要前往的是泰恩基地，他们需要在苏格兰凛冽的寒冬里执行海防司令部的飞行任务，因此，如果他和安蒂斯想要顺利渡过这一切，就必须保持欢乐的心情。

马里湾11月的天气甚至比他们在东伦瑟姆基地服役时所遇到的最糟的天气还要恶劣。但是，这里还是有一些值得他们兴奋的事。他们坐了长时间的火车后，抵达了泰恩基地，看见了以下场景：一台台曳引机拉着炸弹拖车，地勤人员将武器弹药装载到那外形流线看起来相当威风的“解放者”轰炸机上。罗伯特感到激动不已。这些是最新型的战机，看着这一幕幕熟悉的场景，过去的情感一一浮上心头。

他感觉到待在他身旁的安蒂斯变得肃穆起来。它就这样抬头看着地勤人员忙东忙西，持续了好长一段时间。它好像意识到，事情突然又要变严肃了，他们终于要回来继续他们两个未完成的对敌作战的任务了。对罗伯特来说，就感觉好像生命中一段无忧无虑的小插曲结束了，现在他们又回来参加这场不可避免的战争了。

他可以感觉到，安蒂斯因期待而发抖，好像是回想起过去在“西西利亚号”上执行飞行任务的往事。罗伯特也有相同的感觉，一阵紧张刺激感不断翻搅着他的胃，就像他第一次执行飞行任务时的感觉。

能与阿达梅克重聚让罗伯特万分高兴。这位豁达的捷克人就像与失散多年的兄弟重逢般欢迎安蒂斯。罗伯特也很高兴地发现，埃文顿基地一位名叫阿尔诺什特·波拉克的学员也被派到泰恩基地。除此之外，就没有什么熟悉的脸孔了。311（捷克）战斗机飞行中队遭受的损失非常巨大。这支中队参加过145次空袭任务，但在这一过程中却损失了180名飞行员、20架战机。

311（捷克）战斗机飞行中队始终有20架左右的飞机，一架飞机配六名机组人员，这意味着整个中队在一年间就全军覆没了。平均下来，在那段任务期，他们每两天就失去一名飞行员。

泰恩基地的任务与东伦瑟姆基地的任务明显非常不同。尽管这是同一个中队，却给予了不同的职责。从东伦瑟姆基地起飞的威灵顿轰炸机有着非常具体的任务目标——飞往目的地，锁定并炸毁目标，最后返回基地。在轰炸机司令部的东伦瑟姆基地，一次飞行任务平均时长为6小时；而在海防司令部的泰恩基地，平均时长约12小时。

“解放者”轰炸机设计为远程轰炸机，是战争期间美国制造的最常见的重型轰炸机。但是英国皇家空军发现，“解放者”轰炸机不适于在欧洲上空战斗，因为它的油箱不是自动密封式的，无法承受敌军猛烈的防空炮火。再者，“解放者”轰炸机没有足够的防御性武器，无法抵挡来自欧洲上空的敌军战斗机的袭击。但是，能长时间在空中飞行的能力赋予了它极佳的活动范围，再加上其强大的轰炸能力，使它成为理想的海上巡逻机。

对罗伯特来说，与令人敬畏但过时的威灵顿战机相比，这架流线型、备有四个引擎及一双垂直尾翼的飞机看起来真的是一架完美的战机。更棒的是，这是一架为特定任务目标量身打造的飞机。这架飞机主要的功能是反制敌方的潜艇，因此“解放者”轰炸机经过了多次改良，使其能够更有效地追猎敌人。其改良包括机载水面舰艇搜索雷达、挂载在炸弹舱下的四门20毫米前射西班牙炮以及装在机身短翼上的八枚60磅重的火箭。除此之外，“解放者”轰炸机还备有好用的潜艇克星——深水炸弹。

搜索德军潜艇的原理其实相当简单。柴电潜艇长时间下潜后，需要浮出海平面“喷气”，缓慢地在海平面游走，吸进新鲜空气，并从潜艇内部排出废气。透过肉眼或机载水面舰艇搜索雷达，正在巡逻的“解放者”轰炸机就能趁这个时候锁定敌军潜艇。当然，如果德军潜艇发现了英军飞机，就会紧急下潜，所以这是一场与时间的竞赛。

如果与潜艇有一段距离的话，“解放者”轰炸机可以用火箭来攻击潜艇。若太靠近的话，可以用西班牙炮的穿甲弹来射穿它的船体。如果德军潜艇在炮火中存活下来，并潜入海平面，那么，“解放者”轰炸机就会“轰隆隆”地驶到潜艇消失的地方，投下深水炸弹，尽力将它击沉。

从泰恩基地起飞执行的大部分任务都需要花费很长时间，在那阴沉且下着大雨和冰雹的海平面，四处搜寻敌军船只。远至北极地区的巡逻任务得持续航行13个小时以上。而且，因暴露于北海吹来的寒冷刺骨的东风之下，泰恩基地的天气常常本身就非常糟糕，使降落和起飞一样危险……接下来，事实就会证明这恶劣的情况。

罗伯特与安蒂斯到达泰恩基地不久，一架编号Y-949的“解放者”轰炸机在10点左右起飞，执行夜间巡逻。战机飞向北方，但在起飞约三十分钟后，就坠落在厄尔凯尼的罗拉岬了，机上人员全数罹难。由于天气恶劣的缘故，飞机场停飞是经常发生的事。有时候，飞机刚起飞离开基地不久，就因天气恶劣又被召回来。

311（捷克）战斗机飞行中队的工作虽然充满沮丧和危险，却是这场战争中极为重要的一部分。而德军潜艇对英国的威胁，仍然是一个可能会扭转战局的关键。盟军诺曼底登陆成功之后，德军潜艇就失去了他们的法国沿海基地，无法从那里骚扰航经大西洋的船只。因此，大部分德军潜艇便转移到挪威，利用深邃的峡湾做掩护，继续骚扰大西洋。为了反制这种威胁，英国皇家空军泰恩基地的“解放者”轰炸机巡逻队便应运而生。

罗伯特明白这些即将到来的任务所带来的危险，不过，这丝毫不会减少他想赶快上天执行任务的渴望。但是，安蒂斯将无法陪伴罗伯特一同执行任务——至少目前是这样。前311（捷克）战斗机飞行中队指挥官——空军中校欧赛卡，一位多次帮飞行战犬化险为夷的长官——就像其他许多311（捷克）战斗机中队的飞行员一样，在行动中殉职了。在311（捷克）战斗机飞行中队的新指挥官以及英国皇家空军海防司令部的监管下，军中的规定非常严格地执行着。新指挥官绝对不会对一只加入“解放者”轰炸机反潜巡逻队的狗视而不见。

再说，罗伯特不再是炮手了，不再孤零零地待在威灵顿轰炸机机尾炮塔里，在那个位置，一个犬类机组人员并不会影响到其他人。罗伯特现在是无线电和雷达操作员，是驾驶舱团队中不可分割的一部分，即使这些规则能通融，让安蒂斯与罗伯特一起执行任务，也根本没有空间容得下这只体形硕大的德国牧羊犬。所以，罗伯特再次翱翔于天际时，安蒂斯只能坐在地面上，等待主人归来。

罗伯特执行第一次任务时，他乘坐的编号GR1“解放者”反潜机需要在黑暗中起降，因为在遥远的北方，冬季的日照时间很短。罗伯特带上他的御寒衣物和飞行装备，安蒂斯显然期待能陪着他，如果不能上机，哪怕到飞机场也行。但是，当时在苏格兰北方，天气非常寒冷，因此罗伯特一点儿也不想让它待在寒风中，守12个小时的夜。

“待在这里，老伙计。”罗伯特试着说服它，用手朝着舒适温暖的房间四周画了一个圈，“外面的飞机场对你来说太冷了，待在这儿。”

安蒂斯明显非常不高兴。它轻声地呜咽，抬头凝视着罗伯特，双眼传达着清楚的信息：**如果你要去，那我也要——至少让我待在机场等候你。记得，我们是伙伴，无论在地上或是空中。**

罗伯特无奈地耸了耸肩，抓着安蒂斯的毛毯，前往飞机跑道。他知道，如果他将安蒂斯锁在房间内，它的嚎叫声会吵醒整栋楼的人，尤其是那些因夜间巡逻而在补觉的飞行员。一旦安蒂斯听到“解放者”轰炸机的起飞声，它就会知道主人升空了，开始吵闹。因此，别无他法，他只好让它在飞机停放区等着，直到他完成任务归来。

罗伯特安慰自己说，相信阿达梅克绝对会照顾好安蒂斯，就像在东伦瑟姆基地那样。在如此寒冷的泰恩基地，地勤人员待在他们的帐篷里，有热腾腾的饭菜帮他们抵御寒气。有阿达梅克在，安蒂斯一定也不会饿着的。只要它用毛毯包得紧紧的，待在地勤人员的帐篷里，应该是没问题的。

罗伯特的“解放者”轰炸机首次出击——随之而来的诸多任务——涉及长时间地仔细观察昏暗且空旷的大海。持续地从驾驶舱的窗户向外面盯了12小时之后——对罗伯特来说，连续12小时盯着雷达屏幕——“解放者”轰炸机的机组人员觉得，他们好像都快要发疯了。但是即便在这样的航行中，有一些事还是需要注意的：飞机上四个引擎消耗燃料的速率不尽相同，因此各个燃料槽之间的燃料必须互相泵送，以平衡飞机的重量。如果这是罗伯特想要的话，那么飞机在泰恩基地着陆之前，他可有得忙了。

安蒂斯是一只有习惯的动物。罗伯特所搭的那驾涂上迷彩保护色、造型流线的轰炸机飞上天空之后，安蒂斯就开始待在与东伦瑟姆基地几乎相同的位置，为主人守夜。尽管阿达梅克极力哄劝，它还是拒绝进入温暖的帐篷里。相反地，它形单影只地待在飞机停放区等着。那里是它最后见到罗伯特爬上飞机的地方，同时也是它将会等待12个小时，直到主人平安归来的地方。

更糟糕的是，它又重回了罗伯特在空中时便拒绝进食的老习惯。早些时间，机组人员听完任务简报之后，安蒂斯和他们吃过一顿热饭，但在接下来的12个小时里，它拒绝了阿达梅克提供的每一份食物。好像它完全明白，主人正在执行的任务有多么危险，因此它的胃因紧张和担忧而纠结成一团，以至于无法吃任何东西。

在较为晴朗的东伦瑟姆基地，如此的行为可能还算能够忍受，而且当时罗伯特执行任务的时间顶多也只有六个小时而已。但在泰恩基地，不仅有从北极一路吹拂过北海的凛冽寒风呼啸着，而且安蒂斯还得在外面待上双倍的时间——直到罗伯特回来。

罗伯特终于回到基地的时候，安蒂斯几乎一半的身体都被冻僵了。安蒂斯那漫长且孤独的守夜让它的身体衰弱不已，因此它没办法用它传统的方式——欢愉的战舞——欢迎罗伯特回家。罗伯特和阿达梅克都很清楚，如果安蒂斯硬要这样孤独地守夜，它将无法撑过接下来几个月的漫漫寒夜。

它已经不再是当年在东伦瑟姆基地等着罗伯特的一岁狗了。它已经快四岁了，在它那短短几年的生命里，它受过的伤比大多数狗一生受过的伤还要多：在对德国的空袭任务中受过两次伤，被愤怒的威尔士农夫用铅弹射伤，以及被埃文顿基地的金属栏杆刺穿。最后一次伤差点要了它的命。现在只有一个法子能够救安蒂斯了：罗伯特只得禁止它进入飞机场了。

罗伯特在他第二次夜间巡逻任务中，完全无视安蒂斯的恳求，将它留给一些飞行员同胞看管。但是在这漫漫长夜，安蒂斯就是不肯接受其他飞行员的照顾。它不断地嚎叫、悲鸣，直到罗伯特归来，它才恢复镇静。那些答应照顾安蒂斯的飞行员一整夜都未阖眼，因此这种方式是行不通的。

第二天，罗伯特带着安蒂斯去找泰恩基地的裁缝。他有个新办法，也许能解决这个问题。罗伯特一一向他们解释了他的困境，裁缝们便非常乐意地答应帮忙。他们替安蒂斯量身体的尺寸，用一些羊皮开始为它制作一件毛茸茸的外套，专门用来抵御北苏格兰最严峻的天气。

结果安蒂斯爱死了这件外套，因为别的不说，这代表它和罗伯特多了一个共同点。每当罗伯特拿取他的飞行装备，准备要进行夜间巡逻任务时，安蒂斯也能拿它的羊皮外套，准备进行相同重要的任务。它总会将外套交给罗伯特，仿佛在说："帮我穿上！"罗伯特把它系牢之后，安蒂斯便会朝门口移动，好像在向罗伯特示意，它已经准备好了，并强调已经没有任何理由能再拒绝它参与即将到来的任务了。

在一个寒冷的1月夜晚，罗伯特的"解放者"轰炸机在黑暗中由基地出发，进行巡逻任务，并预计天亮前返回基地。除了气温很低，天气状况还算不错。接近满月的月光让任何可能浮出海平面换气的潜艇都无所遁形。

但是巡逻任务进行几小时后，天气条件逐渐恶化。一阵厚实的冻雾自海平面上卷起，遮蔽了月亮和星星。安蒂斯仍坐在飞机停放区内，耐着性子等待"解放者"轰炸机的回归。到如今，它已经非常清楚罗伯特那架战机的引擎节奏声，只有当它能够听见罗伯特的飞机往基地飞来，期待着跟主人团聚的安蒂斯才会放松一点。

尽管安蒂斯现在裹在羊皮外套里，冻雾已经将寒气渗到它的身体里了。更糟的是，因为泰恩基地被一阵从北海吹来的寒冷风雪笼罩住了，罗伯特的飞机收到了改变航线的指令。

而安蒂斯，这只永远忠实、永不动摇的战犬，依旧屹立在风雪中。

Chapter 24 第二十四章

在浓雾笼罩的泰恩基地，冻雨开始从黑暗的夜空落下。阿达梅克尽其所能地说服安蒂斯进到帐篷里，但它就是不愿意。他一度试着拉安蒂斯那厚厚的项圈，想要移动它，但安蒂斯就如同一座雕像，动也不动地坐着。它用一阵低沉的吼声警告阿达梅克停止拉扯，好让它完成这件它自己任命的任务。

基地的无线电收到了罗伯特的“解放者”轰炸机传来的信息，内容提到他们要变换航道，改到最近的、能见度更好的设德兰群岛基地降落。泰恩基地里需要知道这条信息的人都已经收到信息了，只有坚持不离开岗位的安蒂斯例外。

倾泻而下的冻雨持续地浸湿它那厚重的外套，直到它完全湿透。随着寒冷的天气持续恶化，冻雨变成一阵阵的雪花落下，使得安蒂斯那湿透的外套也开始结冻。随着风“呼呼”地吹和雪一阵阵地袭来，孤单的安蒂斯就像扎了根的树一样，独自伫立在结冻的飞机跑道边缘。安蒂斯的胡须就像冰柱一般，从它那被雪花覆盖的口鼻部凸出来，但是它仍不放弃守夜，依然忠诚并坚决地等待主人的归来。

最后，安蒂斯就像在暴风雪里坐着的一座冰冻雕像，阿达梅克决定，必须在安蒂斯被冻死前强行将它带进屋里来。阿达梅克找来两位飞行员帮忙，他们也是罗伯特的好朋友。他们一起靠近它，带着一件可以包住安蒂斯的毛毯，开来一辆吉普车，要将它带到它与罗伯特的房间里取暖。他们差点就来不及了。安蒂斯感到极度寒冷，全身麻木，精疲力竭，完全没有力气反抗他们。

安蒂斯意识到自己已濒临死亡，最终还是任他们把它从冰冻的雪地放到毛毯里，之后他们就将它带到等待在一旁的车辆上。在温暖的小屋里，他们褪下狗的外套，再用干毛巾将它全身擦拭一遍，试图消除它身上的寒气。终于，它似乎又活过来了。但是很明显，那可怕的彻夜守候让它累坏了。于是，安蒂斯在房间炽热的火炉前伸了个懒腰之后，便快速地沉睡了。

第二天，天气变得比较晴朗了，罗伯特的"解放者"轰炸机便从设德兰群岛基地起飞，回到泰恩基地。着陆之后，满脑子都想着安蒂斯的罗伯特找到阿达梅克，询问发生了什么事。

"我和上尉弗佛卡和瑞柏把它带走了。"阿达梅克解释着，"它的情况很不好。我从来不知道以前有谁可以把它从它的守夜任务中带离过……这次就像那次我们在东伦瑟姆基地一样，无法移动它。但是，这次情况很糟糕，非常糟糕。那时是南英格兰的夏天。"阿达梅克的手朝着那被冰封的荒凉的飞机场划过，"这里的环境可没办法让一只狗在野外等待这么长的时间……"

罗伯特忧虑地摇着头，"天知道安蒂斯何时才会罢休？"他喃喃自语着。

谢过了阿达梅克，罗伯特急着赶回住处。他在他们的房间里找到了安蒂斯，它躺在火炉前，身体怪异地发抖着，双眼呆滞无神。罗伯特试着喂它吃东西，但它拒绝了，似乎只想喝大量的水。罗伯特带它出去小便时，震惊地发现，它尿出来的全都是血。

罗伯特感到焦急不已。安蒂斯已经不是它原来的样子了。它甚至都不跟从它面前经过的朋友打招呼，而且它的鼻子不断发热，呈现出不自然的干瘪状。于是，罗伯特带着它到离他们最近的兽医处，做全身检查。

“一定是这样，”兽医替安蒂斯做完诊治后，说道，“依照它的症状来看，它的肾脏已经受到一定损伤了。你知道它的肾脏为什么会受伤吗？”

罗伯特向兽医解释了安蒂斯在飞机停放区的守夜习惯，还有他飞机的航程被迫改到设德兰群岛基地后，它独自在寒冷的风雪中守候的情形。

“嗯，这也难怪了，”兽医说道，“如此的酷寒会对它的身体造成无法复原的损伤。”

“很严重吗？”罗伯特问道。

兽医歪斜着头，透过眼镜直视着罗伯特：“狗的肾脏受到损伤，后果是很严重的。它们对肾脏的需求程度就跟人类一样。”

“那么，我们能做些什么？”

“它现在病得非常非常严重。如果它的肾脏彻底失去功能，会要了它的命。但是，若从现在起，它能得到正确的照顾，它就可以多活几年。问题是，它那顺从且听话的态度可能反而会让它处于危险的状况。现在它的膀胱和肾脏都极度虚弱，假如把它锁住一段时间，它会因为怕弄脏房间而一直憋尿，那就会害了它。别误会我的意思。要是你再一次让它长期暴露在外面寒冷的天气中，那恐怕就回天乏术了。”

罗伯特将兽医的警告牢牢记在心里。他从来都不想要他的狗在马里湾大雪纷飞的冬天里孤独地守夜。但是，他能做什么来制止安蒂斯呢？罗伯特试过将它关在房间里，但是一点用也没有。他也特制了一件毛皮厚外套给它，但还是抵御不了寒气。他心情郁闷地坐在房间里，安蒂斯则在火炉前无精打采地伸着懒腰。安蒂斯的最后一次守夜差点让它自己的命都没了，但是罗伯特又想不出一个策略，以戒除它那一定会害死自己的习惯。

突然，一个想法把他从忧郁中拉了出来。这个想法是如此匪夷所思，罗伯特之前完全都没有想到过。安蒂斯就是因为全身心地爱着主人，才会让自己陷入如此窘境。因此拯救它的唯一方法，就是切断罗伯特和它之间那坚不可摧的羁绊。为了拯救安蒂斯的生命，罗伯特愿意做出那令人无法想象的举动，并背叛安蒂斯。

在罗伯特的一生当中，这应该算是一个最艰难的决定了，而且一旦执行下去，就没有回头路了。罗伯特召开了一个紧急会议，因为他一个人做不来。他找来了阿达梅克和两位将安蒂斯从濒临冻死边缘救回的上尉和另外几位朋友，告诉他们兽医交代的事情，以及安蒂斯绝对活不过第二次那样的守夜。

“嗯，我不认为你能做什么事来挽回这局面。”把安蒂斯救回的瑞柏上尉说道。

瑞柏上尉看着其他人，想知道他们是怎么想的，弗佛卡上尉——安蒂斯的另一位救命恩人——和赫林都点头表示同意。

“我看这是一个僵局，”弗佛卡上尉说道，“很明显，你不会放弃飞行，安蒂斯也不会打破它的习惯……”

“但是，它会因此而丧命啊！”罗伯特痛苦地喊道，“如果它不戒掉这个习惯，根本就是必死无疑，不是吗？”

罗伯特很少这样公开地表达他的感受，因此他的飞行员同胞可以看出，安蒂斯的困境给他带来了多大的折磨。他们彼此对望着，都明白罗伯特的言下之意是什么，但是没有人想要将它说出来。

“那么，你的提议是什么？”瑞柏反问道，将问题丢回给罗伯特。

罗伯特停顿了一下，双眼凝视着他的狗。这场充满痛苦的讨论的主角正在火炉旁伸展着四肢，显然完全不知道，这一切的烦恼都是它造成的。

“如果你可以训练一只狗做一件事，”罗伯特轻声地说，仿佛不是说给飞行员听的，而是说给安蒂斯听的，“那么，你当然可以再训练它做另一件事。”

“你的计划是什么？”其他人问道。

罗伯特抬起头，看着瑞柏、阿达梅克、弗佛卡和赫林：“我在埃文顿基地当教官时，常常外出，不在它身边，但是学员们都会替我照顾它。事实上，太多次我根本不管它的……”

“是因为苏格兰女孩吧。”赫林说道。

“是啊，她们差点就让我失去安蒂斯了。”罗伯特肯定地答道，“最后，它跑离基地，自己跑去找它的配偶，当时我真的以为我要失去它了。但是，我的学员们基本上都会照顾安蒂斯，直到我回来……”

瑞柏看了罗伯特一眼：“所以，你建议我们现在在这里做类似的事情吗？比如，假如你强迫安蒂斯与其他人待在一起，听从他们的指令，也许它就会对你失去注意力？假如它从别人身上得到妥善照顾，就像弗佛卡和我那天晚上对它所做的那样，它就会将它对你的忠诚转移到我们身上。这是你所想的吗？”

罗伯特点点头：“我想不到其他法子了。它现在可正处于生死关头啊。看在上帝的份上，就让我们试试吧。”

“这个方法不会有用的。”瑞柏说道，“失去对你的爱，它就完蛋了，一定活不下去的。”

“它是一只狗，”弗佛卡严肃地说道，“而不是人类。关于对谁忠诚，我们也许能像风一样说变就变，但是你的狗是不可能这样做的。”

“但是，假如我再一次被迫降落在其他基地……”罗伯特双手抱着头说道，“现在已时至深冬了，还有更多像上次那样寒冷的天气会到来。兽医说，如果再像上次那样暴露在风雪里，它就完了。但是，如果你们愿意帮助我，在我刻意忽视它的时候，替我照看它，带它去做它喜欢的事，这样或许会行得通。”

“我小时候不乖时，我爸会用棍子抽打我，”瑞柏说道，“我爸说，这是为我好。但是，我的背到现在还会觉得疼啊！”

罗伯特看了看其他人，他的脸因感到绝望而纠结在一起。

“我来帮你吧，”阿达梅克小声地说，“我认为我们不会成功，但我愿意试试。”

“我也是，”赫林主动说道，“这值得一试，我也来帮忙。”

“那也算我一份吧，”弗佛卡说道，“但我还是觉得这是在浪费时间……”

罗伯特瞥了瑞柏一眼，他是这群人中最机灵的：“那你呢？”

瑞柏耸了耸肩：“好吧，就像他们说的，还是要试试。我会帮你，但我对此不抱太大希望。”

弗佛卡伸手轻轻抚摸着安蒂斯的耳朵。“你这个可怜的小家伙，”他低声地说，“大家正在密谋要怎么伤你的心呢……”

“该死，弗佛卡，我是最不想这样做的人，”罗伯特说，“但是，我若不这么做，它会死的。”

“这不会有用的，罗伯特，”瑞柏说道，“但并不代表不值得一试。”

“我想……”弗佛卡补充道，仿佛是在对他脚边的安蒂斯说，“我在想谁能撑到最后……”

“撑过什么？”罗伯特询问道。

看到罗伯特脸上那忧愁的表情，弗佛卡清楚地知道，现在只能做一件事来缓解当前的气氛——借酒浇愁。于是，他站起来，要大家起身前往酒吧，好好地喝上一杯。

第二天，罗伯特就被安排执行夜间巡逻任务。于是，当天早上吃完早餐后，罗伯特拿起了他的外套和帽子，仿佛要出去散步一样。安蒂斯迅速地从毛毯上起身，用嘴巴咬着罗伯特的皮手套，为他们的外出散步做准备。罗伯特狠下心来，从安蒂斯的嘴里将他的手套抢了过来，并用严厉的语气命令它回到床上去。每当安蒂斯做错事，他都用这种语气命令它。

安蒂斯完全不知道自己做错了什么，溜回毛毯上，郁郁寡欢地趴着。它眼睛向上，想要看着主人的脸，但只看到罗伯特背对着它，迈出房门，并用力地关上门，离开房间。罗伯特漫无目的地在雪中拖着脚步走了三小时，一直懊悔他刚才对安蒂斯所做的行为。在他的生命中，罗伯特从来没有如此强烈的欲望想要对他的狗说些话，向它解释原因，这样安蒂斯也许意识到，他这样做是为了挽救它的生命。

在罗伯特生命极度低潮的时刻——离开家国流亡他乡，飞行员同胞及亲近的朋友相继牺牲，每次执行任务都可能是最后一次所产生的孤独和恐惧——他心里都很清楚，安蒂斯这个忠诚的伙伴永远都会陪伴左右。安蒂斯虽然不会明白罗伯特所说的每一句话和所要表达的信息，但是，安蒂斯能感受到主人的感觉和心情，因此罗伯特完全不用担心在安蒂斯面前展露他脆弱的一面。

罗伯特漫步穿过白雪皑皑的原野，此时，安蒂斯正凝视着紧闭的房门，思索着它到底是哪儿惹了主人不高兴。刚开始，它还以为这是罗伯特在跟它开玩笑。他们总是喜欢这样捉弄彼此。它已经等了十分钟，期待着主人会将头从门缝伸出来，走到门前对它大笑，告诉它这一切都是玩笑。但是，罗伯特并没有回来。

安蒂斯明白这可能不是玩笑之后，变得垂头丧气。它趴在自己的毛毯上，尽力回想它到底做错了什么，让自己遭受到如此对待。它只是做了自己平常做的事：主人要带它出去散步，它叼着手套，送给主人。然而，它为此得到的回报却是被大声责备，并被关在房间里。

罗伯特在雪地漫步时，他的意志动摇了好几次——想要直接冲回房间，给安蒂斯拥抱和安慰。然而在他的脑海里，有一个强烈的声音告诉他，要坚强。他和安蒂斯那紧密的羁绊必须要切断，罗伯特不得不背叛安蒂斯对他的信任，因为没有其他方法能够避免它将自己冻死在那寒冷的飞机场雪地里。

罗伯特回到他们的房间，强迫自己进到房里，并调整好心态面对随之而来的情况。于是，他转开门把，打开门，看到安蒂斯焦急的眼神向上看着他，希望罗伯特能宽恕它、赞扬它。它起身问候主人，低着头，尾巴充满希望地左右摇晃着。

"回到你的床上去！"罗伯特恶声恶气地说，并转过身，背对着它。

安蒂斯依然乖乖听话地溜回毯子上，但显露出十分痛苦的表情。罗伯特非常清楚，他采用的这种方式已经开始伤安蒂斯的心了。

第二天，他开始实施第二阶段计划。罗伯特搬去和他的共谋者——弗佛卡、阿达梅克、赫林以及瑞柏——一起住。之前，安蒂斯的床总是在主人的床边，但是在这里，它却被安排在小屋中间的火炉旁，距离主人的位置非常远。于是，它开始迟疑地拖着毛毯，靠近主人位于小屋一端的床，却受到罗伯特严酷地责骂。

"那里就是你的床，好好待着！"

安蒂斯那感到委屈的眼神就像人类一般鲜明，让罗伯特感觉心脏好像被一把锋利的刺刀刺穿。

当天下午，罗伯特开始为夜间巡逻任务做准备。“解放者”轰炸机的行前例行性检查总是需要花掉一大把的时间，更不用说任务简报了，因此越早准备越好。安蒂斯看见罗伯特准备要出任务了，就衔着它的羊皮外套，迟疑地朝门口走了几步。它满怀期待地注视着主人，希望他给个信号或手势，让它加入他。罗伯特却骂了它一顿，叫它回毯子上待着。

罗伯特离开后，安蒂斯发觉自己被其他飞行员包围着。他们表现得非常怪异，虽然不像主人那么反常。其中一位飞行员拿着梳子，要刷安蒂斯的羊毛外套——这种事通常都是主人帮它做的。于是，安蒂斯低吼警告着，要弗佛卡上尉放下梳子。之后，瑞柏试着喂安蒂斯吃东西，但它连看都不看食物一眼，更没有碰。

这次夜间巡逻，飞机要到午夜过后才会起飞。因此几个小时后，罗伯特回来了，带着兽医给安蒂斯的药。罗伯特强迫自己不要心软，让安蒂斯吃下苦涩的药丸，不说一句鼓励或安慰的话。

安蒂斯吞下药丸后，罗伯特指着瑞柏、弗佛卡和其他人，说：“好，你现在可以和你的新朋友出门散散步了。”

安蒂斯断然地拒绝。瑞柏、弗佛卡、赫林试着哄诱它出门，但安蒂斯依旧趴在它的毛毯上，眼睛一直盯着对它似乎漠不关心的主人的背。因为等会儿要长时间巡逻，罗伯特想趁这段时间补个觉。

在这个新家的火炉边，安蒂斯断断续续地打着瞌睡，做着被主人抛弃和背叛的噩梦。

Chapter 25 第二十五章

凌晨，安蒂斯看到了值班警察在小屋里移动的身影，那位警察悄悄叫醒罗伯特和他的机组人员。但是，他不知道安蒂斯的例行行程已经变更了，竟然走过来，叫安蒂斯起床了。

“来吧，老伙计。”他低声说道，“该起来了，现在是飞行出勤时间。”

安蒂斯不知道怎么办才好。它的目光由那位好心的警察身上移到了罗伯特身上，试图判断他的心情。也许他已经变回那位正常的主人了？也许他不会再用恶言恶行对它了？安蒂斯迟疑不决地从它的毯子上站起来，轻轻走到主人的床边，将它那强壮的头放在罗伯特的胸部。罗伯特还处于迷迷糊糊的状态，但能感觉到安蒂斯的目光落在他身上，恳求着罗伯特能像以前那样爱它、珍惜它。

罗伯特知道，现在是关键时刻。他的直觉是想直接用双手捧着它的头，抚摸它的耳朵后面，就像他在无人地带发现它时对它做的那样，那似乎是很久以前的事了。但是，罗伯特明白，如果他现在态度软下来，一切就前功尽弃了，也就再也没机会打破他们之间牢不可破的羁绊了。

相反地，他强迫自己站起来，将安蒂斯带回它的毯子上："在那里待着。我不在时，做一只乖狗，好好记住——你现在有一群新朋友了。"

安蒂斯重重地用腹部趴下，看上去好像是主人刚刚给了它一生中最残忍的痛打。事实上，安蒂斯宁愿挨打也不愿被这样对待。这种无法解释的心理煎熬让它非常难受。罗伯特急忙穿好衣服，尽量避免看他的狗，没有任何再见的话或手势，便冲出了房间。

那一晚，泰恩基地的天气又变得很差，罗伯特的"解放者"轰炸机再次被迫转往设德兰群岛基地。整整48个小时后，罗伯特和他的机组人员才能够找到机会在泰恩基地安全降落。他们一着陆，罗伯特第一个想到的就是他的狗。事实上，这两天，他对安蒂斯的担忧一直折磨着他，即使在他们执行飞行巡逻任务期间。

瑞柏、弗佛卡和其他人都在等着他，罗伯特从他们那忧郁的表情知道，他们绝对不是要告诉他好消息的。

"就像我说过的，这是不可能的，"弗佛卡开口说道，"这对双方都没有好处。没有你，它不吃饭，也不散步。我们试过一切想得到的办法，都无济于事。我们真是笨啊，早该想到这计划行不通的。"

"但是，它肯定吃了点东西吧？"罗伯特惊呼道，"已经过了整整两天了……"

"半点该死的东西都没吃！"瑞柏气愤地插嘴道，"它唯一出房门的一次，是晚上去撒尿，然后把我们吓得魂都飞了——它尿出好一大摊血，很恐怖的。你不能再继续这个计划了，罗伯特。这对安蒂斯既残酷又不公平。我告诉你，即便你受得了，我们也忍受不下去了！"

罗伯特急忙冲去小屋。他发现安蒂斯趴在毛毯上，确实待在罗伯特丢下它的那个位置，它睁着双眼，但是再次变得呆滞无神，呈现出奄奄一息的状态，虚弱得连辨认主人的力气都没有。罗伯特跪下来，双手捧住它的头，凝视着它的双眼。这是罗伯特第一次发现，安蒂斯没有做出认出主人的反应。

罗伯特试图从安蒂斯身上得到一点反应——任何反应都行——两行热泪从罗伯特的双颊滑落。“我回来了……我回来了……”他在安蒂斯的耳旁低声地说着，“那个自称你主人的该死的最该死的傻瓜……他回来了。你快醒来吧，对我说些什么。我回来了，老伙计，我回来了。快告诉我，你知道我是谁……”

正当罗伯特乞求着安蒂斯时，它好像有了动静。用那仅存的一点点力量，安蒂斯颤抖着举起一只脚掌。滚烫的泪水刺痛了他的眼睛，罗伯特接住了安蒂斯的脚掌，轻轻地握着它一秒钟，然后再次将它放到毛毯上。

“这种忠诚和奉献，没有人能够改变。”瑞柏在他们身后说道，“我们早该知道的。”

“我可怜的老安蒂斯。”罗伯特低声地说道，无视瑞柏刚刚说过的话，“我知道我做错了，但是请原谅我。我会这样做都是为你着想，伙计，但我现在知道，你是不会明白的。请相信我，这样做也是在折磨我自己，我感受到的痛苦或许不比你少。但是，这一切都结束了。我答应你，无论未来如何，你和我，我们都会聚在一起。来吧，你要快快康复。如果我现在失去了你，我绝对不会原谅我自己。”

安蒂斯设法抬高自己的头，放在罗伯特的膝盖上。它似乎知道，它那如梦魇般的审判已经结束了。它的主人回来了，他们又在一起了。在它的内心深处，安蒂斯知道自己的生命再次有了意义，再次有了目标让它去奋斗，于是它终于将心安定下来了。它迷迷糊糊地进入了梦乡，让身体自然而然地恢复。

过了一会儿，弗佛卡带来了一碗粥，粥上面覆盖着一层厚厚的奶油。虽然安蒂斯的喉咙像砂纸般干燥，罗伯特还是设法用汤匙喂它吃了好几大口。喂完一碗之后，他让安蒂斯再次入睡。罗伯特有连续三天的假，能好好陪着安蒂斯，他发誓要用接下来的每一分钟让它的身体好起来。

在这72小时里，他从未离开过它身边。每餐都是他亲手喂安蒂斯的，并准时喂它吃药。在罗伯特离开的那两天，安蒂斯不仅不吃食物，连兽医为它准备的药都没吃。由此可见，安蒂斯是多么心碎。到了第三天，微弱的冬日暖阳穿过云层显露出来，罗伯特就趁此机会，带安蒂斯出去散步。这只飞行战犬的身体又慢慢地康复起来。

几个星期过去了，春天渐渐来了。随着时间的推移，安蒂斯似乎恢复了以前的活力，血尿的状况也逐渐改善。从某种令人费解的角度而言，罗伯特那几天试图要与安蒂斯断绝关系的努力似乎没有白费。现在，每当罗伯特要执行飞行任务，安蒂斯似乎明白了它的任务已经与以往不同了。它仿佛从最近被折磨的经验中学到了教训，会陪同罗伯特到飞机停放区，看着他起飞，一旦罗伯特的“解放者”轰炸机消失在东方天空的尽头，它便会回到自己温暖的小屋里，等待着主人归来。对安蒂斯来说，这非常痛苦，但它似乎已经学到了那个教训背后所隐含的生存意义。

在接下来的战争期间，罗伯特持续跟着“解放者”轰炸机守护着北大西洋。他执行过多次护送任务，虽然在任务期间基本上都是风平浪静的，但中间偶尔会穿插敌军来自空中、海平面上或海平面下的攻击。他们会急忙地搜索敌方试图阻碍英国皇家海军行进的潜艇和船只。在一次难得的机会里，他们发现了一艘令人憎恨的德国潜艇，“解放者”轰炸机用加农炮、火箭推进式导弹以及深水炸弹，对其展开猛烈地攻击。

但是，安蒂斯再也没有参与过任何飞行任务，连飞机都不能登上。飞行战犬因它那忠诚守候主人归来的守夜习惯，已经被真正地停飞了。但安蒂斯仍是311（捷克）飞行中队的吉祥物，而且它的名声一天比一天响亮。它不仅是一只飞行战犬，也是一位参与过无数次战斗任务、受过无数道战伤、在鬼门关前走了好几遭的老兵。

它的名气不断地传播开来，受到了英国广播公司记者的关注，他们继续报道关于战场老将安蒂斯因为出任务多次受伤而被禁飞的故事。

“解放者”轰炸机机组人员在泰恩基地的最后一次作战任务中，发现一艘德国潜艇的指挥塔从海平面探出来。由于能见度非常好，飞机从20英里外就开始进攻。“解放者”轰炸机在潜舰四周投下了一系列深水炸弹，潜舰的指挥塔被淹没在深水炸弹爆炸所激起的浪花中。“解放者”轰炸机盘旋在潜艇上空，看着阵阵爆破撕裂海平面，接着一摊摊的油自海面上浮现。最后，那受损的德国潜艇船体便上下颠倒地浮到海平面上了。

现在，重大事件接连席卷着欧洲大陆。捷克已经开始起义，旨在将德军驱逐出境，并呼吁盟军前来协助捷克抵抗纳粹的侵占。罗伯特渴望去援助他的同胞们。当所有“解放者”轰炸机的机组人员接到命令，要进入捷克执行飞行任务时，罗伯特的欣喜之情溢于言表。由于此项任务距离长达3000英里，“解放者”轰炸机是少数有能力飞往遥远的布拉格的盟军战机。

许多空勤人员渴望前往援助他们的同胞，他们甚至驻留在他们的飞机上。罗伯特开始习惯睡在“解放者”轰炸机里，依偎着安蒂斯取暖。如果他们要去帮助罗伯特在捷克的同胞，阿达梅克就会将安蒂斯带下飞机，并照看它，直到罗伯特归来。在这场战争的最后日子里，罗伯特可经不起失去他那只飞行战犬的打击。

不久后，这场战争突如其来地结束了，因此311（捷克）战斗机飞行中队无须飞到捷克援助他们的同胞了。即便如此，311（捷克）战斗机飞行中队并没有因为德国无条件投降而停止进行他们的飞行任务。那帮死忠的德军舰艇指挥官拒绝接受德国国防军最高统帅部的投降命令，决心继续徒劳地抗争，因此海防司令部的空勤人员不得不继续进行防卫。

“解放者”轰炸机群持续地从泰恩基地飞出，攻击敌军的船舰，并围捕浮出水面搜寻同盟军、准备投降的潜艇。1945年5月10日，四架“解放者”轰炸机在执行巡逻任务时，发现两艘潜艇举着代表投降的黑旗，浮出海面。于是，他们盘旋在船只上空，拍了几张照片，让英国的舰艇可以搜查到这些投降的船舰。之后，潜艇便被护送到最近的盟军基地斯塔万格港，或者最近的英国港口。

6月2日，罗伯特的“解放者”轰炸机终于完成了最后一项任务，并平安返回基地。当时，他们一直沿着挪威海岸搜寻德军潜艇，任务似乎没完没了，却突然结束了。

在这个重大的时刻，当那架四引擎“解放者”轰炸机优雅的身影在晴朗的夏日天空中出现时，安蒂斯已经忠实地在飞机跑道边等着了。早在人类能听见引擎的声音之前，安蒂斯已经竖起了它那双耳朵仔细聆听着，尽管其中一只耳朵因被弹片打伤而无法完全立起来。

它知道主人就要回基地了，不久，它就能跳着最后一支战舞，庆祝主人平安归来。

/后记/

1945年8月15日，罗伯特·博兹杰赫带着待在他脚边的安蒂斯，与其他幸存的捷克飞行员一起，乘坐“解放者”轰炸机编队返回了自己的祖国。他们飞过德国领空，再也不用担心防空炮火的威胁，也不用担忧被击落的危险。在家乡，他们受到了英雄般的欢迎，罗伯特和现在出了名的老战友安蒂斯，在自己家乡的土地上开始了新的生活。

但是不幸的是，还不到三年，罗伯特被迫再次冒着生命危险逃离捷克。那时的捷克已落入苏联的掌控之中，而苏联共产党把任何与西方有关的人——包括英国皇家空军飞行员——都当作整肃的主要对象。那个时候，罗伯特已经结婚了，他和捷克籍妻子有一个刚出生不久的儿子，但是他知道，要是他留在国内，他的生命，甚至他的家人的生命，都会有危险。

面对被可怕的秘密警察逮捕的威胁，他被迫偷偷离开了，一句话都没与老婆和儿子说，他害怕妻子会因此受到连累。他唯一带走的，就只有他的老战犬安蒂斯。在逃亡到前敌国德国期间，安蒂斯好几次预警了

参考文献与资料来源

除了本书前言中提到的手稿，下列著作也提供了许多非常有用的信息，帮助我们弄清了罗伯特和安蒂斯不寻常的故事。哈米什·罗斯（Hamish Ross）所著的《在空中自由飞翔》（Freedom in the Air）是一本详细、深入研究罗伯特·博兹杰赫一生的传记，增述了罗伯特和狗在战争年代的丰功伟绩，对此感兴趣的读者若购买一本阅读，将受益匪浅。该书尤其详细讲述了罗伯特与安蒂斯在战后的探险，与他们的战争经历一样扣人心弦。此外，罗伯特用捷克语写了三本小书：《黄昏的绅士》《目击敌人》和《轰炸机出击》，讲述的都是他在空中作战的故事。但是，这些故事都与飞行战犬安蒂斯无关。